La magia de Idogbe

J.D. BARBOZA

La magia de Idogbe ©

J.D. Barboza
La magia de Idogbe

1era Edición, 2013

C.R. 863.44

B239m   Barboza, J. D., seud.
           La Magia de Idogbe / J. D. Barboza ;
        ed. Elieth Blanco − 2ª. ed. − Alajuela, C.R.,
        2013.
              221 p. : il.; 18.7 x 12.3 cm. (Serie Viride)

           ISBN 978-9968-47-699-7

           1. Novela costarricense I. Título. II. Serie

Obra editada en colaboración de Elieth Blanco.

Título original: Viride, la magia de Idogbe.

ISBN: 978-9968-47-699-7
1era Edición, Agosto 2013
Impreso en Estados Unidos

Para
mi
madre
Lidiette,
que disfruta de
la fantasía tanto
como yo. A quien amo
y agradezco el apoyo que
siempre me ha brindado en
proyectos que surgen de mi
infinita y ocupada imaginación.

Para mi padre José Daniel; quien siempre está
conmigo y llevo dentro de mi.

Y para ti, quien empieza este viaje conmigo.

Índice

"En la antigüedad del tiempo hubo quienes dudaron de la unión de un noble caballero y una poderosa elfa proveniente de las altas y místicas tierras de Álvor, en la gran tierra de Koningen. Fueron muchas las cosas que se dijeron sobre este hecho que marcaría la historia de Viride por siempre. Prometiéndose lealtad unos a los otros, hombres y elfos conjugaron sus estandartes para dar la bienvenida a la unión de lord Dámaso Plinio, señor de la batalla, y Ardith Attwäter, señora elfa del bosque."

Fue hace mucho tiempo ya que esta historia vio la luz en las lejanas y místicas tierras de Viride. Pues si, el relato que leerán en estas siguientes páginas fue algo que tuvo lugar en tiempos de reyes y reinas. Una era construida a partir de la unión de dos pueblos: uno había visto su nacimiento en el desierto, mientras el otro un poco más al Norte había surgido entre el bosque, la frescura, el agua y algunas orejas puntiagudas.

Así fue como los reyes de antaño fundaron lo que se conoció como Lûmen o si queremos entrar en formalidades: Reino de Luz. Aquel amurallado lugar fue el mismo proclamado como el primer reino y por tanto el reino supremo entre los 8 existentes. Por muchos años los respetados reyes impusieron su hegemonía y todos obedecieron su comando, pero ¿qué mejor forma de acabar con el enemigo que atacarlo desde adentro de sus muros?

Los cielos de Viride ya habían visto aquello que se gestaba en la familia Real, pero esa es una historia que he de contarles en otra ocasión...

Lûmen
(Reino de Luz)

Cuarta Generación
Reinado de Eric Plinio y Regina Backus

1

De manos atadas

—Te esperaba más temprano por aquí. —Dijo con voz grave el que esperaba al final de aquel sendero bañado por la luz plateada de la luna. —No pensé que tuvieras problemas.

El hombre que venía caminando se acercó y su voz se oyó en medio de la oscuridad.

—Disculpe Maestro, —Habló mientras hacía una reverencia.— he venido lo más rápido que pude.

—¿Qué me tienes?

—Noticias, señor.

—¿Buenas o malas?

—Me temo que ambas. Yo… ¿Por cuál desea que empiece? —Preguntó mientras su mirada estaba direccionada al suelo y su cuerpo se encontraba inclinado hacia el hombre a quien él llamaba Maestro.

—Empieza por la positiva, Amaru.

—De acuerdo señor. La Reina va a dar a luz dentro de poco.

—Excelente. —Respondió el hombre de voz grave con desánimo, debido a que aún faltaba por escuchar la otra noticia—. ¿Y la otra noticia?

—Señor, son gemelos…

El rostro de aquel hombre con el que Amaru platicaba se llenó de desconcierto.

—¿Cómo dices? Pero, ¿cómo lo sabes?

—El guardia de la habitación real me lo ha dicho.

—¿Y le crees a un simple guardia? No seas iluso.

—La bruja se lo ha dicho, señor.

—¿Belisaria? ¿No será otro de sus devaneos?

—Según escuché su locura puede ser más bien inexistente...

—Como sea. Por el momento, a pesar de este infortunio, todo seguirá según lo planeado. De haber algún cambio te informaré de inmediato. Vete ya.

—Muy bien, señor. —Concluyó el sirviente con una reverencia y sin ver el rostro de su superior.

Al tiempo que Amaru se perdía por el mismo camino, el otro sujeto desaparecía haciendo que su cuerpo se evaporara poco a poco y se fuera añadiendo a la espesa niebla que imperaba en el lugar por las noches desde hacía varios días.

Pronto, en una alejada y vieja choza del pueblo apareció de la misma manera aquel hombre a quien Amaru llamaba su Maestro. Aún vistiendo una capucha negra que cubría todo su cuerpo y cabeza, empezó a caminar sobre las asimétricas y disímiles piedras que cubrían la entrada de aquella vieja vivienda. Muy antiguo, era un refugio de madera, salía humo de una torcida chimenea de metal que se abría paso por el techo y la luz de una vela se reflejaba a través de la sucia tela que cubría parcialmente la ventana del frente. Conforme se acercaba a la puerta, aquella tela sucia revelaba la oscura sombra de varios individuos que se movían perezosamente desde adentro del recinto.

Ya al frente de la puerta y mientras oía algunas voces, el hombre llamó dando dos leves golpes. De inmediato todos callaron haciendo surgir un incómodo silencio que se apoderó del lugar por varios segundos hasta que los pasos de alguien se empezaron a escuchar con disimulo cerca de la puerta:

—¿Qué hubiera pasado si no fuese yo quien está aquí de pie y tú hubieras abierto de esta misma manera la puerta?

—Señor... —Dijo mientras hacía una reverencia junto con los que estaban alrededor de la mesa iluminada por una pequeña y débil vela.

—Fuimos informados con antelación de su visita, mi señor. A...

—¡Silencio! —Ordenó mientras su oscura mirada penetraba en la de aquel que había abierto la puerta. Caminó lentamente y tomó asiento en la única silla acolchada que había alrededor de la mesa de reunión y en toda la vieja choza. —¿Saben lo que va a pasar cuando la Reina dé a luz?

El más bajo de los seis que estaban ahí reunidos alzó la mano y el hombre, quien todavía no se quitaba la capucha, asintió:

—Por supuesto señor. Amaru nos dará la señal para proceder con la captura y...

—Así que aún no lo saben... —La mirada confusa y perdida de todos se alzó por unos momentos en dirección al rostro de su Maestro.— La Reina va a dar a luz dos bebés. Gemelos. Ambos con sangre Plinio. Dos problemas...

—¡Qué infortunio! ¿Cómo es eso posible? —Preguntó la única mujer presente entre los que se encontraban en aquella reunión.

El hombre encapuchado entonces destapó su cabeza. La luz de la vela reveló las finas facciones de un hombre maduro, de rostro enjuto y no muy oscuro, nariz fina y ojos verdes camaleón, con cabello negro y largo a la altura de sus hombros.

—Aunque se han cerciorado de que la Reina perdiera a los gemelos en su segundo embarazo, en este tercero nos hemos confiado demasiado y ahora en las últimas horas nos damos cuenta que ha pasado de nuevo.

—Señor...

—Hay que esperar. Tenemos que esperar a que nazcan. Ahora tendremos que actuar con mucha más rapidez y cautela. No podemos perder ni una sola oportunidad que se presente para llevar a cabo nuestro plan.

—¡Sí señor! —Respondieron todos.

Sin decir nada más el hombre se puso de pie, tapó su cabeza de nuevo y empezó a caminar hacia la puerta, misma que atravesó sin abrirla y una vez afuera desapareció junto con la niebla como lo había hecho antes. Los otros seis hombres en la mesa se quedaron en silencio y una vez que se hubo ido su superior, continuaron hablando y bebiendo aquellos "frescos" de raíz que habían escondido debajo de las sillas al escuchar que alguien llamaba a la puerta. Por su parte, la única mujer en la reunión abandonó el lugar en silencio y sin ser vista por ninguno de los presentes. Aquel lugar era lúgubre y estaba en condiciones pésimas para vivir. Además era frío, oscuro y las telarañas imperaban en todo el lugar.

Aquel pueblo estaba en calma y alumbrado con apenas el escaso fuego blanco de las insuficientes antorchas que alumbraban los caminos. A lo lejos se podían escuchar los lobos aullando, el correr de un río y el resonar de las hojas al recibir el frío abrazo del viento en el bosque del sur.

Gritos desgarradores rompieron el silencio que también invadía el palacio de aquel reino. Eran los gritos de Regina, la Reina de aquellos dominios supremos llamados: Reino de Luz o Lûmen como también era conocido popularmente y como prefiero llamarle. Pronto la habitación donde se encontraba su Majestad se vio inundada por guardias, quienes preocupados empezaron a correr de un lado a otro en busca de la asistencia apropiada. Al momento llegaron las mucamas y doctores reales, los cuales asistirían a la Reina en el parto. Uno de los guardias salió de la habitación real para dirigirse a la sala donde el Rey mantenía una reunión con los diferentes ministros del palacio, y una vez allí le informó lo acontecido con la reina.

La espera no fue mucha: para cuando el Rey entró en la habitación para sostener la mano de su amada, el primer bebé lloraba colmando el lugar de más gritos y el suelo de lágrimas. Uno de los doctores cortó el cordón umbilical y colocó al niño en una pequeña tina tallada en piedra llena de agua tibia y procedió a limpiarlo para remover de aquel príncipe todo rastro de sangre.

Aunque el nacimiento del primogénito sucedió con rapidez y sin complicaciones, no resultó igual con su gemelo. Conforme la Reina seguía las instrucciones de los doctores también empezaba a perder fuerza y ya casi no podía continuar haciendo lo necesario para cumplir con la labor.

—¡Mi Reina, por favor, es necesario que lo haga!—Decía con frecuencia el doctor.

—Reina, mi alma por favor. —Decía el Rey quien mostraba su preocupación sin disimulo.— Vamos Reina, nuestro segundo niño está a pocos segundos de conocer este mundo.

Todo seguía su aparente curso natural y la reina parecía realizar su mejor esfuerzo hasta que en un momento las fuertes exclamaciones fueron disminuyendo su tono hasta extinguirse por completo en cuestión de segundo.

—¿Qué está pasando? ¡¿Qué pasa doctor?! —Preguntó sobresaltado el Rey al ver que su amada había cerrado los ojos.

—Se ha desmayado mi Rey...

El doctor cortó su diálogo para dar paso a los gritos del segundo bebé que empezaron a llenar la habitación.

—Este es su segundo hijo, Majestad. —Indicó el doctor aliviado.

—Pero, ¿qué ha pasado con la Reina?

—La Reina estará bien su Alteza. Solo fue un desmayo natural provocado por el esfuerzo. Afortunadamente el bebé ya había nacido. ¡Ustedes atiendan a la Reina de prisa! Debemos cuidarla. —Ordenó el doctor encargado del parto, quien además era el jefe de los otros doctores dado que su larga túnica era de diferente color y sobresalía entre las que llevaban el resto de ellos y las enfermeras.

—Egna deme a mi hijo limpio, deseo verlo y sentirlo. —Ordenó Eric Plinio a la mucama jefa, quien era la encargada directa de asistir a la reina del palacio.

—Sí, mi Rey. —respondió ella quien, con una reverencia, le entregó al príncipe.

El Rey miró con ternura a su hijo.

—¿No es hermoso? Creo que se parece a su abuelo Narciso. —Elogiaba el Rey mientras acariciaba a su pequeño y notaba que había heredado lo cuadrado del rostro de su padre y abuelo. El doctor enseñó al Rey su segundo hijo.

—¡Esto es un milagro! —Se regocijaba el Rey— ¡Pronto! Llamen a Belisaria. ¡De prisa!

Una de las mucamas se dirigió a la puerta para indicar a los guardias la solicitud del Rey, quienes de inmediato se movilizaron para llevarla a cabo.

—Entonces, ¿de verdad son tan hermosos? —Preguntó débilmente la Reina mientras lentamente despertaba después de recibir unas pequeñas, pero necesarias atenciones de las enfermeras.

—Reina, mi Regina... Claro que lo son, sólo mírelos.

La Reina los tomó en sus brazos y lágrimas empezaron a brotar de sus hermosos ojos perlados.

—Cástor Plinio y Dámaso Plinio nuestros hijos al fin.

—Los estuvimos esperando por tanto tiempo... —El Rey le dio un beso en la frente a la reina y se puso de pie.

—¿A dónde te diriges, Eric?

—Debo concluir una reunión con los ministros.

—Cuando finalice la reunión, ¿regresas?

—Por supuesto. Queda en sus manos, doctor Amaru.

El doctor asintió y se arrodilló al lado de la Reina para secarle el sudor de la frente.

Pasados unos minutos, el Rey se reincorporó en la reunión. Ninguno de los ministros se había movido de sus sillas. Cuando entró, todos se pusieron de pie y esperaron la orden.

—Pueden sentarse.

—Su Majestad, —Dijo el primer ministro, quien parecía ser más joven que los demás. — debo hacer hincapié en que el asunto del puerto sigue siendo una insensatez.

—Yo opino diferente, Su Majestad. —Debatió el ministro más cercano al Rey y aparentemente el de más edad. Poseía barba larga, gris y muy bien arreglada con trenzas y algunos abalorios— Me temo que si no cerramos el puerto de inmediato, seguirán habiendo más desapariciones y con ello...

—¡Tonterías!

—Comprendo su preocupación por la economía del Reino Primer Ministro, pero está claro que no podemos jugar con las vidas de los pueblerinos de esa manera...

—El puerto ha estado abierto por años Falco y evidentemente

alguien como usted no puede ver las terribles consecuencias de cerrarlo en tiempos como este. Además, ¿qué le dice a usted que las desapariciones en el pueblo se están dando por medio de este lugar? ¿No será que usted sabe algo más que todos ignoramos? —Inquiría el Primero Ministro mientras hacía notar un pequeño descontrol en su carácter.

Todos dirigieron su mirada hacia Falco.

—Calma, señores. Primer Ministro Uzi, ¿qué tiempo es este que usted puntualiza? —Preguntó el Rey.

La mirada de Falco se agudizó mientras veía al Primer Ministro.

—Mi Rey, comprenderá usted que con la Reina debemos tomar medidas para mantener su salud en buen estado y ahora que su susceptibilidad ha aumentado debido al embarazo, me temo que las consecuencias después del parto pueden ser mayores y por ende, en una situación delicada podríamos necesitar ayuda externa…

—Creo que el Primer Ministro tiene razón su Majestad. —Respondió uno de los presentes; un enano.

—¿Qué opina usted Falco? ¿Está de acuerdo con ese argumento? —Preguntó Eric al notar de reojo que Falco no estaba totalmente convencido.

—Sí, estoy de acuerdo mi Rey. Sin embargo, que cerremos el puerto no significa que no podamos recibir ayuda externa. Lo que me hace recordarles, señores, que siempre que hay una emergencia la asistencia es inmediata sean cuales sean las circunstancias, seguro usted sabrá esto muy bien Primer Ministro.

—Si, lo sé… Pero…

—Que no se diga más entonces. El puerto queda cerrado para el comercio a partir de hoy. —Repuso el Rey mientras se ponía de pie y los demás lo seguían— Primer Ministro quiero el decreto lo antes posible en mi despacho. Caballeros. —Dijo despidiéndose de sus subalternos mientras observaba que Uzi no mostraba ni el más mínimo signo de satisfacción ante lo que se había decidido.

Todos empezaron a desfilar fuera de la Sala Ministerial donde siempre se llevaban a cabo las reuniones y que, al igual que el resto del castillo, gozaba de lujosos objetos y magníficos detalles.

La luz en el palacio provenía de las velas y antorchas, pero a diferencia del pueblo este fuego era de un débil tono azulado. Las paredes estaban hechas casi en su totalidad de blanco y frío mármol, tenían acabados en piedra, plata y algunas incrustaciones de oro dependiendo del lugar. Todo el piso del castillo estaba cubierto por una alfombra color escarlata de la más alta calidad. Habían cuadros, estatuas y demás objetos que hacían de aquel lugar un verdadero palacio digno de reyes como Eric y Regina. La vajilla que se utilizaba había sido heredada por generaciones desde la fundación del reino y con ella, todos los trajes que utilizaba la servidumbre del palacio mismos que habían sufrido ligeros cambios con el pasar de los años. Cada uno de esos trajes eran túnicas y capuchas que poseían elegantes bordados con hilo de oro en la parte inferior y al final de las mangas. El traje de las mucamas y los cocineros era de color celeste cielo para asegurar la mayor claridad, pureza y exquisitez del trabajo que desempeñaban sus portadores; el de los doctores era color esmeralda recordando la pureza que habita en los corazones de aquellos que viven para servir; el de los ministros color escarlata un poco más claro que el de la alfombra que cubría el piso del palacio y alusivo al firme carácter y la alta responsabilidad que se debe tener en su posición y el de los altos funcionarios como el Primer Ministro Uzi, la primera mucama Egna y el doctor en jefe Amaru eran cada uno del mismo color que el traje que llevaba puesto el personal que tenían bajo sus órdenes en palacio, pero con mayor densidad en sus bordados, elaborados uno a uno con impresionante y única elegancia dando fé de su superioridad.

Los ventanales del castillo eran muy grandes, pero todos siempre estaban circunvalados por largas y hermosas cortinas de lana de vicuña. Desde el exterior hacía recordar los palacios de antaño, todos hechos de bloques de piedra caliza, pero en su interior parecía ser un viaje hacía otro mundo u otra era. Un mundo que tal vez no era de piedra y en cambio tenía color por doquier. El palacio de los Plinio había sido una joya histórica de la familia y fue construido con mucha dedicación en un proceso que tomó más de 150 años en completarse.

—Llegaste. Como tardabas tanto pensé que no llegarías a tiempo para verme despierta. No hagas mucho ruido, Cástor y Dámaso ya duermen.

—Ya se puede retirar doctor. —Ordenó el rey

El doctor asintió, recogió sus implementos y salió de la habitación sin dar la espalda.

—Nuestros príncipes. Suena lindo, ¿no le parece? —Decía Eric mientras se acostaba al lado de Regina, quien yacía en la cama aún agotada.

—Belisaria no vino Eric.

—Extraño. Siempre aparece cuando se le llama.

—Sí. Por cierto, ¿cuándo presentaremos a los niños? El doctor recomienda que deberíamos darles un tiempo prudencial para que se acostumbren al clima y luego presentarlos al pueblo.

—Me parece bien. Últimamente las temperaturas han descendido considerablemente. Voy a cambiarme, es momento de dormir. Ha sido un día largo para todos. —Terminó diciendo para luego ponerse de pie y dirigirse hacia el lugar donde guardaba toda su ropa, mismo que se encontraba resguardado por una puerta con detalles en bajo relieve en la pared frente a la cama.

—Señor, el ministro Falco esta aquí, ¿Lo hago pasar? —Preguntó una voz desde afuera de la habitación justo antes de que el Rey pudiese cambiarse.

—Sí, hágalo pasar. —Contestó extrañado al recibir tan inesperada visita.

El guardia abrió la puerta de la habitación y el ministro dio un par de pasos dentro luciendo su barba gris. La puerta se cerró atrás de él.

—Disculpen la molestia sus majestias, pero me gustaría hablar un momento con usted mi Señor. A solas, por favor... —Añadió mientras hacía reverencia al ver que estaba en frente de la ahora más numerosa familia real.

—Falco ya te hemos dicho que cuando estemos solo nosotros puedes actuar con normalidad, no es necesario el protocolo.

—Disculpe, Regina. A pesar de lo que me han dicho se me hace un poco difícil. —Se excusó el ministro.

—De acuerdo Falco, pasa al balcón. Discúlpanos Regina. —Le dijo mientras se esbozaba una sonrisa en el rostro de ambos reyes.

Una vez en el balcón el Rey cerró la puerta y se acercó a la baranda de piedra, donde estaba el ministro y también desde donde se podían apreciar casi todas las tierras de aquel hermoso reino.

—¿Qué sucede Falco?

—Eric... Estoy harto de parecer tan viejo. No me conviene... —

Refunfuñó el ministro.

—Falco. Ya hemos hablado de esto.

—Ya lo sé. Tenía que intentarlo... de nuevo. Al grano entonces, ¿qué piensas del Primer Ministro?

—¿Uzi? Es un tipo obstinado y con ansias incansables de obtener lo que quiere. Además, desea que todo se haga tal y como él lo ordena. Pienso que dentro de su egocentrismo cree que puede hacer y deshacer el Reino a su gusto sólo porque es el Primer Ministro desde el reinado pasado... Pero, ¿a qué se debe la pregunta?

—Me pareció muy extraño que al inicio de la reunión él planteara sus propuestas sin más ni más y que todas se enfocaran en no cerrar el puerto. Ya antes se había tomado la decisión de hacerlo para comprobar si las desapariciones están ligadas a ese lugar, pero creo haber encontrado la verdadera razón oculta tras esa idea.

—¿Y cuál es?

—Él no quiere cerrar el puerto porque ahí trabaja un conocido suyo, y es por medio de ese alguien que obtiene su tajada del pastel. Es obvio que no le conviene la clausura temporal de su negocio.

—Mmm... Algo en mi interior siempre me dijo que no depositara toda mi confianza en él. Sin embargo hoy sentí algo con cierto grado de anomalía en el momento que entré a la Sala Ministerial.

—¿Anomalía?

—Sí. Era como si emanara de su interior algún tipo de turbio sentimiento. Algo confuso y sombrío que está más allá de sus ansias de poder y dinero.

—¿Confuso y sombrío? ¿Estás seguro?

—No sé, ya sabes que la ninguna rama de la magia fue uno de mis intereses más arraigados. A lo mejor y son cosas mías nada más.

—Sea como sea, tienes que estar muy atento Eric, pero entonces ¿qué hacemos con él?

—Tú muy bien sabes que yo no puedo decidir asuntos como ese sin el consentimiento de los demás ministros y mucho menos sin el de la Reina. Y aunque ella esté de acuerdo en echarlo, habrá que esperar el momento oportuno para poder acusarlo con pruebas reales en nuestras manos sin dar lugar a algún portillo.

—Entonces, ¿no crees lo que te he dicho? Eso de su tajada en el pastel...

—Por supuesto que te creo Falco, es sólo que no puedo echar a un primer funcionario de manera tan fácil. Yo sé que quieres echarlo y créeme que ahora que también lo sé es mi deseo también, pero simplemente no podemos, menos sabiendo que él fue nombrado en un reinado anterior al mío.

»Como te acabo de decir, hay que esperar el momento oportuno para hacerlo caer o hasta que él mismo lo haga para que todos los ministros estén conscientes en expulsarlo con la aprobación de la Reina y la mía, pero por clara evidencia de una falta grave. Antes de eso no hay mucho que podamos hacer.

—Bueno, me retiro Su Majestad. —Terminó mientras daba vuelta y caminaba hacia la puerta.

—Oh vamos. Como ministro deberías entender que lo que digo es verdad y como hermano deberías apoyarlo.

—Como funcionario te entiendo, pero como lo segundo lo…

—Rechazas. Lo sé. Y en cuanto a tu apariencia esperemos un poco más.

—Muy bien. Solo espero que ese "esperemos un poco más" no se alargue tanto.

—Ya verás que no será así. Además, tendrás tu recompensa.

—Odio ser manipulado…

—No te manipulo.

—A veces… —Dijo el ministro Falco Plinio, hermano del Rey, mientras trataba de disimular una sonrisa— Por cierto, muchas felicidades a ambos por los bebés.

—Gracias, hermano. —Concluyó Eric mientras proyectaba una sonrisa.

Las puertas del balcón se abrieron, el ministro entró y dio las buenas noches a la Reina sin percatarse de que ya se encontraba dormida. Poco después entró el Rey quien al ver a su esposa sumida en el profundo y místico mundo de los sueños nada más procedió a cambiarse, apagar las velas que iluminaban la habitación y acostarse al lado de la mujer que le había dado a su mundo dos razones más para ser feliz.

Mientras tanto Falco caminaba por el oscuro pasillo debido a que a cierta hora de la noche las antorchas y velas del palacio bajaban su intensidad, mas no se extinguían por completo. De repente y justo cuando se encontraba a punto de descender por las gradas principales e ir a su dormitorio, vio cómo la luz plateada de la luna que se colaba por una de las ventanas descubiertas del fondo del pasillo dibujó una figura que se acercaba con mucha prisa y sutileza. De inmediato, las extremidades de Falco empezaron a encogerse; conforme esto ocurría dos alas salieron de su espalda y su cuerpo se llenaba de plumas. En un instante estaba transformado en un elegante pájaro negro tornasol de ojos amarillos. Tan rápido como pudo voló hacia una de las lámparas que colgaban del techo con el cuidado de no quemarse con la cera caliente de las velas que acababan de perder un poco de su esplendor. Una vez que estuvo en una posición conveniente observó con detenimiento la figura: la misma pasó muy de prisa por aquel lugar, dobló en una esquina y comenzó a descender por las gradas sigilosamente. En seguida, Falco emprendió su vuelo silencioso para seguir a aquel sujeto y por estar tan concentrado vigilando la dirección en la cual iba por poco y termina incrustado en una de las paredes del palacio. Afortunadamente pudo esquivarla a tiempo, pero hubiera sido algo gracioso que ocurriera lo contrario.

—¿Adónde se dirige? —Preguntó uno de los guardias.

Una mano con guante de lana negra salió de la capucha que llevaba el sujeto y desprendió un polvo chispeante color púrpura que acabó por hacer desmayar a los guardias que estaban en esa parte del palacio. En seguida, continuó su camino atravesando un corredor y también la puerta principal donde los cuatro guardias que se encontraban custodiando la entrada no lo detuvieron debido a que pensaron, como era lógico, que los que estaban en la puerta anterior lo habían autorizado. Al estar frente a las inmensas puertas de piedra que cubrían el acceso a los dominios internos del palacio, éstas se abrieron lentamente. Pronto se escabulló a toda prisa entre los caminos del pueblo mientras Falco seguía su rastro muy de cerca desde el aire. Luego de caminar uno minutos, furtivamente su rapidez disminuyó y se detuvo frente al cementerio de Lûmen. Todo estaba cubierto aún por niebla, pero se podían distinguir con claridad algunas siluetas gracias al brillo proporcionado por la luna llena. Siluetas como la del hombre encapuchado de facciones finas quien se encontraba nuevamente esperando a su aprendiz.

—Mi señor —Dijo jadeando el que venía a toda prisa mientras reverenciaba como era debido— Han nacido ya. Espero órdenes.

—Tu habilidad mental ha mejorado. Has acudido a mi llamado mucho antes de lo que esperaba.

—Sus palabras son un consuelo para este fiel servidor. Muchas gracias señor.

—Procede con lo planeado Amaru, como si se tratara de un solo bebé. Los demás aguardan tu señal.

—Si Señor. —Obedeció el hombre, mientras hacía una reverencia y se marchaba.

—Amaru, espera. Con respecto a la Reina…

—¿Señor?

—Debemos encargarnos de ella también tan rápido como sea posible. Según me he enterado ha descubierto algo que nos puede perjudicar enormemente.

—No es problema, Maestro. Todo se hará tal y como usted lo ordene.

—Mera precaución. Aunque de igual manera no nos sirve de mucho.

—Sí, señor.

—Es todo.

Falco, quien se encontraba en la rama de un árbol y sin haber escuchado la mayoría de aquella breve conversación, pudo enfocar bien la cara del hombre que había salido del alcázar. Tan pronto como pudo, salió volando del lugar y se dirigió al palacio donde al llegar empezó a picotear leve, pero repetidamente la ventana de la habitación real. Momentos después vio a una sombra acercarse. Una mano se vio por entre la cortina y descubrió a Eric quien de inmediato supo de quién se trataba. El Rey procedió a abrir la puerta del balcón para salir nuevamente. Falco adoptó su forma humana en medio de algunos débiles destellos de luz al tiempo que dejaba caer muchas plumas.

—Más te vale que sea importante, ya estaba dormido.

—Hermano… —Intentaba hablar, pero estaba muy agitado por el exhaustivo y rápido vuelo que acababa de realizar.— Amaru… Él es… Yo…

—¿Qué tratas de decirme? ¿Qué pasa con el doctor Amaru?

—Él es a quien hemos estado buscando hermano, es él quien…— Se detuvo al oír al guardia de la habitación hablar.

—Señor, el doctor en jefe está aquí.

—Que espere un momento. —Ordenó Eric quien se había apresurado para susurrar la orden a través de la puerta. Al instante regresó al balcón.

—Estaba manteniendo una conversación con alguien más en frente del cementerio de Lûmen.

—¿Quién era el otro sujeto?

—Todavía no sé la identidad del otro, pero en la conversación mencionaron a un bebé y un plan.

—¿Qué sugieres?

—No puede ser nada bueno. Primero despacha al doctor, dile que venga dentro de unos minutos… No, no, primero pregúntale que a qué vino y luego dile que venga después.

—Muy bien. ¿Crees que sea el mismo sujeto al que Belisaria ha visto en sus sueños?

—¿Cómo dices?

—Belisaria. Ella nos comentó a Regina y a mí que en sus sueños se había incorporado una sombra que atentaba contra la corona. —Explicó Eric.

—Creo que Belisaria es la única que te puede decir si es el mismo sujeto, pero como te dije antes no puede ser nada bueno Eric. No siento nada bueno sobre esto…

—Avísale a Belisaria que hemos localizado al sujeto que aparece en sus sueños y que necesitamos su ayuda. ¡Pronto!

Falco adoptó su forma de pájaro negro tornasol una vez y se fue del lugar. Eric por su parte se retiró del balcón, cerró la puerta y caminó hasta la que daba al pasillo, la abrió y observó al doctor con sus utensilios habitualmente en vueltos en una sábana blanca.

—Buenas noches, Su Majestad. Vengo a examinar a los bebes.

—Voy a prepararlos. Un momento, por favor.

—No será mucho tiempo el que estaré examinando a los pequeños Señor, será muy rápido. —Hablaba sin ver a los ojos de su superior.

—No sea imprudente. Le he dado una orden. ¡Limítese a acatarla!

Increíble coraje invadió a Amaru, quien a regañadientes accedió con una reverencia y se retiró. Rápidamente, Eric dio una orden estricta a los guardias de la puerta de su habitación mismos que de inmediato la llevaron a cabo. Aquel mandato consistía en la preparación de dos carruajes equipados con cuatro caballos alados cada uno. Estos vehículos debían ser colocados en la puerta este y oeste del palacio.

—¿Le avisaste a Belisaria? —Preguntó el rey a su hermano quien había aparecido de nuevo en el balcón.

—Sí, Eric.

—Muy bien. Te llevarás a Dámaso junto con Regina a la puerta Oeste y yo me llevaré a Cástor acompañado por dos guardias a la puerta Este. Creo que es mejor que salgamos de aquí y resguardemos a los niños en otro lugar.

—¿Vamos a huir?

—La vida en palacio es peligrosa; siempre lo ha sido. Y más ahora, mis hijos corren peligro. No permitiré que les pase algo y los protegeré con mi vida si es necesario.

Falco asintió.

—Además, Belisaria me lo dijo muy claramente el otro día: puede que alguien esté intentando acabar con nuestro linaje. No voy a confiar mis hijos a ese hombre, jamás. Lo que hay detrás de todo esto es superior al poder de una corona y lo sabemos muy bien por lo que si anda detrás de mis pequeños hay que ocultarlos ¿no piensas igual?

»¿Y qué me dices del Primer Ministro Uzi? ¿Qué tal si no son cosas mías y de verdad él está lidiando con magia oscura? Puedo parecer muy paranoico, pero es casi obvio que debe de estar implicado en esto también.

—¿Y por qué no ordenas la aprensión del doctor y el Primer Ministro? ¿No es más fácil que huir de tu propia casa?

—Las rencillas del pasado que creíamos bajo control claramente no lo están y debemos actuar cuanto antes. Lastimosamente no tenemos control sobre las acciones de los demás y no quiero que tu o el resto de mi familia sean víctimas de un atentado. Además, no sabemos a ciencia cierta si estos sospechosos están vinculados con la magia prohibida como parece y se había sugerido en su momento.

—¿Y qué si lo están? Eres el Rey.

—No voy a encarcelar a unos tipos para que estén libres segundos después; sería igual a nada. Prefiero actuar a lo seguro y por eso haré lo que ya te mencioné. Falco: tengo que poner a salvo a mis hijos, son mis únicos herederos, sangre de mi sangre que irá al futuro a hacer lo que es debido.

—De acuerdo, de acuerdo. ¿Y a dónde llevaremos a los pequeños?

—Isla de Sueños.

—Señor, estamos listos. ¿Desea algo más?—Murmuró uno de los guardias desde afuera de la habitación.

Eric se acercó a la puerta y dijo en voz baja:

—¿Está el doctor Amaru cerca?

—No, Señor.

—Muy bien, entren.

Ambos guardias entraron vestidos con armaduras de hierro, una capa larga color marrón y portando cada uno espadas largas con mango de plata cubierto por algunas vendas y cuero.

—Me van a escoltar a la puerta este.

—Si, Señor. —Asintieron ambos guardias.

Eric empezó a hablarle a Regina al oído, quien despertó de un brinco segundos después.

—¿Qué pasa Eric? ¿Qué imprudencia es esta? ¿Qué hacen los guardias aquí? —Preguntó impresionada al ver que dos guardias se encontraban de espaldas a ella.

—No, no, mi Reina, escuche por favor. Debe tomar a Dámaso e ir junto con Falco a la puerta oeste…

—Pero, ¿qué pasa Eric?

—Diríjase pronto allá y ordénele a los caballos que la lleven al sur de las Montañas de Hierro, ahí nos veremos. ¡Pronto Regina!

—Eric, ¿qué sucede?

—No es tiempo de explicaciones, solo haga lo que le he pedido mi Reina. Por favor.

Regina se puso de pie al ver la expresión de angustia de su amado, se colocó una elegante y abrigada túnica color verde olivo que había cerca de la cama y tomó en brazos a Dámaso con mucho cuidado. Seguido de esto, Eric hizo lo mismo con Cástor.

—¿Se van tan pronto?

Todos volvieron su mirada a la puerta de la habitación, donde se encontraba el doctor en jefe Amaru con sus pertenencias envueltas en la sábana. Los guardias de inmediato adoptaron posición defensiva.

—¡Falco! —Ordenó Eric.

A pesar de que el doctor hizo el intento de llevar a cabo una acción, el hermano del Rey fue mucho más rápido y de inmediato extendió su mano y moviéndola bruscamente hacia adelante provocando que el doctor saliera despedido por el aire hasta chocar contra la pared del pasillo, donde cayó inconsciente.

—Te encargo a mi esposa, hermano. Nos vemos allá. —Se despidió el Rey para rápidamente salir de la habitación con Cástor en brazos y con un pergamino enrollado en su bolsillo, seguido también por los guardias respectivos.

Con mucha prisa, Falco y Regina también salieron de la habitación, pero en dirección opuesta en la que iban Eric y los guardias. Ambos grupos bajaron gradas, caminaron desolados pasillos, corredores internos acompañados de columnas y fuentes con agua, atravesaron también habitaciones vacías con nada más que el eco de sus pasos como compañía. Aquellos bebés parecían como si nunca hubieran sido sacados de sus lugares de reposo puesto que aún seguían dormidos a pesar del movimiento y el ruido provocado. Pronto, el grupo de Regina salió por la puerta oeste. A pocos pasos del carruaje la Reina dio la orden a los caballos quienes, como si poseyeran el razonamiento de una persona, asintieron como señal de haber comprendido lo que se les había dicho. Regina y Falco subieron al carruaje blanco y los caballos empezaron a correr con mucha prisa por el recto camino agitando sus alas sin cesar. Segundos después lograron que el carruaje empezara a elevarse con lentitud.

Eric y los guardias seguían corriendo hacia la puerta este, localizada al inicio de un extenso y alto puente de piedra situado sobre un convulso río: al término de este puente estaba el segundo carruaje. Cuando por fin salieron notaron como una figura encapuchada aguardaba al frente por lo que se detuvieron de inmediato.

—¡Apártese! —Ordenaron los guardias al mismo tiempo que desenvainaban sus largas espadas.

—Por favor, no provoquen mi ira injustificada. Más bien apártense ustedes que esto no les incumbe.

—¡Es una orden del Rey, apártese ya!

—Con él precisamente es con quien quiero hablar.

—Apártese ahora mismo, se lo ordena el Rey mismo.

—Oh, pero si ahí estabas Eric ¡qué maravillosa noche! ¿no crees? —Decía el encapuchado de facciones finas mientras levantaba un poco la mirada y dejaba ver su masculina barbilla.

—¿Qué quieres? ¿Quién eres?

—Dame al bebé que llevas en brazos.

—¿Me ves con algún bebé en brazos? —Preguntó Eric mientras salía de atrás de los guardias y mostraba sus manos.

La expresión bajo la capucha de aquel hombre cambió.

—¿Dónde está?

—Sabes muy bien que no te diré dónde está mi hijo. Te pregunto de nuevo, ¿quién eres y qué quieres?

El encapuchado alzó su mano hecha humo y de ella brotaron dos esferas en el mismo estado y con un incandescente centro rojo. Los guardias se interpusieron en posición ofensiva frente a Eric. Golpearon con fuerza la hoja de sus espadas contra el suelo provocando algunas chispas y esto a su vez hizo que la espada fuera cubierta por llamas azules.

—Dime dónde está.

Eric guardó silencio.

—¡Jah! —Las dos esferas se elevaron un poco y disparadas chocaron contra los guardias. Los cuales, soltando sus espadas, salieron volando y se estrellaron contra el suelo de donde no se volverían a mover jamás. Eric impresionado dio media vuelta y corriendo intentó escapar, pero un cúmulo de humo gris le impidió seguir. Aquel humo se transformó enseguida en el mismo hombre encapuchado.

—¿Para dónde y sin permiso, Eric? —El hombre alzó su blanca mano e hizo como si estuviera agarrando algún objeto que en esos momentos no se encontraba allí. Una fumarola empezó a brotar de su mano, pero esta vez iba tomando una forma determinada. Hizo un movimiento leve y aquella emanación se disipó dando paso a una espada con una hoja de un metal opaco, de un apagado color negro adornada con bordes rojos, los cuales se asemejaban al color de la sangre.— ¿Dónde está el bebé?

—No insistas porque no te lo diré.

El hombre encapuchado, en un movimiento muy rápido, tomó a Eric por la cabeza con su mano izquierda y con la espada que sostenía en su otra mano, lo atravesó por el torso. De inmediato el Rey se arqueó levemente. El hombre encapuchado sacó la espada de golpe y Eric cayó de rodillas. Al instante la espada desapareció de la misma manera como había surgido.

—Reflexiona muy bien acerca de cómo actuar en casos como este Eric, para que lo pongas en práctica en tus vidas futuras. —El hombre tomó a Eric por el cuello, sin hacer el mayor esfuerzo y se dirigió a la baranda del puente.

—¿Dónde está el niño? —Insistió.

—No... No te... lo diré...

—Que después no se diga que carezco de compasión y de esta manía de dar oportunidades a mis semejantes. Te preguntaré una vez más mi desdichado rey, ¿dónde está el infante?

Eric guardó silencio sin apartar su débil mirada del rostro cubierto de aquel sujeto.

—Has sido tú el que decidió su propio destino.

El sujeto soltó a Eric quien poco a poco fue consumido por el abismo. De forma rápida, una vez más el hombre desapareció formando parte de la niebla de aquella noche.

—¿Falco crees que Eric y el niño estén bien?

—Mi Reina, no me atrevo a… —Sorpresivamente, el carruaje fue golpeado por algo que lo desestabilizó por completo.— ¿Qué ha sido eso? —Preguntó retóricamente Falco, quien examinó por la ventana hasta que su mirada dio con la figura de lo que parecía ser un dragón gravemente herido, negro, de ojos blancos, con cadenas en sus patas y cuello. Estaba enfurecido y venía expulsando esferas de fuego sin control alguno. Regina horrorizada al ver lo mismo preguntó:

—¿Qué es eso?
—Tiene todo para ser un *Tenebrae*. —Contestó Falco mientras el carruaje seguía bajo ataque.
—¿Un qué?
—Los *Tenebrae*. Cualquier clase de bestia o criatura enfurecida que ya haya muerto, pero que ha sido convocada mediante magia oscura para lidiar con los vivos nuevamente y con un solo propósito.
—¿Cuál?
—Deben provocar la muerte de alguien más para poder regresar a su estado de eterno descanso. Lo que los diferencia de cualquier otra criatura es que ellos poseen cadenas como símbolo de la atadura que representa estar de nuevo en este mundo después de haber muerto… ¡Es un sacrilegio! —El carruaje empezó a descender a gran velocidad, debido a que dos de los caballos que lo jalaban se habían soltado y posteriormente habían perdido el curso.

El carruaje se movía sin control alguno y los ataques no cesaban. La pared que se encontraba más cercana a Regina empezó a desprenderse y Falco miró con desesperación a la Reina y su bebé. El fuego empezaba a consumir el carruaje.

—¡Su Majestad! —Gritaba Falco sin saber qué hacer.
—¡Vete de aquí! ¡Vete con el niño y sálvalo a él!
—Pero, ¡Majestad!
—¡Es una orden Falco! Sé muy bien que aún no posees magia suficiente para hacer que los tres desaparezcamos de aquí así que llévate a mi hijo. —Falco se quedó inmóvil ante aquel comentario. — Falco, es una orden. La última de mis órdenes… —Concluyó la Reina sin apartar su aguada vista del hermano del Rey.

—Sí... Mi Reina... —Falco colocó su mano sobre Dámaso y ambos, cubiertos por una leve ráfaga, brillaron incandescentemente hasta desaparecer del carruaje.

Los dos caballos restantes acabaron por soltarse, el carruaje terminó de perder la poca altura que llevaba en ese momento y colisionó contra el suelo donde se destruyó y cientos de pedazos salieron volando por todas partes. Las cadenas que había alrededor del cuello del dragón y en sus patas comenzaron a desvanecerse. Segundos después la bestia empezó a ser consumida por llamas que le brotaron en todo el cuerpo y con un rugido ensordecedor terminó por desaparecer pues sabía que había cumplido con su tarea.

2

El tercer heredero

En la casa más alejada y vieja de todo el pueblo, Amaru, el encapuchado y los otros hombres junto con la única mujer entre ellos se reunieron nuevamente alrededor de una mesa acompañados por la luz de una vela. Ya estaba por amanecer, pero el cielo se había ennegrecido tanto que parecía como si apenas empezara la noche. Pronto la luna terminó por esconderse y las nubes dieron paso a la lluvia poco a poco.

—Todo nos ha salido al revés, ¡absolutamente todo! —Comentaba el encapuchado al mismo tiempo que daba un golpe en la mesa con su mano.

—Señor, si me lo permite… —Intervino Amaru temeroso.— Creo que aunque no matamos a los gemelos, si hicimos algo bueno…

—¿Ah sí? ¿Qué?

Intimidado por la voz de su Maestro, Amaru prosiguió sin mirarlo a los ojo. El doctor se había recuperado rápido del incidente y tan rápido como le fue posible acudió al llamado de su Maestro.

—El Rey y la Reina han muerto y aunque sus hijos no, creo que deben estar muy lejos de aquí.

—¿Y qué te asegura que alguno de esos chiquillos no venga después a reclamar algo? —El silencio imperó seguido de esa pregunta; era claro que ninguno de los sirvientes quería contrariar a su Maestro.— Sea como sea el puesto de rey no puede quedar vacante. Yo ocuparé ese lugar y ustedes serán parte de mi reinado tal y como lo había prometido. Aunque no sé porque lo hago, su incompetencia es lo que más salta a la vista... —Dijo mientras se desvanecía en humo y desaparecía del sillón.

—Amaru, ¿crees que nos mate? —Preguntó el más bajo de los sirvientes.

Todos volvieron su mirada hacia el doctor y fiel sirviente de aquel encapuchado de facciones finas.

—No. Al menos por ahora… El Maestro sabe bien que todavía le somos útiles. Debemos seguirle dando motivos para que lo siga creyendo.

— ¡Sí! —Respondieron todos al mismo tiempo.

Mientras esa reunión se dispersaba, el palacio estaba conmocionado. Los guardias corrían de un lado a otro en busca de los reyes y príncipes, pero después de un par de horas de búsqueda ninguno tenía buenas noticias. La Sala Ministerial estaba hecha un desastre ya que ninguno de los ministros tenía la más remota idea de lo que iba a pasar con el futuro del reino supremo; discutían sin concluir en algo. Habitación por habitación, piso por piso las mucamas buscaron dentro del palacio y todo apuntaba a que iban a tener las mismas noticias que los guardias. Una de las encargadas de buscar en el ala Este encontró un pergamino enrollado en un lugar cerca de una ventana donde a pocos metros había un pequeño paquete envuelto en una sábana blanca. Todo afuera era muy confuso, pues gran parte de la niebla aún seguía en aquel lugar y la poca luz del día no ayudaba a ver con detenimiento el exterior. La mucama se inclinó para tomar el pergamino y lo extendió:

La Reina y yo hemos tenido que huir. El doctor en jefe Amaru estaba conspirando en contra de mi familia. Este que está aquí es mi hijo Cástor. Llévelo al sur de las Montañas de Hierro y entregue este pergamino, que los lleve a Sueños.

Su Majestad,
Rey Eric Plinio.
Cuarta Generación.

Con dificultad para comprender el mensaje de aquellas arrastradas y apresuradas letras, la mucama horrorizada se apuró a darle vuelta a aquel paquete y confirmó lo que decía: era uno de los hijos del Rey. Apresurada tomó al niño, guardó el pergamino en una de las bolsas de su túnica de trabajo y se dirigió a su habitación en el segundo piso para recoger unas cuantas mantas, y ponerse ropa más abrigada debido al hostil invierno permanente que cubría las Montañas de Hierro. Una vez en la habitación la cerró con llave y puso al recién nacido en la cama quien, extrañamente, permanecía en un profundo sueño. Envolvió al pequeño en dos sábanas más sin apretarlas mucho y se dispuso a llevarlo en brazos simulando una mochila de utensilios. Procedió a salir de su habitación para ir al establo del palacio, tomar un caballo alado y emprender su viaje hacia el sur de las Montañas de Hierro.

—¿Egna? ¿Qué llevas ahí? ¿No ves que tenemos que buscar a los niños y a los Reyes? —Exclamó otra mucama que pasaba en ese momento por ahí.

—¿Buscar a los reyes? Ah sí, —Respondió Egna con disimulo.— llevo utensilios médicos que… que uno de los doctores me pidió para curar a un guardia.

—De acuerdo. —Contestó.

—Con permiso. Tengo que seguir.

—Claro. —Terminó diciendo su compañera.

La mucama siguió su camino bajando las casi interminables gradas, corrió por el pasillo principal y por fin salió al corredor que había en el interior del palacio para dirigirse al establo tan rápido como sus piernas lo permitieran. Cuando llegó al lugar observó que algunos guardias empezaban su búsqueda allí. Debido a esto, retrocedió por donde venía y empezó a correr hacia la puerta trasera que daba acceso fácil a los calabozos para salir luego a los establos. Cruzó la primera planta de las mazmorras que aunque no era tan obscura y lúgubre, para ella no era nada placentero estar ahí. Al llegar a un salón antes de los establos distinguió a través de la ventana que numerosos guardias también estaban por ahí buscando sin cesar, por lo que se detuvo con gran incertidumbre ante la situación. Era muy arriesgado salir y que los guardias se enteraran de lo que llevaba en aquellas sábanas. Aunque estuvieran entretenidos hablando del misterioso carruaje que estaba en el ala Este del palacio, su perspicacia era destacada y no quería exponer al pequeño. Mientras cientos de pensamientos se gestaban en su cabeza, oyó los pasos de dos personas acercándose mientras intercambiaban algunas palabras. Tan rápido como pudo, se colocó detrás de una estatua de un hombre erguido empuñando una espada, misma que gracias a la oscuridad de aquel día hacía una sombra tan densa que impedía a Egna ser descubierta hasta que las luces se encendieran y eso no pasaría hasta que anocheciera de nuevo.

—¿Está seguro que la vio venir por aquí?

—Sí doctor Amaru, la vi correr con un paquete en esta dirección.

—Muy bien, puede irse. —Terminó Amaru mientras hacía una señal con su mano.

—Sí señor.

El guardia se fue y Amaru empezó a caminar muy despacio con la esperanza de dar con lo que buscaba.

Precisamente y para infortunio de Egna el doctor empezó a caminar en dirección a ella, quien se encontraba cada vez más nerviosa. Un rayo, consecuencia de la lluvia que empezaba a gestarse en aquel momento, iluminó toda la habitación y dejó ver todo lo que en ella se encontraba. La mirada del doctor Amaru pronto alcanzó a la mucama, quien desesperada usó todas sus fuerzas y empujó la estatua hacia al doctor. Seguidamente echó a correr en dirección a otra puerta que había en la habitación y que iba a dar al salón donde se realizaban los bailes y actividades de renombre. El doctor apenas pudo esquivar la pesada estatua de mármol que al chocar contra el suelo se rompió en decenas de pedazos. Aprovechando esto, el doctor empezó a arrojar fragmentos de mármol contra Egna y al no lograr impactarla corrió tras ella.

La mucama se encontraba cruzando el salón cuando en el eco que bailaba por todo el lugar se empezaron a añadir los pasos del doctor. La portadora del heredero al trono atravesó la puerta y llegó a la sala del trono en el palacio, siguió su recorrido hasta llegar a las gradas que conducían al segundo piso localizadas al fondo. Subió tan rápido como pudo y continuó hacía el ala Este, pues recordó lo que hacía unos minutos había escucho a los guardias comentar.

Se apresuró esquivando a las mucamas y guardias que encontraba a su paso corriendo desesperados en busca de alguna pista. La lluvia seguía cayendo copiosamente cada vez con mayor fuerza y los rayos se hacían presentes con más presencia; a pesar de esto el bebé seguía insólitamente dormido sin importar el movimiento que pudo haber experimentado en todo ese trayecto. Al salir por la puerta del ala Este pudo observar que en efecto había un carruaje al final del puente, además la niebla se había disipado y el día había aclarado un poco. Al sentir las primeras gotas de lluvia en su rostro y más aún, al ver a dos guardias inmóviles en el suelo, Egna corrió haciendo un último esfuerzo para poder cruzar el puente, llegar al carruaje con vida y con el bebé en sus brazos sin rasguño alguno.

—¡Señor! ¡Señor Lot! ¡Se escapa con uno de los bebés! —Empezó a gritar Amaru que también cruzaba el puente para llegar hasta el final del mismo, donde se encontraba el carruaje.
Egna, quien estaba a pocos pasos de los caballos ordenó:
—¡Rápido, al sur de las Montañas de Hierro! —Las bestias asintieron, la puerta del carruaje se abrió de golpe y Egna entró de un brinco rápidamente.

Los animales empezaron a agitar las alas con fuerza al mismo tiempo que empezaban a correr, pero era difícil elevarse en aquellas condiciones climáticas. Amaru se acercaba con insistentes improperios y justo cuando se encontraba a punto de dar un brinco para sujetar la baranda de la puerta del carruaje, un rayo cayó frente a él, haciéndolo caer hacía atrás y provocando que los caballos agitarán las alas con desesperación mientras relinchaban con desasosiego lo que hizo que lograran elevarse y alcanzar una altitud considerable en muy poco tiempo y bruscos movimientos.

Amaru, inconsciente en el suelo y herido por el golpe, no se dio cuenta del momento en que Egna se le había escapado y desaparecía entre las oscuras nubes del amanecer. Lentamente y con mayor calma el carruaje se fue elevando por encima de los estratos mañaneros, subió hasta donde se podía apreciar a lo lejos el sol que empezaba a proyectar su brillante y majestuosa luz dorada. Las bestias ahora tranquila, desplegaban sus alas con impecable elegancia y movían sus patas como si en realidad estuvieran corriendo sobre tierra firme. Del coche, al igual que de los caballos, se desprendían perezosamente gotas de agua, al mismo tiempo que las ruedas se movían también como si estuvieran rodando en tierra. Exhausta, Egna se recostó en uno de los asientos y procedió a colocar una de sus manos sobre el bebé, quién reposaba sobre su pecho. Minutos después el sueño y el cansancio se fusionaron para hacer que la mucama del palacio central de Viride cerrara sus ojos y lograra conciliar el sueño por un tiempo mientras llegaba a su destino.

—¡AMARU! —Resonó con fuerza junto al doctor, quien abrió sus ojos con dificultad.

—Señor Lot…

—¿Qué ha pasado? —Preguntó Lot mientras levitaba a unos centímetros del suelo y humo negro salía debajo de su capucha.

—La mucama Egna ha escapado.

—¿Y…?

—La mucama tenía a uno de los bebés. —Dijo mientras se ponía de pie y notaba cómo la lluvia continuaba a pesar de que ya empezaba a clarear un poco más el día.

—¿Qué has dicho? —Preguntó mientras dejaba de levitar y se colocaba frente a su sirviente para tomarlo por el cuello de su vestimenta.— ¡¿Qué dijiste?!

—La mujer tenía a uno de los bebés y escapó en el carruaje que estaba ahí. —Señaló mientras que con la otra mano estrujaba tan fuerte como podía su túnica, lo que ponía de manifiesto lo enérgico que Lot estaba apretando su cuello.

—Y acaso ¿no te pasó por la cabeza llamarme con antelación? ¡Habríamos resuelto gran parte del problema! ¡INÚTIL! —Exclamó con fuerza tirando a su sirviente al suelo.

—Señor… Yo lo intenté… Pero bien sabe usted que mis habilidades mentales necesitan mejorar.

—Por lo menos ¿sabes a dónde se dirigían?

—No Señor… ¡Por favor discúlpeme! —Dijo mientras se arrodillaba ante aquel hombre encapuchado.

—Basta. —Exclamó con voz más grave.

Lot desapareció una vez más como siempre lo hacía, mientras que en aquel puente solo se percibía el agradable sonido de las gotas chocando contra el suelo.

En la vieja casa del pueblo apareció Lot, el Maestro de Amaru. Se adentró y cuando estuvo frente a la mesa donde siempre se reunían la movió un poco y quitó una alfombra que había debajo para revelar una puerta de mediano tamaño con cerradura de metal oxidado y que se abría paso a través del piso de la casa. Lot se inclinó, tomó la cerradura y la jaló provocando que la puerta se alzara: unas gradas de piedra se abrían camino hacia las profundidades. Sin haber descendido aún, el Maestro de Amaru chasqueó sus dedos y una diminuta, pero luminosa llama de fuego apareció a su lado, misma que empezó a descender levitando por encima de las gradas. Cuando terminó de bajarlas se empezó a adentrar en un pasadizo muy oscuro que parecía no tener fin y fue en ese momento que la puerta de cerradura oxidada se cerró de golpe sin la intervención de alguien, la alfombra se posó sobre ella y la mesa regresó a su sitio. Todo quedó como al principio.

Conforme avanzaba daba la impresión que aquella densa oscuridad empezaba a consumir la luz de la llama levitante. Las paredes tenían telarañas por doquier, musgo y grietas. Aquel lugar tenía un olor a azufre y guardaba mucha humedad. Transcurridos unos minutos de repetidos pasos y con solo aquella llama como guía, se empezaron a oír golpes de herrero junto con la voz grave y firme de una persona madura. Fue entonces cuando una luz anunció el final de aquel pasadizo, la llama que había hecho Lot se extinguió de inmediato y a pesar de que aquello le produjo cierto grado de impresión, sus pies no cesaron el andar. Al salir del pasadizo se encontró al frente con una terraza adornada por una estilizada y antigua baranda de metal. A ambos lados de aquella terraza salían caminos que simulando serpientes se enrollaban y conectaban con la planta inferior, lugar de donde provenían los golpes y aquella voz. El techo de aquella recámara era de madera, no obstante en gran parte del mismo sólo había un hueco que dejaba ver la tierra que sobre él y algunas raíces que habían traspasado hasta el interior del lugar. En las paredes se podían distinguir los diferentes colores que la tierra iba adoptando conforme se hacía más profunda y también, simulando columnas de templo algunas inmensas raíces se abrían paso desde el techo hasta el suelo. Periódicamente se podía ver que gotas caían desde muchas partes del techo e iban haciendo que el lugar luciera tétrico y notoriamente más húmedo. Lot empezó a descender por el camino a su derecha mientras distinguía como el lugar estaba lleno de mesas con tubos de experimentación, pociones de colores muy variados de las cuales algunas brillaban, calderos con llamas de distintos matices debajo, bibliotecas con formas muy particulares repletas de viejos libros, una chimenea con su fuego encendido, una cama al lado y un hombre de cabellera larga hasta la cintura color marrón, quien se encontraba forjando la hoja de lo que parecía ser un hacha.

—Me imaginé que pronto alguien descubriría mi escondite. —Dijo aquel hombre mientras seguía dando martillazos al metal incandescente.

—Así que era cierto lo que oí en el bazar. Tu nombre es Vick Wyght, ¿no es verdad? —Preguntó Lot mientras observaba en todas direcciones y al mismo tiempo que el otro hombre dejaba su herramienta a un lado para saludar a su inesperado visitante.

—Sí, mucho gusto. Alquimista, hechicero, alguien de peligro y un chiflado para muchos también. —Dijo mientras tendía su mano— ¿A quién quiere que mate?

Lot miró con repulsión la mano sucia del sujeto y por supuesto no lo saludó.

—No vengo precisamente a eso. Yo…

—Pobre. Está enfermo, ¿cierto?

—¿Qué?

—¿Quién es usted? ¡Ja! Sabía que en algún momento alguien iba a descubrir mi escondite.

—Ya, ya, ¡cállese! Necesito su colaboración viejo de las profundidades…

—Si ya lo sabía Lot, venga por acá.

—Viejo desquiciado. —Murmuró Lot.

Lot lo siguió hasta una pared donde solamente había un espejo manchado por la humedad del lugar y el largo tiempo que había permanecido en lugares similares.

—Quiero saber dónde está una mucama del palacio, su nombre es Egna.

—¿Se le escapó en plena boda? Bien dicen los hombres del…

—¡No sea ridículo, viejo payaso! Ella se llevó algo que busco. Necesito encontrarla. ¿Puede hacerlo o no?

—No sin antes cerciorarme de que me pagará.

—Tengo nueve lotos de oro y una gema dragón.

—Mmm, bastará.

—Ah, ¿y qué le parece esto para asegurar su silencio? —Continuó

Lot al mismo tiempo que le daba al hechicero una bolsa de tela llena de diamantes muy raros y especiales para prácticas poco ordinarias y a veces prohibidas.

—Descuide. Siendo así: yo nunca le he visto mi Señor.

Vick, de facciones muy viriles al igual que su visitante, cerró sus ojos y con su mano derecha tocó el espejo. De inmediato el marco del mismo empezó a brillar y el vidrio que contenía se fue derritiendo para caer por el marco y dispersarse por todo el suelo. Aquella espesa sustancia plateada empezó a acumularse y endurecerse en medio de los dos hombres hasta formar un pedestal de piedra con escorzados rostros humanos en toda su extensión acompañado por algunas indefinidas secciones en plata. En su cúpula se extendió en circunferencia imperfecta e hizo un hoyo no muy profundo donde momentos después surgiría agua que, emitiendo atractivos destellos, fue revelando turbias escenas:

—Ahí la tiene. Es ella, ¿no?
—Sí, pero ¿dónde está?
—En estos momentos se encuentra sobrevolando las Montañas de Hierro, pero su destino está mucho más lejos.
—¿Dónde?
—Sueños.
—¿Cómo? ¿Acaso no es la isla más alejada de todo Viride?
—Sí.
—¿Por qué querría ir ahí?
—No sé, pero le aconsejo que se apresure. Eso si quiere alcanzarla.
—Es todo. —Dijo mientras trataba de averiguar en sus pensamientos el motivo que hacía que la mucama se dirigiera a ese lugar tan alejado.
Vick apartó su mano del marco del espejo, el cual dejó de brillar al instante.
El pedestal junto con el agua fueron absorbidos por el interior vacío de aquel marco donde se fue transformando nuevamente en vidrio hasta quedar como el espejo viejo y manchado que era antes. Lot entregó lo acordado a Vick como pago, dio media vuelta y se retiró por donde había venido. Al llegar a la terraza vio unos garabatos conocidos para él y que estaban pintados alrededor del marco de la entrada:

—Es muy precavido para ser alguien que sufre de demencia…

—Solo me garantizo que quien entre aquí lo haga sin poder alguno. Prefiero ser precavido y evitar alguna situación desagradable.

—Con razón mi llama se extinguió. —Dijo en voz baja— Ingenioso.

Lot empezó a adentrarse por el pasadizo al mismo tiempo que los ruidos de martillazos comenzaron a surgir desde atrás y la llama aparecía de nuevo a su lado debido a que no había sido él mismo quien había anulado el conjuro. Cuando se encontraba frente a las gradas por las cuales había descendido antes, se hizo humo y empezó a filtrarse entre la puerta y la alfombra al tiempo que la casi diminuta llama se apagaba y su humo se iba incorporando al de aquel estado que era capaz de alcanzar el Maestro de Amaru. Luego y con sutil rapidez, se trasladó hasta las afueras del cementerio donde Amaru estaba esperándolo nuevamente.

—Señor, ¿no cree un poco imprudente que nos vean hablando a plena luz del día?

—Está lloviendo. Algo oscuro. La gente ni siquiera ha salido de su casa. No hay de qué preocuparse.

—Muy bien. Me tomo la libertad de preguntar ¿para qué me ha llamado?

—Toma esto. —Dijo Lot mientras estiraba su brazo y sobre su mano había una esfera de cristal conteniendo en su interior una espesa sustancia color negra.

—¿Qué es esto, Señor?

—Poder.

—¿Por qué el Señor habría de entregarle tan preciado bien a este servidor?

—Me vas a acompañar a un lugar, ¡sólo tómala!

—De acuerdo.

Amaru hizo lo que su superior le pidió. Tiro la esfera al suelo con fuerza, de inmediato se rompió y aquella sustancia fue absorbida por su cuerpo. Acto seguido, los ojos se le ennegrecieron por un momento para luego regresar a su apariencia normal.

—Rápido, conviértete en humo, nos vamos a las Montañas de Hierro.

Amaru asintió y ambos partieron del lugar.

Mientras tanto, el carruaje en el que iban la mucama Egna y el Príncipe Cástor comenzó a descender lentamente. En un abrir y cerrar de ojos sobrevolaban de cerca el pico de las blancas Montañas de Hierro que aunque verdaderamente se creía eran de hierro sólido, la tierra que las componía nunca había revelado la verdad detrás de ese mito. Todo el lugar se apreciaba de un claro color blanco dado que la nieve no cesaba de caer ahí ni siquiera en el verano. Finalmente aterrizaron en un estrecho camino que montaña abajo daba con la costa donde apesar del frío, la nieve ya no se presentaba con regularidad debido a la altura.

Los caballos, conscientes de que la mucama estaba aún dormida aterrizaron sin prisa alguna y con suavidad. Sin embargo, el camino no permitió que lo de suavidad se cumpliera a cabalidad: el golpe del aterrizaje no fue tan incómodo como la disminución de velocidad de los corceles. Aunque el movimiento en sus alas les ayudaron a disminuir la velocidad, no así la senda, pues estaba llena de escabrosidades por lo que provocaron que Egna despertara y con ella, por fin, el bebé.

—Shh, Shh, ya, ya… —Decía la mujer en sus intentos de calmar a Cástor— Ya pasó lindo, no fue nada.

Afuera las bestias relinchaban anunciando su llegada al destino solicitado.

»Ya hemos llegado y parace que la lluvia empieza a cesar… Shh, Shh… —Dijo Egna al ver por la ventanilla del carruaje al tiempo que continuaba tratando de darle sosiego al bebé.

Con calma, envolvió al niño en otra sábana para que estuviera más abrigado y protegido de las inclemencias del tiempo.

Una vez afuera, Egna observó el mar al frente: turbulento como consecuencia de la fuerte tormenta que había afectado al Reino Supremo en las últimas horas. Con cuidado emprendió su camino hacia el muelle recordando lo que decía el pergamino que había dejado el Rey Eric. Después de haber caminado algunos minutos montaña abajo y al posarse sobre el muelle pudo sentir lo endeble de este, pues se movía y aunque creía que no iba a soportar mucho se dispuso a continuar su andar hasta el final con Cástor en brazos. Una vez en el borde, vio con dificultad el horizonte para divisar si algo o alguien se acercaba.

—¿Busca a alguien? —Preguntó una graciosa voz que en apariencia venía de atrás

—Sí. —Respondió Egna mientras se volvía.— La verdad es que…
—Sin embargo, no había nadie.

—No, por aquí señorita.

Egna posó su mirada en todas direcciones; no obstante no vio a nadie.

—No, no, aquí abajo.

—¡Aaaaaaaaah! —Gritó despavorida al ver que la voz provenía de una cabeza que parecía estar incrustada en aquel pequeño muelle de madera. Era la cabeza de un joven bien parecido, con pelo rubio acolochado y usando un sombrero muy similar a los que utilizaban los capitanes de navíos.

—¡Señorita! No grite por favor, no me quiero quedar sordo. —Dijo al mismo tiempo que una mano surgía cerca de la cabeza atravesando la madera del puerto e iba directo a tapar su oído.

—¿Qué… qué eres?

—¡Oh! Sí. Me presento. Soy Mainque, capitán Mainque a su servicio. —Se presentó mientras se elevaba para revelar el resto del cuerpo luciendo un traje viejo y un poco sucio, pero que exaltaba su buena condición física. Llevaba muchas insignias y algunas desfiguradas medallas que hacían alarde de su experiencia en los 12 mares de Viride.— Y, ¿usted es?

—Yo… Pues yo… Je je, yo… Egna… Mucama Egna, del palacio. —Respondió nerviosa mientras observaba a aquel hombre de arriba abajo debido a que despertaba mucha curiosidad el hecho de que fuera ligeramente transparente y, aún así, bien parecido.

—Mucho gusto señorita Egna. Y dígame, ¿qué la trae a este lugar tan alejado del palacio?

Egna de inmediato sacó el pergamino enrollado y se lo dio a Mainque, quien hizo que sus manos se volvieran de carne y hueso agitándolas un poco.

—Mmm... bla… bla… bla… ¡Oh! ¿Cuándo ha pasado esto?

—Hoy.

—Isla de Sueños ¿eh? Muy bien. —Dijo el capitán, quien dio una vuelta completa y su cuerpo perdió la transparencia de la cual gozaba.

—Espere… ¿qué fue todo eso? Podía ver atravès de su cuerpo…

—Esa es solo una habilidad heredada en mi familia por más de diecinueve generaciones. —Dijo con una sonrisa el capitán mientras sacaba de su bolsillo un mapa, no muy grande, de Viride.

—Ya veo. Interesante.

A continuación, el capitán asintió, guardó el mapa y miró directo al ancho y turbulento mar. El viento empezó a soplar muy fuerte y en consecuencia la bravura del mar se evidenció.

A una distancia no muy lejana del puerto en el cual se encontraban se empezó a formar un remolino. La furia del mismo aumentada y hacía parecer como si quisiera tragarse todo el agua de los ríos, mares y océanos. En un abrir y cerrar de ojos Egna muy impresionada, notó un montículo de hielo que empezaba a surgir desde el interior de aquel furioso remolino.

—No se preocupe, es solo nuestro transporte.

—¡¿Transporte?! —Preguntó asustada y abrazando muy fuerte al príncipe, pues se había impresionado también ante aquella manifestación antinatural de furia climática.— Calma mi niño, calma.

Más pronto de lo esperado se pudo observar la forma real de aquel gigantesco bloque de hielo: un enorme barco.

—Verá: mi familia tuvo la brillante idea de crear algo que fuera compatible con la genética.

—¿Compatible con la genética?

—Sí. Lograron crear este barco de hielo que cuando es comandado por el miembro de la familia que heredó la condición, mi condición, puede transformarse de un barco normal a uno de tipo fantasma y pasar desapercibido incluso por aquellos lugares donde hayan hechizos, conjuros o sortilegios encargados de revelar todo tipo de magia.

—Eran ingeniosos en su familia.

—…Y lo seguimos siendo.

—Disculpe, no fue así como quise decirlo. —Corrigió acongojada, mientras notaba que el viento disminuía, el remolino se extinguía y el barco empezaba a avanzar hacia ellos.— ¿Y qué tiene de especial ese hielo para que sea compatible con su genética?

—Claro. —Contestó con ánimo.— Sé a lo que se refiere. Ese hielo proviene de *Teranúll*, ¿la conoce? La tierra de…

—Las brujas. Sí. He oído algo…

—Absolutamente todo lo que allí se encuentra tiene propiedades mágicas y algunas son bastante raras, pero ante todo únicas y el hielo no es la excepción. Por favor, suba. —Ordenó amablemente mientras señalaba un bloque delgado de hielo que salía del barco para adherirse al puerto.

Egna subió despacio y con temor de que aquello se fuera a quebrar y la hiciera caer al mar con el príncipe en brazos. A bordo, la tripulación dio la bienvenida adecuada al capitán mientras éste presentaba a Egna, al niño y el motivo del por qué estaban ahí.

Después del breve protocolo el capitán guió a la mucama hacia una habitación hecha de madera que a diferencia del resto del barco estaba cálida y poseía comodidades suficientes para pasar una noche tranquila.

—Capitán, ¿qué hacemos con ese carruaje? —Señaló uno de la tripulación mientras observaba que unos caballos y un carruaje se acercaban con pereza.

—Llevémoslo. De seguro nos puede servir de algo.

Algunos de la tripulación bajaron del barco y con ayuda de un par de cuerdas lograron que los caballos subieran a bordo, trayendo con ellos el carruaje. Luego fueron ubicados en un lugar que tenía un pequeño techo en media cubierta.

—Señor esperamos su orden. —Dijo un oficial al capitán mientras sostenía su mano derecha en la frente, como la acostumbrada muestra de respeto hacia los superiores navales.

—Zarpemos ya, oficial.

—Sí, señor.

Los oficiales se retiraron al cuarto de mando, donde empezaron a agregar carbón *hideg* a la caldera de metal aislante para hacer que el barco empezara a moverse, otros más se aferraron al timón con mapas debidamente marcados para seguir el curso correcto. El capitán Mainque estaba en la proa, luciendo con orgullo su sombrero de capitán y mientras gozaba de sentir el frío viento en su rostro colocó ambas manos en la baranda y en un instante él, junto con todos los pasajeros y el barco mismo, fueron experimentando una metamorfosis hasta ser completamente invisibles e imperceptibles para luego perderse en la lejanía del horizonte.

Dos cúmulos de humo oscuro empezaron a concentrarse en un risco, cerca del camino que daba al puerto donde Egna y el capitán Mainque habían estado segundos atrás.

—¿Dónde está? El loco de las profundidades dijo que se encontraba sobrevolando las Montañas de Hierro. Debería verse desde aquí… Algo…

—¿Hechicero? Entonces si era cierto… ¿Lo ha ido a ver, Señor?

—Sí. ¿Dónde se pudo haber metido? Ya debe de haber llegado.

—Señor, yo no veo nada.

Lot vio a su sirviente de reojo; Amaru retrocedió un poco.

—Te quedarás aquí hasta que llegue la mucama. Yo iré al palacio a poner el orden debido en este reino ennegrecido por la ineptitud. —Exclamó con orgullo.

—De acuerdo. Señor, disculpe mi falta de respeto, pero ¿podría hacerle una pregunta?

—Ya lo estás haciendo. —Amaru guardó silencio— Además, sé lo que vas a preguntar y es algo que me he negado contestarles en cientos de oportunidades. Supongo que quieres saber por qué estoy tan seguro de poder tomar el poder.

—Sí, señor.

—Pues porque soy parte de la familia, Amaru.

—¿Familia? —Preguntó impresionado.

—Si. Parte de esa escabrosa familia. Soy el tercer hermano, presuntamente desaparecido.

Amaru guardó silencio.

»Con los bebés desaparecidos, Falco y los reyes muertos, el trono debe ser heredado por el pariente más cercano y en este caso soy yo. Además, así tomaré la posición que me perteneció siempre y prepararé todo para que él también tome la suya. Por fin podré acabar con ese maldito e inútil régimen en donde se tiene que involucrar al pueblo en el poder. ¡Qué desperdicio!

—Claro, mi Señor.

Lot desapareció del lugar, mientras Amaru agudizaba su mirada hacia el pico más alto de las Montañas de Hierro.

El mismo cúmulo de humo oscuro se empezó a formar a un lado del muro y compuerta principal del palacio. Lot se quitó la capucha negra. Debajo llevaba una túnica larga color gris oscuro que hacía contraste con su blanca piel y que además estaba místicamente adornada. La capucha que se había quitado se volvió humo y se dispersó en el vacío. En seguida, Lot empezó a caminar hacia el palacio: atravesó la compuerta, subió la rampa principal y una vez frente a la puerta principal y bajo una leve llovizna se encontró con dos guardias.

—¡¿Quién es usted y cómo ha logrado entrar?!
—Soy el único heredero al trono.
—¡No sea payaso! Dado lo sucedido, hasta yo puedo ser heredero. —Decía sarcásticamente un guardia mientras su compañero le correspondía el comentario con una risa.— ¡Identifíquese!
—O váyase de inmediato. —Agregó el otro guardia mientras colocaba su mano sobre la empuñadura de su espada, la cual colgaba de su cintura.
—Vea este anillo y llame a todos los ministros del palacio para que también lo vean.
—¡¿Dónde lo consiguió?! —Interrogó el guardia sacando su espada y llevándola al cuello de Lot.
—¿Te atreves a amenazar a tu nuevo Rey de esta manera? Haré que pagues por esto. Llama a los ministros.
—Llamemos los ministros. —Insistió su compañero—Además, si este hombre es un criminal los ministros mismos se encargarán de él.
—De acuerdo. Que llamen a los ministros y tú, dame ese anillo.
Lot acató y le entregó su anillo al guardia.

La espera no fue mucha. Minutos después, cuando la lluvia había cesado por completo, pero el cielo aún seguía gris, los catorce ministros del palacio llegaron. En medio de todos se encontraba el primer ministro Uzi.

—¿Qué pasa? —Preguntó el primer ministro.
—Este hombre dice ser el legítimo heredero al trono y trajo consigo esto. —Expresó el guardia que había amenazado a Lot mientras ponía en las manos del ministro el anillo.
—Mmm… Efectivamente este anillo es el de la familia Plinio y, en particular, pertenece al tercer hermano. Aquel que había desaparecido años

atrás. —Increpó el primer ministro Uzi mientras alzaba la mirada hacía Lot.

—Espere un momento Primer Ministro. —Exclamó otro de los ministros, uno de los más veteranos.— Me temo que este muchacho sí es quien dice ser. Aunque estoy viejo y el joven Lot escapó siendo muy niño, nunca olvido un rostro. Sin contar con que su mirada es idéntica a la de su padre Narciso. Sin duda por sus venas corre sangre Plinio.

—Me parece que tiene razón ministro. —Dijo otro de los veteranos, mientras acomodaba sus redondos lentes y se acercaba para ver mejor a Lot.— ¡Esto es increíble, joven Lot! Llegamos a creer que había muerto. ¡El Reino está salvado! —Terminó diciendo aliviado al mismo tiempo que con una mano en la espalda conducía a un Lot serio adentro del palacio.

—Ministro, hay algo que debe saber primero.

—¿Sí, Su Majestad?

—Ese guardia —Señaló Lot.— ha amenazado a su nuevo Rey. Colocó su espada en mi cuello.

—Es un acto de traición, pero no lo culpo. En estos momentos estamos a la defensiva, me parece que por ahora podemos pasar eso por alto.

Lot miró fijamente al guardia y procedió a retirarse del lugar junto con todos los ministros.

El guardia, nervioso, volvió a su posición. Mientras esto sucedía en el palacio, Amaru seguía de pie, pero ahora se encontraba en medio de las empinadas y peligrosas Montañas de Hierro. Posado a la orilla de un acantilado más alto que el anterior observaba la majestuosidad que había en aquel lugar y disfrutaba de la congelada brisa que acariciaba su cuerpo.

Por otra parte, las personas del pueblo empezaron a salir de sus casas para retomar sus actividades diarias. Todos y cada uno de los habitantes de Lûmen tenía un oficio en el que ocuparse. Algunos eran panaderos, muchos vivían de la pesca y la agricultura y otros de atracar con diferentes prácticas y habladurías (que no eran más que pura charlatanería) a las personas, pero todos tenían algo en común: dejaban sus casas al amanecer para regresar cuando el sol empezaba a ponerse. El día seguía su curso normal, pero en el pueblo alguien no salió de su casa. Por el contrario se quedó en ella y preparaba comida o así lo indicaba el humo que brotaba desde la chimenea.

—Será mejor que te comas eso, no querrás que además de todo te desnutras ¿verdad? —Exclamó una mujer de una atractiva figura, pero que por el grosor de sus ropas la hacían ver algo gorda y descuidada.— Anda, come, ¡come!

—¡Voy! No me presiones.

—Pues allá tú. Yo solo quiero ayudarte, pero si no comes terminarás tan flaco como el viejo de la casa de al lado. Pobre hombre. El otro día escuché que para la última gran tormenta que hubo casi no pudo llegar a su casa porque el viento se lo impedía.

—¡Bah! No seas exagerada.

—Es cierto, si quieres ve y pregúntaselo tú mismo. Es más, ahí va, míralo —Dijo señalando por la ventana a un señor jorobado, de baja estatura, malencarado, con un sombrero blanco y muy delgado.— Podrías preguntarle de una vez, si quieres te lo llamo.

—No, no lo hagas. Te creo, te creo. —Respondió mientras empezaba a comer una deliciosa sopa de albóndigas de trucha acompañada de verduras al vapor arregladas con variados condimentos, pero desafortunadamente no iba a poder terminar de degustar aquel platillo.

—Ya regreso. Iré al jardín por unas hierbas.

—De acuerdo. —Respondió el hombre, quien gustoso de probar aquel manjar del cual nunca había conocido su sabor, examinaba la habitación en la cual se encontraba.— Fuiste rápido...

—No he ido. No pude continuar... antes de salir al jardín escuché por la ventana de la cocina al vecino hablar con su esposa. —Le explicaba mientras realizaba unos cuantos ademanes.— Alguien ha llegado a reclamar el trono al palacio.

—¿Cómo dices? ¿Estás segura?

—¡Pues claro! Es exactamente lo que escuché.

—¿Pero qué...? Debemos ir entonces ¡Vamos, de prisa!

—Ya voy, ya voy.

Y fue así como el hombre no pudo terminar de comer aquel alimento que probaba por primera vez. Ambos salieron de la choza tan de prisa como pudieron, dejando entonces que la comida se enfriase sobre la mesa y que las brasas en la chimenea siguieran ardiendo hasta apagarse lentamente. La mujer llevaba del brazo a aquel hombre, quien encontraba dificultad en cada paso que daba.

—Bueno, en un momento serás nuestro nuevo rey, Lot.

—Sí... Pero, ¿alguien sabe cómo murieron mi hermano y su amable esposa?

—Me temo que ninguno de los ministros tenemos esa información.

—¿Ah, sí? ¿Por qué?

—No hemos dado ni siquiera con el cadáver de alguno de los dos a pesar de que hemos hecho esfuerzos para buscarlos por todo el reino. Lo que sí es seguro es que hay que realizar una ceremonia apropiada en nombre de ambos. No hay duda de que viene usted a ocupar el lugar de un gran señor, joven Lot.

—Sí claro. Creo que es lo apropiado y necesario en un momento como este. Pero, verdaderamente es una pena... Me pone tan triste saber que estuve lejos tanto tiempo sin aprovechar el tiempo junto a mí hermano Eric. Yo era muy unido a él ¿saben? Eso sí, he de admitir que con Falco nunca me llevé muy bien. Él era más... complicado. —Terminó diciendo.

Por un momento hubo silencio. Lot se encontraba con la vestimenta de Rey en ese momento constituida por una larga capa color vino, una estilizada corona de oro puro. Llevaba además una armadura de plata y unas botas del mismo material. Para ese momento, solo faltaba que el primer ministro Uzi terminara el decreto para que dejaran caer la cera caliente sobre el papiro y que así se concretara la ceremonia de coronación al tercer hijo de la Familia Real: los Plinio.

—¡Alto! ¡Alto! —Gritaban unos guardias que venían corriendo por el pasillo.

Inmediatamente todos los presentes en el Salón de Ceremonias del palacio, volvieron su mirada y observaron como diez guardias, cinco de cada lado, se colocaban en fila como si fueran espejos unos de otros.

—¿Qué sucede? —Exclamó Lot, quien se puso de pie desconcertado ante aquella situación.

—Saluden a su rey. ¡El Rey Eric está vivo! —Dijo un guardia mientras colocaba su espada, como los demás, en arco para que alguien pasara por debajo. —¡Larga vida al Rey!

Pronto se divisó la figura de una mujer sirviendo de apoyo a un hombre que venía caminando con dificultad por el pasillo. Nadie podía creer lo que aparecía frente a sus ojos en aquel momento.

—No puede ser posible. —Exclamó nervioso Lot, al ver a su hermano.

3

En honor a Su Majestad

El regreso de Eric al castillo fue motivo suficiente para que todos en el pueblo volvieran a colocar una sonrisa en sus rostros, no había duda de que Eric había sido el rey más querido de las últimas generaciones. Lamentablemente, y como era de esperarse, su regreso no causaba la más mínima alegría a Lot, quien ya se había visto como el monarca del Reino de Luz antes del inesperado regreso de su hermano.

—¿Quién ha visto semejante disparate? Tu hermano, el desaparecido por años queriendo ser rey de la nada. Eric, aquí hay…

—Búsquenlos en todos los rincones del reino... —Ordenaba Eric desde la puerta de su habitación a uno de los guardias para que buscaran de inmediato y con mayor insistencia a su esposa y a los gemelos— Si, lo sé. —Respondió a Belisaria, quien después de asistirlo en su entrada al palacio lo ayudó a ir a su habitación para continuar con la curación de la herida causada por la espada.— A mí también me parece raro que haya regresado con mi presunta muerte.

—Mmm. Muy raro diría yo. Oye, ¿y de verdad no recuerdas nada?

—No, nada. Tal vez es resultado de algún golpe.

—Si, caíste del puente del ala este.

—¿Tú fuiste la que me sacó de ahí?

—Técnicamente, si. Pero fue gracias a Falco que me di cuenta de lo que estaba ocurriendo y entonces acudí a su llamado. ¡Qué cosas! ¿Quién lo diría? Una de las personas más cercanas a ti era el traidor que aparecía en mis sueños y en las cartas que leía periódicamente.

—¡Eso duele! —Dijo mientras se arqueaba un poco por el dolor que le causaba la curación de su amiga. La herida que le había causado aquella peculiar espada estaba negra y finas venas oscuras se esparcían desde la misma.— Sí, quién lo diría. Gracias a tu advertencia iniciamos la investigación en secreto y en parte resultó, pero mira cómo acabaron las cosas.

—Sí. Pero no hubiera soportado que mi testarudo amigo se muriera así no más.

—¡Belisaria!

—¡Ay! Ya basta. No creo que duela tanto, deja que te cure. ¡Rápido! Quita esa mano de ahí. ¡Que la quites he dicho! —Ordenó mientras que con una de sus manos forcejeaba con Eric.

—Ya, ya. Está bien, continúa.

Belisaria y Eric pasaron el resto de ese día forcejeando varias veces, pero al final siempre ganó la bruja, quien después de varias horas y casi al anochecer terminó de curar la herida del rey para luego colocar vendas sobre ella. Eric complacido y después de enterarse quién era en realidad el doctor Amaru, la invitó a quedarse en el palacio y servirle un tiempo como su doctora. Sin embargo Belisaria rechazó el puesto, pero aceptó gustosa quedarse y así aprovechar todas las comodidades que ahí se le ofrecían: era muy astuta y algo aprovechada tratándose de su mejor amigo.

Lejos del palacio, el doctor Amaru después de esperar largas e inagotables horas en aquel lugar para ver llegar a la mucama decidió regresar a la choza más vieja y alejada del pueblo. Se podía decir que ya Amaru era todo un experto en desaparecer y aparecer igual que su maestro, pero se debía a que la mayor parte del tiempo que estuvo esperando en aquel muelle y entre las montañas, practicó apareciendo y desapareciendo en lugares aledaños; de igual manera y luego de varios raspones aprendió a controlar su cuerpo mientras volaba. Al final de cuentas aquellas habilidades no eran nada complicadas de dominar, así que le bastaron unos cuantos minutos para realizarlas de la mejor manera y casi tan perfectas como su maestro. Sin embargo y dado que en ese momento la niebla había desaparecido y no podía formar parte de ella, tuvo que cambiar de técnica y esta vez voló muy alto para confundirse entre las altas nubes.

La noche apenas empezaba y el grupo de hombres de cada ocasión se reunían una vez más cerca de la mortecina luz de aquella gastada candela, sobre la única mesa de la choza. Era noche de luna llena, aquellas lejanas flores azules dejaban salir su incandescente pólen, habían muchas nubes en el profundo cielo nocturno, pero dejaban ver muy bien la perfecta esfera plateada que se asomaba momentáneamente. A lo lejos se podían escuchar los lobos aullando sin cesar y de vez en cuando se escuchaban alrededor de las casas del pueblo el revoloteo y leve cantar de algunos pájaros que habían sido alcanzados por la noche justo antes de que regresaran a sus nidos.

—¿Dónde está el Maestro? —Preguntó Amaru cuando al entrar vio el sillón vacío.

—No ha regresado del palacio. Ya lo deben de haber proclamado rey y mañana lo anunciarán. —Respondió la única mujer.

—Bueno. Lo más conveniente en estos momentos es regresar todos a nuestros lugares y esperar a que el Maestro salga del palacio y nos ponga al tanto de todo.

—Pero ¿y tú Amaru? ¿A dónde vas a ir? Apesar de que el Maestro sea el Rey, no creo que te quieran en el palacio.

—Tengo mi lugar.

Todos salieron de la choza. Amaru residía en una pequeña casa cerca del Golfo Sirena, al sureste del palacio. Después de mucho tiempo sin visitar aquel lugar regresó para encontrarse con unos inquilinos poco deseados. Uno a uno se deshizo de los roedores e hizo de aquel lugar abandonado, un sitio óptimo para ser habitado, aunque privado de los lujos que se podían encontrar en cada rincón del palacio.

Pasaron los días y las noticias acerca del paradero de Falco y el da la mucama eran todavía desconocidos. Por otra parte, la notica del hallazgo de la ropa y rastros de sangre de la Reina Regina se había expandido rápidamente y no faltó mucho para que llegara a oídos del Rey Eric quien afectado ordenó la proclamación de aquel lugar como parte de los dominios centrales del palacio. Al mismo tiempo dio la orden de empezar con la construcción de un santuario que no solo serviría como símbolo de honor para su Reina, sino también como lugar de veneración para aquellos que habían muerto en batalla.

—Guardia, ¿ha hecho lo que le ordené? —Habló el Rey a plena luz del día en medio de un mar de personas quienes entre lamentos y sollozos, rodeaban el lugar donde se había realizado fatídico hallazgo.

—Si, Su Majestad. El primer ministro Uzi tendrá listo el decreto para que se empiece con la construcción lo antes posible. —Respondió con una reverencia

—De acuerdo.

El guardia se inclinó de nuevo y se retiró.

Las horas pasaron y la muchedumbre se fue retirando del lugar. No obstante, el rey permaneció gran parte del día arrodillado frente al lugar del hallazgo. Junto a él se encontraba de pie Belisaria quien en ningún momento se apartó de su lado. Algunos guardias y varios obreros fueron llegando para colocar antorchas y demás instrumentos como preámbulo para iniciar la construcción del santuario al día siguiente.

—Belisaria ¿alguna vez te conté cómo nos conocimos Regina y yo?

—No, Eric. La verdad es que nunca he tenido la oportunidad de escuchar esa historia.

—Fue cuando éramos pequeños. Yo era príncipe entonces y ella pertenecía a una de tantas honradas familias de Lûmen. Un día de primavera se me ocurrió acompañar a uno de los guardias del palacio en un mandato de mi padre. Al llegar al lugar sentí la penetrante mirada de alguien que no apartaba los ojos de mi, esa persona tenía una curiosidad insaciable.

»Mientras los demás hacían una reverencia cuando yo pasaba, volví mi mirada y ahí estaba ella con su cabello largo y rizado, su impecable vestido rosa y sosteniendo una bolsita con unos bollitos de pan fresco adentro. Estaba tan hermosa y yo era muy niño para entender lo que se siente el estar enamorado, pero al verla me ruboricé y ella por su parte salió corriendo. Aquello me sorprendió y pensé que tal vez ni siquiera la había visto, que había sido una ilusión mía. Tiempo después me enteré que sí había pasado, que sí existía y que su padre la había mandado muy lejos a estudiar las misteriosas artes de la sanación.

»Pasaron los años y no tuve noticias de ella hasta que un día en una reunión oficializada por el palacio en la que todas las personas del pueblo podían asistir la vi de nuevo. Ya éramos adolescentes y nuevamente sentí como alguien se me quedó viendo entre la multitud. Volví mi mirada y ahí estaba ella, algo cambiada. —Unas lágrimas salieron de los ennegrecidos ojos del dolido Rey— Con otro vestido rosa, muy elegante esta vez y más largo. Su cabello muy bien arreglado, largo y con esa mirada fija en mí. Esa única mirada hizo que mi corazón saltara de alegría: me había atrapado por completo. Después del banquete me acerqué y le pregunté: "¿Eres tú la niña de cabellos rizados de hace unos años?" "Sí, soy yo Su Majestad… He vuelto." Me respondió con voz pausada y muy suave. Su voz siempre fue tan dulce e inspiraba tanta ternura y paz que todo a mi alrededor se convertía en un paraíso cuando sus palabras adornaban las mías, tú más que nadie lo debes de saber Belisaria. Después de ese segundo encuentro nuestro lazo se fue vinculando cada vez más hasta el punto de la unión verdadera, de la unión en nombre de nuestro amor.

»Nos amamos hasta el último instante que pudimos… Belisaria, Regina fue y seguirá siendo por siempre la única mujer que pudo comprender completamente a este hombre que ves arrodillado frente a ti.

—Imagino que así fue Eric. —Respondió mientras se arrodillaba al lado de Eric para brindarle un abrazo.— No entiendo por qué nunca me habías contado tan bella historia amigo mío.

—No lo sé. Tal vez porque nunca habíamos tenido la oportunidad de hablar así.

—Puede ser.

—Es tarde ya, el sol empieza a esconderse y debemos marcharnos. —Sugirió, mientras se ponía de pie con ayuda de Belisaria.

Ambos entraron en un carruaje que los aguardaba cerca de aquel lugar. El carruaje al igual que el palacio, tenía muchos acabados lujosos. De fomar asimétrica, estaba hecho de la más fina madera de pino añejado, con tallas altamente ostentosas y con sutiles incrustaciones exteriores de metales preciosos. Por dentro estaba enteramente acolchado con dos ventanas laterales y una trasera; todas cubiertas con seda de la más alta calidad. El carruaje era halado por seis caballos, mismos que cuando era necesario estiraban sus alas y surcaban los cielos, pero no en ese momento de relativa calma en que podían transitar sin ninguna prisa.

Belisaria notó como el rostro de Eric mostraba la más honda tristeza, nunca antes había visto al Rey así. De regreso al palacio la bruja intentó entablar una conversación que ayudara a Eric a despejarse de aquel sentimiento, pero una y otra vez sus respuestas fueron cortantes y dejaban a Belisaria sin opción alguna para continuar el tema. Conforme avanzaban veían como guardias, obreros y ayudantes se encaminaban en sentido contrario para ayudar en la construcción del templo. En el decreto que el primer ministro Uzi había dado para empezar la estructura se especificaba con claridad que la rapidez iba a ser premiada y esto hacía que todos se movieran con destacada velocidad.

Cuando por fin llegaron al palacio, el manto oscuro de la noche había cubierto al sol y las antorchas de fuego turqueza habían surgido por doquier.

—Su Majestad, —Saludaron unos guardias con la típica reverencia.— le tenemos una noticia.

Eric volvió su mirada a los guardias mientras bajaba del carruaje con ayuda de Belisaria.

—¿Noticias?

—Su hermano Lot ha desaparecido del palacio.

—¿Cómo?

—Como es su hermano es un invitado de honor en el palacio, por lo que las mucamas fueron a la habitación que Su Majestad le asignó para llamarlo a comer. Sin embargo, la habitación se encontraba vacía...

—¿Vacía? ¿Buscaron en el resto del palacio?

—Sí, Señor. Y no hay rastro alguno que nos indique su paradero.

—El muy cobarde escapó para no enfrentarse a... —Intervenía Belisaria con sarcasmo.

—Belisaria...

—Lo siento Eric, pero solo digo la verdad. Creo que es prueba suficiente para confirmar nuestras sospechas.

—Guardias, que aseguren todas las entradas. Asegúrenlas con sortilegios si es necesario.

—Sí, Su Majestad. —Reverenciaron los guardias.

Eric procedió a entrar en el palacio con ayuda de Belisaria.

—Entonces, ¿de verdad crees que mi hermano puede estar involucrado con algo oscuro y extraño?

—Mmm... yo apostaría mi vida por ello Eric.

El Rey se detuvo y miró a Belisaria fijamente.

—¿Acaso sabes algo que yo ignore?

—Eric, solo digo que de acuerdo con…

—Belisaria, si bien es sabido que yo nunca tuve interés alguno en desarrollar mis dotes mágicos debido a que mis intereses siempre fueron políticos, esos dotes siguen conmigo y algo me dice que me ocultas algo. ¿Crees que por ser mi amiga te librarás de esta?

—¡Chantaje!

Eric siguió caminando.

—Entonces, ¿le ocultarás información a tu Rey?

—No es justo. Bueno. Está bien, pero… aquí no lo hablaremos, no en medio pasillo.

—Bueno, di el lugar entonces.

—Toma mi mano, Eric.

El Rey tomó la mano de su amiga y esta última cerró sus ojos. Las antorchas que había en aquel pasillo se extinguieron de golpe. La bruja inclinó un poco su cabeza al mismo tiempo que extendía su otro brazo hacia el frente. De manera intensa, su mano empezó a tornarse de un color blanco y de sus dedos fueron saliendo pequeñas chispas del mismo color. Lentamente se fueron acumulando al frente formando un rectángulo posicionado en vertical y del interior del rectángulo fue apareciendo una puerta de mármol muy grande e imponente.

—Muy bien, entra.

Eric asintió y caminó hacia el frente de la puerta. Una vez ahí, procedió a abrirla y vio como del otro lado no había más que oscuridad. Entonces volvió su mirada hacia Belisaria.

—Sólo entra.

Eric siguió la orden de su amiga y fue consumido por aquella oscuridad. Después lo hizo Belisaria. Una vez que ambos habían entrado por aquella puerta, ésta se cerró de golpe y explotó en millones de chispas blancas que acabaron por desintegrarse. Finalmente el fuego de las antorchas del pasillo volvió a surgir.

—¿Dónde estamos? —Preguntó Eric mientras observaba montones de libros acumulados en varias estanterías pequeñas a lo largo de todo el piso de la habitación y muchos más en decenas de altos muebles verticales.

El lugar tenía una iluminación tenue y lo único que daba claridad era el ventantal de la derecha y una chimenea encendida al fondo, frente a un escritorio acompañado de un sillón rojo de respaldar alto.

—Este es mi estudio Eric... Mi recóndito estudio.

—Pero, ¿dónde estamos exactamente Belisaria? Hace frío aquí.

—Estamos bajo el agua. Muy lejos de la superficie.

—¿Qué? Es imposible... —Hubo un momento de silencio.— ¿Hablas en serio?

—Por supuesto. Este lugar está bajo un poderoso conjuro que lo hace indetectable e indestructible al estar tan profundo en el ancho mar.

—Increíble... —Dijo Eric mientras miraba a través del inmenso ventanal que había en aquella habitación— ¿Y por qué el techo tiene que estar tan alto?

—Lo mismo me preguntaba yo hace unos años hasta que mi abuelo me lo explicó...

—¿Ah sí? ¿Y qué te dijo?

—Si por algún motivo el conjuro que protege a este lugar se debilita y se empieza a rasgar el techo de madera, las gotas que eventualmente empezarían a caer desde tanta altura provocarían un eco, lo que las haría más perceptibles para resolver el problema a tiempo.

—Oh. Ingeniosos los que hicieron este lugar aquí.

—En realidad no lo hicieron aquí. ¿Ves esa puerta? —Dijo Belisaria mientras señalaba una puerta que estaba precedida por un montículo que cristal, mismo que provocaba que aquel acceso no funcionara para entrar o salir del lugar.— Esto era parte de una casa. Este estudio fue protegido desde su construcción inicial como medida para prevenir cualquier atentado en su contra debido a la información que encierra. Y como consecuencia de un conflicto entre familias la casa fue destruida. Al notar la resistencia de este estudio ante cualquier ataque, resolvieron tirarlo al océano creyendo que así lo destruirían; pero ya ves que no fue así.

—Pues sí...

—Bien, a lo que hemos venido. Siéntate ahí.

Eric se sentó frente al escritorio que había visto antes. Belisaria por su parte y como era de esperarse, se sentó en el sillón grande que había del otro lado.

—Mi teoría se basa en algo que vi hace un par de días Eric.

—Cuenta todo lo que sabes.

—Aquel día cuando los gemelos iban a nacer, mientras yo regresaba a mi casa en el pueblo sentí la presencia de magia oscura a mí alrededor. Me volteé y miré en todas direcciones, pero lo único que pudo alcanzar mi vista fue un rastro de humo que se dirigía al sur del pueblo donde se encuentra aquella casa que dicen está encantada, ¿sabes cuál es?

—Sí, por supuesto. Hace varios meses que he querido quitarla de ahí puesto que nadie nunca la reclamó. ¿Por qué?

—Bueno. Cuando vi aquel rastro de humo lo seguí. Mi sorpresa fue cuando vi por la ventana que habían varios hombres alrededor de una mesa conversando. Pero cuando me disponía a regresar uno de los hombres, al que más respetaban, empezó a hablar. Eric. No sé qué vayas a pensar de esto, pero esa voz era muy similar a la de tu hermano Lot.

—¿Lot? ¿Y qué podía estar haciendo ahí?

—Eso no lo tengo claro, pero en la conversación nombraron a Amaru. Parecían disgustados por algo y sobre la mesa había un papiro enrollado.

—El doctor traicionero. Fue él quien estaba fuera de mi habitación esperando para atacar cuando nos disponíamos a huir.

—¿Recuerdas eso?

—Sí. Lo que no recuerdo es después de haber llegado al ala del palacio.

—Magia. —Belisaria se puso de pie de inmediato y volvió su mirada hacia los libros.— Creo que ahí está —La bruja dio un pequeño salto y al momento se encontraba volando hacia aquellos documentos que estaban apilados en uno de los muebles más altos.

—¿Qué buscas?

—Espera… —Agregó mientras flotaba en el aire y veía el índice de uno de aquellos libros: su portada estaba adornada con pequeños detalles en oro y se titulaba "*Hechizos de Madame Dómine*". — ¡Aquí está!

De inmediato Belisaria regresó al sillón sin el texto en sus manos, pero éste la siguió rápidamente mientras que por sí solo pasaba las páginas para llegar a la que la bruja deseaba examinar. Una vez que la bruja se hubo acomodado en su lugar el libro calló en el escritorio con la página deseada al descubierto.

—El conjuro se llama *Mémoire Perte*.

—¿Ah?

—Quien lo use podrá encantar a alguien directamente para hacerle perder la memoria de lo que pase en los siguientes instantes hasta que alguna impresión, contra-hechizo o golpe lo haga recobrar el sentido y sacarlo de la influencia de este.

—Entiendo…

—Entonces, ¿no recuerdas nada de lo que pasó en las afueras del ala este?

—No. Sí recuerdo haber puesto a mi niño a un lado, junto con un documento. Después de eso lo último que recuerdo fue haber visto a alguien encapuchado atacando con unas extrañas esferas a los guardias que me protegían. Eso es lo que recuerdo. A partir de ahí ignoro cualquier acontecimiento hasta el momento en que desperté en tu casa.

—Las esferas debieron contener el conjuro y al hacer contacto con los guardias esparcieron el efecto que residía en su interior y eso provocó…

—Mi falta de memoria.

—Exacto. Y tiene que ser alguien con mucho poder. Créeme, mira quién te lo dice.

—Sí…

—Un momento, —Dijo Belisaria mientras se erguía en el sillón mirando fijamente a Eric.— ¿encapuchado dijiste?

—¿Qué?

—Ese ser anómalo que te ataco ¿estaba encapuchado?

—Sí.

— ¿Qué color era su capucha?

—No lo sé, no podía ver bien.

—Trata de recordar, Eric.

—Algo oscura, creo… ¿Por qué?

—¿Qué tal si de verdad Lot es el mismo sujeto que estaba en la choza vieja del pueblo y el que te atacó? Con mucha razón desearía que no recordaras nada del encuentro en el ala del palacio si algo salía mal.

—Belisario, mi propio hermano…

—Eric abre los ojos muy bien, ¿quién estuvo totalmente en contra de que tú fueras rey debido a que seguirías con el mismo sistema "inepto" de tantos años? Además tú mismo sabes que aquí se está gestando algo. Si no, ¿por qué apareció Lot con tu muerte? ¿Y por qué huyó nuevamente con tu aparición? ¡Está más que claro!

—Yo lo llamaría sentido lógico ¿Cómo no me di cuenta de esto antes? —Guardó silencio unos instantes para luego continuar.— De cualquier modo, ¿por qué me trajiste hasta este lugar para hablar de esto?

—Creo que esa pregunta se responde casi por sí sola. El tema en sí es bastante delicado como para hablarlo en el palacio donde todas las paredes oyen, escuchan y entienden. Además, ahora que nos damos cuenta puede que el poder que Lot está intentando controlar sea tan grande que de una manera u otra se hubiera enterado de nuestra conversación y hubiera procedido a acabar con nosotros. Contigo ya lo intentó. Aquí, como te dije antes, somos imperceptibles y si Lot se transporta por medio de algún conjuro o hechizo que involucre humo es imposible que logre atravesar el agua. Aunque no importa cómo se transporte dudo mucho que logre penetrar la barrera de conjuros y sortilegios que rodean este lugar.

—Muy bien, pero ¿qué debemos hacer ahora? Si Lot de verdad posee esa habilidad para trasladarse, es muy probable que nunca lo lleguemos a capturar.

—Sí, tienes razón. Lo peor de todo es que en estos momentos no se me ocurre nada. —Respondió Belisaria mientras tocaba el libro para que regresara volando a su lugar.— Pero bueno, tal vez en una diminuta posibilidad nos estamos precipitando. Esperemos a ver cómo siguen las cosas, pero ante todo no bajemos la guardia y sin lugar a dudas el palacio debe de estar totalmente asegurado.

—De eso ya me he encargado antes. Oye, ¿y qué hay de Dámaso?

—Sólo podemos esperar, Eric.

—Sí. Esperar...

—Eric, ten calma. Solo fueron encontrados restos de ropa de tu Regina. Hay que ser positivos...

El rey suspiró profundamente.

—Tiempo de irnos ¿cierto? —Cortó Eric.

Belisaria segundó el suspiro y se puso de pie.

Eric hizo lo mismo y Belisaria lo ayudó a dirigirse hacia la barrera de cristal que había en la puerta. El cristal empezó a brillar y cuando estaban al frente fueron consumidos por él. En instantes se encontraban de regreso en el pasillo que habían dejado minutos antes. Todo estaba normal, no había nada que evidenciara el ambiente en el que estuvieron o la aparición de la puerta que los había llevado hasta ese otro lugar.

Isla
de Sueños

Octava Generación
Reinado de Jordana Älva

4

El rencor de una Reina

Después de un par de días y luego de pasar también una serie de contratiempos, Falco apareció en un lugar desconocido, por supuesto con Dámaso en sus brazos y con un aspecto rejuvenecido. Aquel lugar estaba en penumbra, habían árboles en todas direcciones y se escuchaba el arrullador sonido de un riachuelo que pasaba cerca. Empezó a caminar por aquel bosque mientras millones de estrellas velaban sus pasos al mismo tiempo que la maleza que le rodeaba se hacía cada vez más densa. De un momento a otro se vio fuera del bosque y se encontraba en lo que parecía el risco de una montaña bastante alta. Al igual que en algunas partes de Lûmen, desde donde se encontraba también se podía observar el mar a lo lejos y para comprobar lo que presumía se acercó a la orilla y vio que en efecto montaña abajo lo que menos había era agua. A la vez sus ojos captaron más abajo una acumulación de brillantes luces que se abrían paso en la oscuridad. De inmediato se aferró a Dámaso con fuerza, dio varios pasos atrás y corriendo se lanzó al vacío. De la misma manera que lo había hecho la bruja en su estudio secreto, Falco tomó control de su caída libre y se dirigió volando hacía aquel cúmulo de luces. Su vestimenta hondeaba violentamente, su cabello largo y negro se había apartado de su rostro y dejaba al descubierto su rostro cuadrado y tez morena que a la luz de la noche se teñía de un débil azul turqueza.

Cuando estaba cerca descendió un poco, bajó sus pies y tan pronto empezó a sentir las irregularidades del suelo, tomó posición adecuada y empezó a correr hasta detenerse al frente de una enorme muralla hecha de piedra, larga y alta con una puerta de madera en el centro e iluminada por varias antorchas de gran tamaño que se extendían a lo largo y a ambos lados de la enorme estructura.

—¿Quién eres y qué haces en este lugar? —Preguntaron dos hombres que estaban custodiando.

—Yo soy Falco, vengo de Lûmen. He...

—¿Usted también?

—¿Cómo?

—Cuando el sol empezaba a ocultarse llegó una señorita con el mismo argumento. Ella traía una nota firmada por Su Majestad el Rey Eric. Dígame, ¿trae usted lo mismo, forastero?

—Me temo que yo no traigo nada parecido. Pero soy el hermano del Rey.

—¿Sí? La palabra no es prueba suficiente.

—Me imaginé que eso no serviría. Mire de verdad necesito entrar. Si en este lugar se encuentra el otro bebé, necesito entrar. Es importante que lo haga. Este niño debe de estar a salvo. Son órdenes del Rey Supremo. Debe creerme.

—Muy bien. Sé cómo podemos resolver esto. Ve a llamar a la señorita que ingresó antes. —Ordenó el guardia a un subalterno, el cual desapareció al instante.

—Gracias.

—No me agradezca nada que aún no lo he dejado entrar.

Falco miraba con detenimiento a aquel guardia. Su ropa era muy peculiar puesto que no vestía armadura como los guardias del palacio. Este en cambio, vestía una larga túnica color marrón y portaba un báculo de madera que encerraba un deformado cristal color blanco en la parte superior.

—Déjalo pasar, no hay problema. —Exclamó el guardia quien reapareció de la nada.

El guardia que se había quedado con Falco se volvió hacia la compuerta y al instante empezó a abrirse lentamente para ir revelando del otro lado un camino iluminado por cientos de luciérnagas que se apagaban y encendían con singular ritmo dándole a aquel lugar un toque mágico y especial. Falco comenzó a caminar y segundos después la puerta se empezaba a cerrar cortando el paso a sus espaldas. El hermano de Eric pudo distinguir que en medio de la oscuridad del camino muchas casitas se alzaban a ambos lados, todas y cada una de ellas muy parecidas entre sí: de reducido tamaño, techos estilizados y puntiagudos, con ventanas redondas, caminos de piedra que daban hasta la puerta principal y cercas de madera adornadas con enredaderas que empezaban a florear en aquella primavera de Sueños. Sin embargo, la aglomeración de luces que había visto desde la cima de la montaña no eran ni las casitas, ni las luciérnagas, por el contrario se encontraba en otro sitio. A lo lejos pudo observar en una colina no muy elevada, un inmenso castillo con luces verdes, anaranjadas y amarillas formando matices que a su vez daban un acabado de mística fantasía a aquel lugar.

Sin ningún apuro, Falco siguió caminando hacia ese castillo. A medida que se acercaba, su impresionante estructura parecía caerle encima y se notaba que lo único que sobresalía entre entre toda aquella maravilla era una sola torre mucho más alta que el resto, un poco alejada y con un singular techo acolochado en su punta. Las demás torres eran en realidad pequeñas y muy semejantes entre sí. El castillo tenía notables ventanales en varias de sus paredes y, a diferencia de muchas otras estructuras, esta no era compacta. Más bien se extendía hacía los lados y hacia atrás, dando paso a cientos de salas y habitaciones en su interior. Aquel lugar era abundante en variada vegetación que gracias al centelleo de las luciérnagas podía admirarse su belleza.

—¡Señor Falco! —Dijo una voz femenina que provenía de una banca situada al frente de la entrada principal del castillo.

—¿Egna? Entonces fuiste tú.

—Qué gusto me da verle. —Respondió la mucama mientras se ponía de pie y reverenciaba al ministro.

—Igual a mí.

—Aunque no parezca, acaba de anochecer. Cuando el sol se pone parece como si el tiempo se ralentizara. Nos hemos enterado de lo que pasó. No sabía qué esperar...

—Hubiera llegado antes, pero tuve unos cuantos contratiempos en el camino. Al parecer alguien quería acabar conmigo, así que tuve que esconderme después de huir del carruaje.

—Entonces, ¿sí murió? —Preguntó Egna con atención mirando

con atención la jovial que se notaba el ministro ahora.

—Sí. No pude hacer nada. La situación no me lo permitió. Además me hubiera sido imposible transportarme con dos personas, sin contar con que la Reina misma fue quien me ordenó llevarme a su hijo.

—Comprendo.

—¿Sabes? Estuve en la otra isla que hay al norte. —Preguntó para desviar el triste sentimiento que empezaba a surgir en Egna.

—¿En *Lézard*?

—Sí. Me tuve que esconder ahí unas horas y así dispersar a quien se haya dado cuenta de lo ocurrido. Podía sentir a alguien o algo rondando mis pasos todo el tiempo.

—Mmm... ya veo. Cástor está en una habitación dentro de este castillo. Son muy amables aquí...

—¿Quiénes son?

—Son los vilas.

—¿Vilas?

—Sí, todos.

—¿Y los guardias? No vi sus alas.

—Sus túnicas lo son. Viriles y esplendorosas cuando el momento lo requiere. No me consta porque aún no los he visto actuando, pero según dicen también llevan debajo de esas túnicas unas armaduras de bronce resistentes a muchos tipos de ataques. Me lo han explicado después de que me invitaran a comer y a quedarme en el palacio, fue un interesante recorrido.

—Ventajas de tener un documento de Su Majestad Supremo. Entonces, ¿te invitaron a comer y a quedarte? ¿Dónde llevamos a Dámaso?

—Oh sí, sígame por favor.

La mucama empezó a caminar hacia el castillo seguida por Falco quien sumido en un leve estado de confusión no dejaba de maravillarse por toda la fantasía que se encerraba en aquel lugar. Ya adentro el ministro pudo observar que el castillo, aunque no parecía desde su exterior, estaba construido de madera y eso lo impresionó aún más. Subieron muchas gradas hasta que llegaron a un pasillo iluminado sobre sus cabezas por místicas y pequeñas llamitas flotantes de colores verde, anaranjado y amarillo.

—Acuéstelo ahí, junto a su hermano. —Señaló Egna desde la

puerta de la habitación.

—¿Y ellas?

—Son parte de la servidumbre. Accedieron a cuidar a los bebés, pero vamos sígame que debe estar hambriento señor.

—Ni que lo digas.

Egna condujo a Falco hacia el salón principal cuyas paredes, a diferencia del resto del castillo, estaban cubiertas por cristal lo que le daba un acabado muy original e impresionante. Al entrar, Falco notó en el centro una mesa muy larga y al lado del asiento principal una mujer de pie, con cabello muy largo y rizado. De piel blanca y luciendo un vestido verde ajustado al cuerpo que hacía resaltar su casi perfecta y atractiva figura. El vestido poseía una capa de fina seda que se acumulaba en el piso y el cuello de aquella prenda se alzaba hasta la mitad y por detrás de la cabeza de tan espléndida mujer.

—Bienvenido a Isla de Sueños, forastero. Soy la Reina Jordana. —Dijo la esbelta mujer.

—Gracias, Su Majestad. —Contestó Falco mientras hacía una reverencia y notaba el bello color magenta de los ojos de la Reina.

—Señora, él es el ministro Falco quién además es hermano del Rey Eric.

—¿El hermano del Rey? Vaya que es un verdadero placer tener sangre real en mis dominios, pero ¿no estaban muertos los hermanos del Rey?

—No, Su Majestad. Mi otro hermano Lot está desaparecido y en cuanto a mi muerte es una larga y complicada historia. Basta decir que es parte de un elaborado plan, pero aquí estoy muy vivo y ante su presencia.

—Disculpa, ¿cómo has dicho que se llamaba tu otro hermano?

—Lot, Su Majestad.

Unas vilas que ingresaban en ese momento al salón emitieron un gritillo ahogado, dejaron caer una bandeja y el semblante de Jordana cambió por un momento.

—Ya veo... Y... ¿lograron el objetivo? Digo, supongo que después de llevar a cabo tan original plan lo primordial era dar con el objetivo principal.

—En parte sí, Su Majestad. Pero no contábamos con otros asuntos que se presentaron de imprevisto.

—Entiendo. Lo siento mucho. Pero por favor tome asiento hechicero y usted también mucama. ¡Sirvan la comida! —Ordenó la Reina a sus semejantes subordinadas, vestidas todas iguales de seda blanca y un sombrero muy fino del mismo color que, al igual que el techo de la torre más alta, poseía un colocho en la punta.

Los vilas son creaturas muy similares a los humanos, sin embargo sus finas facciones, ojos de colores poco comunes y largas cabelleras los hacían distinguirse entre todos los demás habitantes de Viride. Son seres muy fieles a quienes se ganan su confianza, pero profundamente reconrosos y malévolos ante aquellos que desafien su tranquilidad y la de aquellos a quienes cuidan.

—Su Majestad, es usted muy amable. —Dijo Falco mientras se sentaba.— Disculpe la pregunta, pero ¿cómo sabe usted que soy hechicero?

—Su aura dice eso y más, ministro hermano del Rey. Cada persona tiene un aura y la suya es muy notable. Además de ser impresionantemente limpia y honesta. Colores altamente positivos.

—Entiendo. ¿Es acaso un don de los vilas? Ver el aura de las personas.

—No. De hecho todas las personas lo poseen, pero debido a antiguas tradiciones de nuestro linaje se nos enseñó a percibir y ver el aura de las personas con toda claridad y perfección.

Ambos asintieron mientras degustaban el banquete.

Después del banquete, esa misma noche Falco y Egna decidieron quedarse durmiendo en la misma habitación donde se encontraban los gemelos para cuidar de ellos toda la noche y sin terceras personas de por medio.

—Son ideas mías o la Reina Jordana mostró especial interés en el nombre de tu otro hermano.

—No, no eres tú. Era un poco imposible no notarlo después del percance con la bandeja. Es extraño, pero qué más da. De todos modos se puede decir que él murió desde hace mucho tiempo.

Por un rato compartieron varias palabras y discutieron ciertas cosas, pero el sueño les fue ganando hasta que en lugar de alguna respuesta en el diálogo solo hubo silencio.

Al día siguiente, muy temprano en la mañana, el mensajero real de Isla de Sueños entró en el castillo con una notificación donde se especificaba que tanto Falco como la mucama Egna debían regresar al palacio de Reino de Luz.

—Pero ¿es seguro ya? ¿Qué ha pasado con el Rey, está bien? —Preguntó la Reina Jordana con la notificación en mano.

—Sí, Su Majestad. El mensajero de Lûmen me lo ha dado personalmente y afuera está el carruaje para que ambos partan de inmediato.

—Muy bien. Noto que efectivamente está firmada por el Rey Eric. Que despierten al hechicero y a la mucama, dénles algo de comer. Primero debemos hacer algo.

Falco y Egna aún dormían placenteramente, el sol apenas empezaba a brindar sus primeros rayos a través de las montañas y por entre la curiosa vegetación de Sueños que florecía a la luz de cada amanecer.

—Entonces ¿es usted el enviado por el Rey Eric? —Preguntó la Reina Jordana cuando se encontraba en las afueras del castillo y justo frente al guardia de Lûmen.

—Sí, Su Majestad. El Rey me ha enviado, ¿le entregaron la notificación?

—Sí, noble guardia. Espere unos minutos por favor. La mucama y el ministro están dormidos por lo que no han degustado nuestro manjar matutino aún. ¿Sería tan amable de esperar?

—Por supuesto, Alteza.

Con una sonrisa, la Reina dio media vuelta y se fue por donde había venido. Con apuro y seguida por tres guardias, Jordana se dirigió a la habitación donde se encontraban Falco y Egna, ya casi listos para salir y abordar el carruaje:

—Ambos, síganme. Él no viene de parte del Rey Eric —Dijo la Reina al entrar en la habitación.

—¿Cómo…?

—Su aura lo dice todo, tal y como lo he comprobado con usted también hechicero. ¿Me siguen?

—Sí. —Respondieron al mismo tiempo cuando tenían a los bebés en brazos.

—Muy bien, de prisa.

Todos abandonaron el lugar para dirigirse a la habitación de la Reina. Era tan lujosa como el castillo, pero más grande y espaciosa que el resto de las habitaciones. Se acercaron a una pared y con un soplo de la Reina esta se tornó un poco transparente dando paso a un pequeño espacio. Unas gradas en forma de espiral se extendían por el suelo y a través de los pisos del castillo, pero siempre y sin salir de aquel reducido lugar, ocultas de la vista de todos; empezaron a descender por aquel secreto pasaje hasta llegar a una habitación muy oscura.

Al salir, la reina Jordana dio una palmada y de sus manos brotaron chispas que fueron encendiendo las antorchas que había en aquella habitación.

—Listo. Por aquí por favor. —Dijo la Reina agarrándose un poco el vestido para caminar a prisa hacia un gran bulto cubierto por una sábana vieja. Una vez al frente, hizo un brusco ademán con su mano derecha y la sábana hecho a volar.

—¿Qué es eso?

—Un transporte, un tipo de carruaje. Se encuentra bajo varios sortilegios. No es tan rápido, pero al menos es efectivo.

—Pero, ¿cómo saldremos de aquí?

—Por debajo del agua hechicero. ¿Ve ese túnel de ahí? —Dijo señalando.

—Sí.

—Bueno, ese túnel limita con el Mar Profundo. Llegarán a Reino de Luz bajo el agua. Hay un túnel de piedra que conecta ambos reinos desde hace muchos años y de igual manera lo conecta con otras locaciones en Viride.

—Me hubiera resultado más fácil huir por este trayecto hace varios días.

—Era imposible señorita Egna, esto estaba de este lado. Aunque el túnel puede ser cruzado a pie, duraría una eternidad. Suban por favor.

Aquella estructura de metal se asemejaba a un carruaje, más no era tan lujoso como los que estaban acostumbrados a ver. Era negro, con bordes y detalles muy similares a los encontrados en la isla en la cual se encontraban: redondos, complicados patrones, pero hechos con destacada fineza. El transporte era cerrado y adentro solamente había una delgada capa de cristal semitransparente muy grande al frente y unos asientos al fondo. Se dispusieron a subir para luego sentarse.

Pronto sintieron cómo aquel carruaje, rechinando, se elevó un poco en el aire y empezó a levitar muy lentamente con dirección al túnel. Con un brusco golpe, cayó y se ensambló a dos angostos y paralelos canales de metal que había adelante y que se extendía hasta perderse por el suelo del túnel.

—Este transporte está bajo un conjuro que les proporcionará mucho de lo que necesiten.

—¡Qué suerte! Porque mi estómago empieza a reclamar el desayuno.

—Excepto comida, hechicero.

Falco se desanimó un poco.

—Muy bien, hora de partir. Presiento que la situación, de hecho, ha llegado a la normalidad así que cuando lleguen saluden a Eric de mi parte y recuerden enviar un aviso a su llegada. —Concluyó la Reina, para luego desaparecer entre las gradas.

El espacio que comunicaba las gradas con ese cuarto subterráneo se fue llenando de las mismas piedras que siempre lo cubrían, hasta quedar totalmente sellado.

Con ruido y al fondo del túnel una acumulación de piedras empezó a movilizarse: una por una se empezaron a mover hacía los lados para abrir paso al transporte. La pequeña puerta del transporte se cerró de golpe y empezó a crujir al mismo tiempo que avanzaba tan lento como lo iban haciendo las piedras del fondo. Un par de segundos después el espacio para salir estaba totalmente libre y lo único que se podía admirar al término del túnel era una densa oscuridad. Aquello continuó avanzando a paso lento para luego aumentar su velocidad súbitamente.

Para cuando salieron de aquella habitación y comenzaron a surcar el túnel, aquel transporte iba a una rapidez incalculable. Unas sogas brotaron de los asientos y aseguraron a Falco y Egna quienes estaban muy impresionados con aquella invención.

Mientras, dentro del castillo en Sueños Jordana continuaba con su improvisado plan:

—Muy bien, esto es lo que haremos. —Empezó a explicar la Reina a varios de sus escoltas.— Luego lanzaré el conjuro y lo demás caerá por su propio peso... literalmente. ¿Entendido?

—Sí, Señora.

Con una reverencia los guardias se retiraron hacia donde estaba el supuesto guardia esperando. Jordana se quedó observando desde la ventana de una de las torres.

—¿Ha visto a los forasteros por aquí?

—¿Al ministro Falco y a la mucama Egna?

—Sí.

—No, no los he visto.

Los guardias corrieron de regreso al palacio, atravesando la muralla muy preocupados, tal y como lo había dispuesto su Majestad. Una vez adentro, informaron a la Reina y esta dio la voz de alarma.

Decenas de guardias salieron de todas partes, unos volando convirtiendo sus túnicas en masisas alas y otros corriendo, pero todos con el báculo en mano. Tal y como la Reina lo sospechaba, el guardia impostor empezó a moverse con disimulo hacía el carruaje:

—*Retium bland*—Murmuró Jordana desde la torre, sin apartar su vista del guardia impostor.

De inmediato una onda expansiva casi invisible salió desde el palacio y en una circunferencia perfecta bordeó la muralla y provocó que la gravedad aumentara a tal punto que imposibilitaba el movimiento de aquel intruso.

—Pero ¿qué es esto? ¿Qué está pasando? —Decía el guardia de Lûmen en voz baja.

—¿Iba a algún lado… guardia?

El impostor extendió sus manos para lanzar un ataque, no obstante, nada pasó— ¿Qué es esta brujería?

—¡¿Quieres matarme, eh?! —Gritó la Reina después de haber dado unos pasos y con violencia haber tomado al guardia por el cabello.—¿Quién te envió? ¡Responde!

—Prefiero morir antes que decirle quién me envió.

La Reina lo soltó haciendo que este chocara contra la pared del carruaje, pero sin despegar un solo de pie del suelo.

—¿Prefieres morir entonces? ¡Guardias! ¡Enciérrenlo en el calabozo! ¡Rápido! Si lo que quiere es morir… pues morirá.

Los guardias apuntaron con el báculo a aquel intruso y la gema que cada báculo contenía empezó a brillar. Del suelo salieron raíces que fueron envolviendo al guardia hasta aprisionarlo por completo, imposibilitando también que pudiera respirar con normalidad debido a la fuerza que ejercían las raíces sobre su cuerpo.

—Los siguientes días estará bajo custodia máxima, sin posibilidad de realizar ningún tipo de magia y será torturado hasta que hable. Es solo parte de mí deber informárselo. —Le comentó Jordana mientras que en su rostro se dibujaba la única expresión del triunfo ante un enemigo.— ¡Llévenselo!

Y así fue cómo pasó. En los siguientes cinco días el hombre estuvo encerrado en uno de los calabozos de Isla de Sueños. Aquella prisión era la más temida en Viride. Era un lugar lúgubre y muy húmedo, donde habitaban roedores que torturaban a los prisioneros. Además, el lugar estaba infestado de almas que nunca abandonaron este mundo por diversas razones.

Como la Reina se lo había sentenciado, no tuvo ni la más mínima posibilidad de realizar algo de magia que le ayudara a escapar de aquel lugar.

—Le preguntaré de nuevo, ¿cuál es su nombre o el nombre de su superior? —Inquirió Jordana mientras se encontraba sentada frente a él mirándolo fijamente y este seguía envuelto en raíces, además se encontraba arrodillado con varias heridas a lo largo de su cuerpo que saltaban a la vista.

—Reina Jordana, ya se lo he dicho, me ha enviado el Rey Eric.

—¿No se cansa de mentir aún cuando ya es más que evidente que no fue Su Majestad Eric quien lo envió? ¡Más agua!

Los guardias lo apuntaron con sus báculos y de sus gemas brillantes salieron chorros de agua hirviendo que se iban directamente hacia aquel hombre.

—¿No está siendo muy dura con él, Señora? —Preguntó un guardia al ver las múltiples heridas que ya tenía causadas por diferentes tipos de tortura.

—Créame que para todo el daño que este impostor ha causado, sus heridas no son nada para mi. ¡Más agua!

Múltiples chorros de agua caliente salieron de las gemas brillantes nuevamente.

—¡Basta, por favor basta! Reina Jordana, basta. No soporto más este dolor. Le diré quien me envió, se lo diré. No le voy a mentir…

—¡Hable!

—Me ha enviado mi maestro, Lot.

El silencio imperó por unos instantes. Los guardias estaban listos para dar el golpe mortal. Sin embargo, la Reina con sus pupilas totalmente contraídas se puso de pie y empezó a caminar hacia el prisionero para luego agacharse y levantar su rostro con su dedo índice y mirarlo a los ojos.

—¿Lot? —Preguntó la reina cuando la cara de ambos estaba frente a frente.— ¿El hermano de Eric? ¿El, hasta hace poco, desaparecido? ¿Está vivo?

El impostor guardó silencio.

—¡Contesta!

—Sí. Sí señora. El mismo. Suélteme ya por favor. No me haga más daño… le he dicho la verdad.

Jordana se mostró furiosa.

—La tortura ha terminado. Llévenlo de vuelta a su celda. Servirá de rehén. —Ordenó Jordana mientras daba la espalda.

—¿Rehén? Señora, le he dicho lo que me ha pedido… ¡No me lleven, por favor!

La Reina dio vuelta para estar de nuevo frente al herido impostor.

—No me has dicho todo. Primero: tu verdadera apariencia no es esta. —Dijo, mientras palpaba al sujeto en el hombro. De inmediato su apariencia al igual que su ropa fue cambiando.— Tu nombre verdadero es Amaru, el doctor traicionero, o sea mentiste de nuevo. Tercero: si tu querido maestro Lot te considera su mejor adquisición como para enviarte a este tipo de misiones vendrá a buscarte y es ahí cuando ambos morirán a manos de su mortal enemigo. ¡Llévenselo ya!

Amaru nunca había estado tan asustado como esa vez, ni siquiera el hecho de fallarle a su maestro le había atemorizado tanto como estar en frente de la Reina Jordana, pues en la mirada de aquella Reina se escondía algo que intimidaba sobre manera a cualquiera.

Las horas pasaron y el sol dio paso a la oscuridad de la noche, las luciérnagas invadieron Isla de Sueños, todas y cada una de las flores se refugiaron en sus capullos y las luces espectaculares aparecieron nuevamente para maravillar a todos los que observaran el castillo desde afuera.

Unos golpes anunciaron la llegada de alguien a la habitación de Jordana.

—¿Quién es?

—Tu madre…

—Pasa. —Dijo Jordana mientras sentada observaba el exterior desde la ventana de su habitación.

—Hija, ¿cómo estás? Me enteré que por fin diste con el paradero de aquel joven. —Exclamó una dulce y tierna señora de piel arrugada, contextura un poco gruesa, ligeramente encorvada, cabello plateado y rizado también que caía sobre su hombro derecho de una manera muy elegante.

—No exactamente. Di con su basallo, nada más.

—Hija, —Prosiguió mientras tomaba asiento detrás de Jordana y empezaba a acariciar su cabello.— ¿No te sobrepasaste?

Jordana guardó silencio y se volvió para estar frente a su madre.

»Yo sé lo que pasó y comprendo cómo te sientes, pero debe haber alguna alternativa. A tu padre no le hubiera gustado que mancharas estas tierras con la sangre de…

—Mi padre y tu esposo, madre. Murió a manos de esa bestia. Y por si lo olvidabas mi hermano también.

—Hija, la venganza no es el camino correcto.

—¿Hay otro? ¿Acaso quieres que deje en libertad a esos bárbaros para que nos maten a nosotras también? Ellos matan por gusto o codicia. No permitiré que en esta oportunidad se me escapen, que eso quede muy claro.

—Pero…

Jordana se dio vuelta hacia la ventana de nuevo y la madre observó cómo unas cuantas lágrimas salían de aquellos hermosos ojos, muy parecidos a los de su padre.

—"No se doblegaron ante el poder. Morirán como traidores en causa. Uno en frente del otro. Así las cosas debe ser." —Narró Jordana.— Sí… Recuerdo lo que ese bárbaro dijo aquella tarde mientras yo me escondía detrás de las vasijas del almacén. Lo tengo grabado en mi memoria y de ahí no se irá hasta que yo acabe con el amo y con su sirviente. Solo así podré lograr el cometido de ser Reina, el de hacer justicia.

La madre no pudo agregar comentario alguno ante aquella breve narración; estaba paralizada. Veía a su hija Jordana La Fuerte (como todos la habían llegado conocer) desvanecerse frente a sus ojos.

—Tú eres la Reina aquí, Jordana. —Abrazó a su hija para calmar un poco su llanto.— Si eso es lo que quieres lo respeto, mas no lo comparto.

—Madre, yo sé que tal vez esta no era exactamente la idea de Reina que tú tenías en mente, pero simplemente no me puedo quedar en el presente sin mirar las turbias acciones de un hombre que ha sido dominado por la codicia. No puedo.

—No te preocupes por lo que esta vieja piense o deje pensar. Como ya te dije eres la Reina y tienes libertad de llevar a cabo cualquier acción que desees. Adelante con ello, pero que si conste que no comparto tu decisión.

—Gracias.

La hija se aferró más a su madre mientras veía las gotas de tranquila lluvia primaveral que empezaban a deslizarse suave y lentamente por la ventana.

El viento era extraño aquella noche. Soplaba y pasaba entre todos los árboles y arbustos de una manera disimulada. Los habitantes del pueblo en Sueños cerraron las ventanas y fueron apagando las luces de sus humildes chozas poco a poco.

Aquel atardecer había sido uno de los más oscuros que había visto el cielo de la isla. No era un secreto que aquello era el preludio de un fatal y misterioso acontecimiento que estaba por venir.

Lûmen
(Reino de Luz)

Cuarta Generación.
Reinado de Eric Plinio.

5

El inicio de la era Wyght

Varios días habían pasado con anormal rapidez. Eric aún sin recibir noticias del paradero de los bebés ni de sus custodios, era informado de nuevas desapariciones en Lûmen y de algo más...

—Señor, el Primer Ministro Uzi está aquí, ¿lo hago pasar?

—Sí. —Respondió el rey mientras se encontraba reunido con Belisaria en su despacho.

El ministro Uzi entró con un papiro arrollado bajo el brazo.

—Muy buenos días, Alteza.

—Buenos días.

—Señor, como ministro en jefe, me veo en la obligación de recordarle los claros estatutos que resguarda el Decreto Real confeccionado por sus majestades el rey Dámaso y la reina Ardith cuando el reino fue fundado.

—Continúa...

—De acuerdo con el decreto número siete —Desenrolla el papiro que traía y se dispone a leerlo.—: *"Nadie podrá tomar el puesto de Rey hasta que no goce del poder absoluto. Entendiéndose esto último como el hecho de que un Rey debe gobernar junto a su Reina. Ningún Rey podrá gobernar solo, a diferencia de una Reina que sí lo puede hacer si esta es una Plinio."* Dicho esto, creo que se sobreentiende a qué me refiero, Señor.

—Esto no puede estar pasando. —Eric se puso de pie. — Ministro, le recuerdo que no ha pasado mucho tiempo desde la muerte de Regina. Jamás podría tomarme las cosas a la ligera y casarme con alguien más solo porque el Decreto Real lo dice.

—Su Alteza entiendo lo difícil que es esto para usted, pero debe comprender que el Decreto Real fue hecho para ser cumplido, igual que cualquier regla. De hecho, fue usted mismo quien se comprometió a seguirlo en el momento que se juramentó.

—Veré qué puedo hacer ministro Uzi. Retírese ya.

—Señor. —Finalizó haciendo la reverencia y retirándose de la habitación sin dar la espalda.

Obviamente Eric tenía muy claro que debía seguir los estatutos del Decreto Real, pero lo que no podía aceptar era sustituir el puesto de una de las reinas más respetadas que había tenido el reino Supremo por el de otra mujer que de seguro no iba a desempeñar sus labores tan bien como lo hizo su difunta esposa. Además, aún era demasiado pronto para llevar a cabo tal cambio.

—Eric hay algo acerca de ese ministro Uzi que no me…

—Sí, lo sé. De hecho Falco y yo ya hemos averiguado un par de cosas turbias sobre él. —Explicaba Eric mientras retomaba su posición y se sentaba en frente de la chimenea del despacho.

—¿Ah sí? ¿Y qué cosas son esas?

—Bueno, en realidad es solo una. Él se está beneficiando de manera clandestina de los ingresos del palacio por medio del puerto.

—No, no… Yo siento algo que va más allá de corrupción y riquezas ilícitas. —Eric miró fijamente a Belisaria.— Eric, siento un poder muy oscuro alrededor de él.

—Presumía que no eran cosas mías…

—¿Cómo dices? ¿Desde cuándo lo sientes?

—Hace un par de semanas, poco después de que empezara todo esto de las desapariciones en el pueblo.

—Esto no me está gustando nada. Creo que hemos subestimado el poder de tu hermano. Y más aún, me parece que tiene más conexiones de las que esperaba.

—Eso suponiendo que de verdad sea él quien esté detrás de todo esto. Igual no podemos fiarnos de nadie. Puede que el palacio esté plagado de traidores a la corona… —El rey miró de reojo y con detenimiento a su amiga.

—Sea quien sea el responsable de esto debemos actuar a pasos agigantados. —Hubo una pausa y justo cuando Eric se disponía a dar una idea, Belisaria lo interrumpió.— Primero debemos cerciorarnos de que la seguridad del palacio sea efectiva.

Ambos caminaron directo a la puerta del despacho, pero justo antes de que pudiesen tocar el llavín, la voz del guardia los detuvo:

—Señor, el ministro Uzi desea hablar con usted… de nuevo.

Eric miró a Belisaria sin cruzar palabra.

—Hazlo pasar Eric. En algún momento tendremos que lidiar con él y creo que este es el momento más oportuno. —Murmuró Belisaria.

—Muy bien. —Le respondió Eric en el mismo tono.— Hazlo pasar.

El guardia abrió la puerta y reveló a dos figuras: la del ministro Uzi y la de Lot vestido con una ropa similar a la que Eric llevaba puesta.

—Lot… que…

Belisaria miraba con profundo recelo al sujeto que se hacía llamar el hermano del rey mientras que lentamente se colocaba frente a Eric.

—Hermano, Eric. Me disculpo por lo del otro día. Tuve que irme de improvisto para atender a mí familia…

Tanto Eric como Belisaria comprendieron de inmediato por donde iba el asunto. El primer ministro puso sus manos al frente y sobre ellas Lot colocó un libro grueso, muy viejo y con tapas de madera.

—¿Qué es eso, Eric? —Inquirió Belisaria con mucha curiosidad.

—Ese es el Decreto Real original. Aquel escrito por mis ancestros. —Exclamó Eric al mismo tiempo que inclinaba su cabeza en señal de decepción.

—Veo por tu reacción que ya sabes a lo que voy y debo decir que me apena profundamente todo esto, pero alguien debe estar al mando del reino Eric…

—¿De qué está hablando este tipo Eric?

—Cumpliste con no revelar a nadie las reglas que en este decreto figuran. —Comentó con altanería Lot— Verás señorita, aquí dice —el libro, sostenido por el primer ministro Uzi se abrió y las páginas empezaron a pasar con rapidez hasta detenerse en un lugar determinado— que…

Mmm la servidumbre… Nadie podrá… Todo rey… Aquí. Escucha bien por favor: *"Después del fallecimiento de su pareja, el rey deberá rechazar su continuación en el poder porque, oficialmente, su reinado habrá finalizado con esa muerte. Un heredero directo que cuente con el poder absoluto estipulado en otro estatuto del presente documento podrá tomar el poder sin ningún contratiempo. Si esto no se llevase a cabo como es debido, las fuerzas místicas que imperan sobre estas tierras se encargarán de que se pague el precio justo por violar la presente disposición"*. —Lot cerró el libro con lentitud— Y bueno, pues soy el único heredero que cuenta con poder absoluto en estos momentos. Reitero mi profunda pena por todo esto y quiero extenderte mis condolencias hermano...

—¿Es eso cierto? ¿Es cierto eso, amigo mío? —Preguntaba Belisaria sobresaltada.

Eric volvió su desilusionada mirada hacia su amiga y respondió:

—Es cierto. Tengo 30 soles para dejar el palacio. Después de que transcurra este tiempo, Lot podrá juramentarse como Rey.

Belisaria había quedado sin habla y Eric no podía creer que todo aquello estuviera pasando tan rápido; nunca se había visto en medio de una situación como aquella.

—Con todo esto claro... —Lot colocó momentáneamente su mano sobre el hombro izquierdo de Eric y dio media vuelta para retirarse del despacho.— Ministro Uzi necesito discutir unas cuantas cosas con usted. Por favor, sígame.

—De acuerdo, señor. —Respondió el primer ministro haciendo notar su excesiva simpatía con el futuro rey.

Los guardias estaban estupefactos también. Observaban con atención a Eric quien estaba sumido en sus pensamientos tratando de encontrar una solución al nuevo problema.

—Guardias retírense por favor. —Terminó Eric mientras movía el anillo que tenía en la mano izquierda y que lo hacía ser el líder de aquel reino que hasta ese entonces había dirigido por un corto periodo.

Estaba tan inmerso en sus pensamientos que ni siquiera se daba cuenta de que su amiga estaba hablándole sin control, tratando de encontrar una solución. El rey no podía dejar de pensar en el hecho de que en tan poco tiempo se había visto en la necesidad de planear una huida de su propio palacio, había enviado a sus dos hijos a otro lugar, su esposa había fallecido y ahora se encontraba en la penosa situación de encontrar algún lugar para vivir como rey destronado puesto que no estaba seguro de que su hermano le fuera a dar asilo en el palacio. Tampoco estaba seguro de si ese tiempo que le restaba de permanencia en el palacio sería la última vez que lo vería en el estado en el cual se encontraba, pero de algo estaba seguro: debía idear algo lo antes posible, algo que le ayudara no solo a dar con el paradero de sus hijos, sino también a averiguar lo que ocurría con el ministro y lo que estaba pasando con su hermano Lot; si es que estaba pasando algo.

—Eric... ¿Eric? ¡Eric! —Gritó Belisaria para hacer salir a su amigo del trance en el que se encontraba.
—Puede que esta sea la primera vez que no sé por dónde empezar… Esta situación me toma por completa sorpresa. No sé qué hacer.

El tiempo pasó y el sol se ocultó nuevamente por entre las montañas de Lûmen. El carruaje seguía su paso por el túnel transportando al hermano del rey, la mucama del palacio y a los príncipes. Parecía como si aquel viaje nunca fuese a acabar. A pesar de ello y para fortuna de los hambrientos ocupantes la reina Jordana, reina de los vila, había empacado provisiones para aquel largo viaje.

Eric seguía reunido con Belisaria en su despacho. Ya habían discutido varias estrategias que podrían ser efectivas para sacarlos de aquella terrible situación y así librar a Reino de Luz de que estuviera en manos de alguien a quien Eric y Belisaria apenas conocían, a pesar de ser parte de la familia Plinio. No obstante, aquellas estrategias no eran completamente viables para el rey:

—No puedo contraer nupcias con alguien solo por mantener mi actual estatus social. Por razones obvias no tengo la capacidad de hacer algo así. Mis principios no me lo permiten, Belisaria…
—Pero, ¿entonces? ¿Dejarás que tu hermano suba al poder así no más? Para que luego se jacte de que pudo vencerte en esta carrera por el poder ¿eso quieres? Él va a destruir todo lo que tu familia ha forjado y la prueba de ello es que siempre ha pensado que el método del Rey Narciso, mismo que tu seguiste para gobernar, ha sido todo un fiasco. —Argumentó la bruja.
—Yo no…

—Eric, muy bien sabes que yo jamás haría esto por el simple hecho de tomar el lugar que dejó tu esposa al morir. Lo hago para ayudarte. Además, comprendo que eso iría en contra de tus principios, pero ¿y qué? ¿Acaso alguien nos ha vigilado para constatar que hemos tenido una relación que trascienda una amistad y así ir en contra de tus principios de moralidad?

—Pues no, pero…

—¡¿Y entonces que te detiene?! Eric, es el reino que te heredó tú padre. Debes hacer algo, por favor.

El rey miró fijamente a su amiga.

—Gracias Belisaria.

—Señor ha ocurrido algo. —Comentó el guardia que custodiaba la puerta del despacho de Eric.

El rey y su amiga intercambiaron miradas de inmediato.

—¿Qué sucede?

—Señor, en su habitación en el octavo piso del palacio se ha abierto un pasaje en medio de la pared. Me lo ha venido a informar una de las mucamas que se encontraba en su alcoba arreglando las cosas.

—¿Una entrada en medio de la pared? ¿Eric?

—Ya sé de qué se trata. Lo extraño es la razón por la que están aquí. — Eric salió del despacho acompañado por Belisaria para hablar de frente con el guardia.— Gracias por avisar. Quiero que usted y dos guardias más me acompañen por favor.

—Como usted comande, mi Señor.

—Entonces, ¿de verdad sabes de qué se trata?

—Sí. Hay una conexión entre este castillo y el de otro reino de Viride. Desde antaño se había concebido la idea de eso y fue hasta…

—Sangre Real —Interrumpió Belisaria mientras caminaban aprisa hasta ese lugar del palacio.

—¿Cómo?

—Siento la presencia de más sangre Plinio en el castillo. Es sangre joven.

—¿Mis hijos? ¡Llegaron ya? Vamos, ¡deprisa!

Todos se dirigieron hacia la habitación de Eric que en esos momentos poseía un enorme agujero en una de las paredes; tal y como había ocurrido con la pared de la habitación de Jordana. Los guardias, como siempre lo hacían, iban unos al frente y otros atrás protegiendo al rey y esta vez también a su acompañante. Atravesaron largos pasillos, corredores internos, subieron las agotadoras gradas que conectaban un piso con el otro hasta que de repente se detuvieron frente a la puerta correspondiente. Los guardias dieron media vuelta hasta estar frente al rey y éste inclinó la cabeza ligera y brevemente como una señal positiva para que los guardias procedieran a abrir la puerta, entraron y ahí estaba, en la pared del fondo y frente a ellos había un hoyo grande con el tamaño suficiente para dejar entrar a cualquier persona de estatura media. Eric empezó a caminar hacia aquella entrada y apartó un poco las telarañas que surcaban de un lado al otro. Cuando se adentraron en aquel orificio en la pared notaron unas gradas en forma de espiral que descendían entre la oscuridad hacia pisos inferiores.

—¡Cuidado! No puedo ver bien. —Se escuchaban unas voces que venían desde la profundidad de aquella oscuridad.

—Señor, esperamos su orden. —Exclamó uno de los guardias que se encontraba detrás de Eric, mientras este último observaba la oscuridad de aquel lugar.

—Vamos, síganme.

Empezaron a descender con lentitud y mucho cuidado, ya que era difícil visualizar la distancia que había entre cada escalón y debían medir cada paso para no resbalar. Las voces se hacían cada vez más fuertes y poco a poco empezaba a aclararse aquel lugar.

—¿Eric? —Dijo Falco al verlo llegar por las gradas.

—¡Falco! Hermano…

Ambos se acercaron para saludarse con un abrazo de sincera hermandad.

—Eric…

—¿Cómo están mis niños, se encuentran bien? ¿Les ha pasado algo?

Egna avanzó unos pasos delante de Falco y mostró al rey sus progenitores.

—Mis príncipes… —Aliviado, les dio un beso en la frente.— Han hecho un buen trabajo, serán recompensados debidamente. —Concluyó Eric con una sonrisa de satisfacción y agradecimiento.

Aquella habitación no era muy diferente a la que se encontraba en Isla de Sueños.

—Y… ¿por qué Belisaria tiene puesto el atuendo de una Reina? —

Preguntó Falco al observar a Belisaria.

Eric volvió a ver a Belisaria quien llevaba una vestimenta muy similar a la que solía llevar la Reina Regina.

—No pienses mal hermano. Belisaria y yo no nos hemos casado por cariño, ni mucho menos por amor. Es más, aún no hemos concretado nada…

—¿Entonces? —Preguntó Falco inquieto, al pensar que su hermano había reemplazado a Regina con tanta facilidad.

—El ministro Uzi y su hermano Lot le restregaron a Eric uno de tantos puntos contenidos en el Decreto Real donde dice que él no puede mantener el trono si no hay una reina a su lado.

—Entonces ¿fue solo un convenio?— Falco se quedó pensativo por un instante y luego de un leve salto exclamó:— Espera… ¿Dijiste, Lot?

—Sí, así es Falco. Nuestro hermano desaparecido casualmente apareció para reclamar su puesto como heredero tras mi muerte…

—¿Tu muerte? Tal parece que mi regreso a casa viene acompañado de muchas sorpresas…

—Pues sí, historias que he de contarte en otra ocasión hermano. En cuanto al matrimonio es algo que Belisaria y yo sólo hemos planeado hasta el momento, pero analizándolo muy bien me temo que es la única salida que nos queda. —Terminó Eric mientras Belisaria asentía.

—Además yo no estoy tan demente como para casarme de verdad con un hombre tan obstinado como Eric. —Correspondió la bruja amiga del rey.— ¿Qué es eso? —Añadió.

Todos volvieron su mirada hacia aquella cosntrucción de metal oscuro que se encontraba emanando un brillo desde su interior.

—¿Señor?— Preguntaron los guardias a Eric.

—Examinen. Y ustedes —señalando a Falco y Egna— vengan a mi lado, no sabemos de qué se trata. Guardias esperen a mi señal. Belisaria…

—Sí, Eric.

La bruja juntó sus manos y ambas empezaron a brillar. Acto seguido las separó y una especie de burbuja surgió de sus manos. Las fue separando más hasta que aquella burbuja fue aumentando su tamaño y se convirtió en un domo de cristal que los protegió.

—Muy bien. —Eric dio la señal para que los guardias entraran en el transporte.

—Sí, Señor.

Los guardias entraron y empezaron a inspeccionar el lugar. Segundos después uno de ellos salió volando desde el interior y chocó contra una de las paredes de la habitación.

—¡¿Qué fue eso?!

—Señor. Sé que esto va a sonar extraño, pero eso sucedió porque intenté tomar un pequeño sobre que tiene su nombre escrito. De hecho es de ese sobre de donde proviene toda esa luz.

—Eric, puede ser una trampa. Será mejor que yo vaya a ver primero…

—Falco, Egna vienen desde Sueños, ¿cierto? —Preguntó Eric a su hermano.

—Así es….

—Déjame pasar Belisaria, iré a inspeccionar

—¿Seguro que no quieres que vaya yo primero?

—No, tranquila yo iré.

Belisaria pasó la uña de su dedo índice por el domo y este se rasgó como si fuera seda fina. Segundos después se abrió un poco más y Eric pasó hacia afuera del mismo. Con rapidez y seguridad el rey entró en el transporte y vio como efectivamente un sobre que se encontraba encima de uno de los asientos brillaba sin sociego. Se acercó y pudo confirmar lo que había dicho el guardia acerca de su nombre escrito sobre aquel documento. No tuvo que hacer un esfuerzo muy notable para reconocer un sello que había en la esquina inferior derecha pues era el de Jordana, Reina de Isla de Sueños.

—¡No hay peligro! —Gritó el Rey desde adentro.

La bruja desactivó la barrera y al instante la luz proveniente desde el interior del carruaje se fue apagando.

—¿Y bien?

—Es una carta nada más. Es enviada por la Reina Jordana. Sólo este servidor la puede tocar, nadie más…

—Eso explica todo. —Murmuró el guardia que había salido volando mientras se ponía de pie.

Todos abandonaron aquel lugar y empezaron a ascender por las gradas que los había conducido hasta ahí abajo. Al llegar a la habitación el orificio en la pared desapareció y la cortina que había sobre aquel lugar regresó a su posición. Los guardias por su parte regresaron a sus puestos y uno de ellos continuó resguardando la puerta de la habitación. Falco y Egna dejaron a los infantes en la camita que allí había y se retiraron para regresar a sus labores habituales en palacio: Egna como mucama y Falco como un rejuvenecido ministro. Eric procedió a abrir la carta y la leyó frente a Belisaria:

Rey Supremo
Eric Plinio

Perdóname si he sido imprudente en enviar de regreso a tu hermano y a la mucama junto con los niños, pero no era muy seguro que se quedaran aquí. La razón de su regreso es sencilla y creo obvia: me temo que alguien se ha enterado de que estaban aquí y sus intenciones no pueden ser nada buenas.

Debo decir que tengo preso al que puede ser uno de los autores de este asunto. Por esto necesito que nos reunamos personalmente cuanto antes. He de ponerte al tanto de varias situaciones.

Con respeto.

Jordana Alva
Reina de Isla de Sueños.

Eric apartó su mirada de la carta y se la dio a Belisaria para que la leyera también.

—Mmm… y ¿qué piensas hacer?

—Actuar. Debemos casarnos ahora mismo Belisaria. Siento que esa reunión con Jordana me va a brindar una pieza más de este rompecabezas.

—¿Te reunirás con ella entonces?

—Sí, Belisaria. No sin antes dejarte a cargo del reino, como la nueva monarca.

—O sea, ¿tendré que quedarme?

—Sí.

—Aburrido…

—Estoy seguro que encontrarás alguna razón para hacer desaparecer ese aburrimiento del que hablas. Además te dejaré encargada de algo más.

—¿Y qué será?

—Sencillo: evitar que Lot huya del palacio. ¿De acuerdo?

—Sí, Eric. Amigos cerca...—Respondió la bruja.

—Enemigos aún más.

Eric caminó un poco y abrió la puerta de la habitación para dar una orden a uno de los guardias que se encontraba custodiando la puerta.

—Que llamen de inmediato al Primer Ministro.

El guardia se movilizó al instante para llevar a cabo la orden de su rey. Minutos después el primer ministro llegaba a la habitación.

—¿Me mandó a llamar, Su Majestad?

—Si, así es ministro. Por favor reúna a la Corte Ministerial del palacio y a los altos funcionarios de la servidumbre en mi despacho. Traiga consigo el Decreto Real. Tenemos nueva reina.

—¿Nueva... reina? ¿Señor?

—Así es. Como rey coronado gozo de la facultad de hacer efectiva a una nueva reina incluso antes de la ceremonia de unión. Esa la puedo oficializar después de la proclamación interna si así lo deseo. ¿Cierto?

El ministro Uzi asintió.

—Muy bien. Mi orden, cúmplala.

—Sí. —Respondió el primer ministro mientras hacía una reverencia.

Por supuesto y como era de esperarse el ministro no recibió con mucho agrado la noticia. Sin embargo siguió la orden y se retiró de la habitación para efectuarla.

—Bueno, espero estés lista.

—La verdad no, pero esto es por el bien de todos y más aún si es por ayudar a mi mejor amigo. Lo hago con gusto. —Terminó diciendo la bruja mientras lanzaba una sonrisa a su amigo.

—Muy bien. Andando. —Dijo Eric correspondiendo a la sonrisa de su amiga.

Ambos dejaron la habitación seguidos por los guardias. Cruzaron los pasillos y luego llegaron al despacho. Al entrar notaron que los presentes estaban sentados sobre cómodos almohadones cuadrados y al guardia anunciar la presencia de Eric, todos se pusieron de pie e hicieron una reverencia. El rey entró y pasó por el zurco que se había abierto en medio de los asistentes y se sentó al lado de la mesita que estaba colocada al fondo de la habitación, ludar desde donde siempre atendía a los que llegaran a su despacho.

—Saluden todos a la nueva reina. Belisaria Wyght. —Dijo mientras extendía su mano hacia su amiga que se acercaba.

Belisaria entró luciendo el vestido que llevaba puesto desde antes. Era un vestido largo, de color azul oscuro con pequeñas incrustaciones de plata alrededor del cuello en forma de uve. Su liso cabello oscuro estaba recogido con la ayuda de una trenza en la parte de atrás de su cabeza. Aquel vestido hacía juego con la suave y morena piel de la joven bruja.

—Sea bienvenida Su Majestad. —Dijeron todos en un tono de voz adecuado mientras Belisaria caminaba por donde Eric lo hiciera segundos atrás. Todos los presentes hicieron el saludo a la nueva Reina mismo que consistía en arrodillarse seguido de haber hecho una reverencia. Luego se pondrían de pie y esperarían la orden para sentarse de nuevo.

Belisaria como reina y habitante del pueblo tenía la mayor autoridad del país. Si bien es cierto el poder era compartido entre un miembro de la familia real y alguien que viniese del pueblo, se le daba prioridad por sobre el miembro de la familia real a la persona sin sangre Plinio. Esto se debía a una razón muy sencilla: los miembros de la realeza siempre habían estado rodeados de lujos y nunca supieron cuáles podrían ser las necesidades de alguien que pertenezca al pueblo. Es por este motivo que después del primer reinado, seguido de la fundación del país, se decidió involucrar a estas humildes personas en el poder y así darles más autoridad en la toma de decisiones para mejorar el bien común. Por el hecho también de que el poder recae sobre Belisaria ella tiene el derecho innegable de sentarse justo detrás de la mesita; en el lugar principal. De ahí que Eric se sentara al lado respetando el espacio de la nueva reina.

—Pueden sentarse.
—Es un honor tenerla como reina. Que su sabiduría y discernimiento nos guíen a todos por el mejor camino. —Alabó Yasira, Primera mucama del palacio y quien sería desde ese día en adelante la mano derecha de Belisaria.
—Lo mismo digo alteza. —Siguió el Primer Ministro Uzi.

—El honor es mío. Como reina no toleraré los actos de corrupción ni las malas conductas. Seguiré fielmente las disciplinas impuestas por mi antecesora. Por el momento no habrá ningún cambio en el personal, de haberlo lo informaré como es debido.— Añadió manteniendo una posición erguida, voz firme y mirando fijamente a cada uno de los presentes.

—Sí, señora. —Respondieron todos mientras hacían una reverencia.

—Primera mucama traiga lo que corresponde para finalizar con la ceremonia por favor.

—¿Lo que corresponde? No usaré ninguna corona. —Murmuraba Belisaria.

—No es ninguna corona Su Majestad. —Respondió Eric con respeto.

—¿Y se puede saber por qué me tratas de usted ahora?

—Es mi deber. Tú puedes tratarme como lo creas conveniente, pero yo debo hacerlo con respeto ya que aunque el poder esté compartido tú eres la de mayor autoridad aquí. —Dijo Eric quien murmuraba tratando de no hacer notar el movimiento en sus labios para que los presentes no se percataran de la breve conversación.

La Primera mucama entró en el despacho portando una cajita de madera añejada y estilizada con una cerradura de metal y plagada de formas muy cuadradas que por el orden recordaban a los escritos antiguos. Al estar frente a ellos colocó la cajita en la mesa y se retiró para su debido lugar sin dar la espalda a los reyes, como era costumbre. Belisaria examinó con rigurosidad aquella cajita y con mucho más ahínco la cerradura. En la tapa estaba el círculo, la rosa de los vientos y las alas que hacían distinguir a Reino de Luz. Eric se acercó a la caja y colocó el anillo que llevaba puesto sobre la cerradura, presionó un poco y la cajita se abrió con un leve golpecillo.

—Su Majestad dentro de esta caja está el objeto que la acredita como la legítima reina de este país. Por favor tómelo y colóquelo en su mano izquierda. —Indicó la Primera mucama desde su lugar.

Belisaria así lo hizo. Abrió la cajita y dentro se encontró con una pulsera muy hermosa. Estaba acompañada de diminutas perlas y diamantes. Además tenía una cadena de plata que estaba fundida a un anillo de jade.

—Creo que esto de ser Reina me empieza a agradar bastante. — Manifestó Belisaria con disimulo.

Todo lo acontecido en el despacho del rey en aquella ocasión y como siempre pasaba fue debidamente anotado por el Primer Ministro Uzi en el Decreto Real, específicamente en la sección titulada: "Coronaciones y nuevos mandatos".

6

Conversación en secreto

Eric y Belisaria se habían retirado cada uno para su respectivo despacho en el palacio. Falco había retomado sus labores como ministro y se encontraba atendiendo tareas algo complicadas que su superior le había mandado a hacer para compensar su ausencia. Egna también había regresado a su cotidianidad, pero por orden del rey no podía moverse de la habitación donde se encontraban los príncipes. Dicha habitación también contaba con la custodia de diez guardias distribuidos tanto dentro como fuera de la misma.

—Su Majestad, el rey está aquí.

Belisaria se puso de pie y observó a su amigo mientras entraba. Eric hizo una reverencia y se sentó frente a ella.

—¿Ha pasado algo?

—No. Afortunadamente no ha pasado nada malo, solo he venido para recordarte que mañana es la ceremonia de tu presentación abierta a todo Lûmen por lo que las mucamas vendrán desde muy temprano a ayudarte·con tu vestimenta y todo lo demás.

—De acuerdo. —Belisaria se inclinó un poco sobre el escritorio y en voz baja dijo:— ¿por qué siempre tiene que estar una de las mucamas aquí conmigo?

—Ella es la Primera mucama del palacio, es tu asistente directa y debe estar aquí para ayudarte en todo lo que necesites en cualquier momento.

—Mmm… —Continuó Belisaria en el mismo tono de voz:— ¿de verdad no me puedes tratar como siempre? Es que me siento muy extraña cuando me tratas de usted, de reina, de majestad y todo lo que se le parezca. Además, sabes que no estoy muy familiarizada con los títulos.

—Te comprendo perfectamente. Por lo menos cuando estemos afuera de alguno de los despachos tengo que hacerlo. Aunque puedes incluir un nuevo punto en el Decreto Real que cambie eso.

—De hecho, si me permite acotar Su Majestad, su antecesora quería hacerlo porque opinaba igual que usted. —Agregó la Primera mucama.

—Sí.

—Bueno creo que haré efectivo eso tan pronto estas ceremonias me lo permitan.

—De acuerdo. —Dijo Eric mientras se ponía de pie.— Es todo lo que venía a decirte así que me retiro. —Concluyó mientras hacía una reverencia.

Eric se fue alejando de la habitación sin darle la espalda a Belisaria. Luego y siendo escoltado por guardias regresó a su despacho.

—Su Majestad, mañana le espera un día muy ajetreado. Creo que debería descansar para tener energías suficientes.

—Sí, tienes razón.

La mucama, junto con los guardias correspondientes escoltaron a Belisaria a la habitación donde dormiría. Al llegar, notó que era la misma habitación donde Regina y Eric solían dormir juntos. La reina al entrar dio la orden de que se retiraran todos y con una reverencia así lo hicieron.

La nueva reina por medio de un sencillo conjuro de duplicación y en medio de algunos centelleos y el mismo resplandor blanco de siempre en sus manos, hizo que la única cama existente en la habitación se duplicara para así dormir ambos reyes en camas separadas. Primeramente la cama empezó a elevarse un poco en el aire para luego emitir incómodos chasquidos desde la madera que la componía. De todas partes de la cama empezaron a salir raíces que imitando el crecimiento de un árbol fueron estirándose rápidamente para irse acumulando en donde Belisaria lo disponía. Aquellas raíces adoptaron la misma forma de la cama de los reyes. En cuanto a la paja contenida en la suave superficie que servía de descanso para sus majestades: surgió por entre las endijas de aquellas raíces para secarse de inmediato y acumularse en el espacio principal del mueble. Lo mismo sucedió con las almohadas y en cuanto a la tela que cubría cada una de las partes: pequeños hilos de seda salieron desde los componentes de la cama original para tejerse con rapidez y terminar así con la duplicación de cada uno de los elementos. "Nada mal"—Concluyó Belisaria satisfecha. Este sutil cambio en la habitación real lo vio necesario porque a pesar de todo solo eran buenos amigos y ninguno de los dos tenía intenciones de que aquello cambiara.

Casi como un diario ritual nocturno, Belisaria se encontraba sentada en la orilla de la cama mientras una idea sobre Lot rondaba su cabeza. Casi sin pensarlo segundos después se puso de pie y se retiró hacia al despacho de su homólogo y amigo.

—La Reina está aquí.— Informó un guardia desde afuera.

Eric cambió de asiento como es debido. Belisaria entró y se sentó donde antes estaba Eric.

—Déjenos solos. —Ordenó Belisaria.

El guardia se retiró y cerró la puerta.

—Ahora eres tú la que me visita ¿qué te trae por aquí?

—Mis pensamientos. Pensaba sobre el asunto que nos inquieta. Hay algo dentro de todo esto que no encaja en este rompecabezas. Las actitudes de tu hermano.

—Creo saber a lo que te refieres, pero prosigue.

—¿Acaso él no se da cuenta de lo evidente que es el hecho de haber regresado tras tu muerte y luego huir así no más? Eso delata completamente la posición de tu hermano. Lo extraño es que al parecer él no se da cuenta de eso.

—Sí, es lo mismo que estaba pensando. A mí también me parece muy extraña su evidente conducta y de cómo esta lo expone. Eso, si ya tomamos como un hecho confirmado que es él quien está detrás de todo lo que ha pasado.

—Aunque puede ser parte de su plan... —Insistía Belisaria ignorando que Eric aún no creía posible que fuera Lot el artífice de todo aquello.

—Exacto pero, ¿cuál plan?

—No lo sé, es muy difícil saberlo Eric... Aunque...

Belisaria guardó silencio por unos momentos mientras mantenía sus ojos cerrados.

—Inútil.

—¿Qué cosa?

—Tu hermano tiene inaccesible su propia mente. Por lo tanto leerla queda oficialmente descartado.

—De cualquier manera, por suerte mis hijos están bajo una rigurosa custodia. Periódicamente me vienen a informar sobre su estado.

—Es lo mejor que puedes hacer por el momento, pero para tu intranquilidad siento que hay algo más grande detrás de todo esto Eric. Es estrictamente necesario estar alertas ante cualquier eventualidad que pueda surgir.

—Estoy de acuerdo contigo sin embargo, por ahora lo único que podemos hacer, como te dije antes, es no dejar que Lot abandone el palacio.

—Muchas cosas pueden pasar con tu hermano aquí.

—Pero ¿cómo podemos lograr que se quede por mucho más tiempo? —Hubo una pausa por unos segundos.— Mañana aparte de reunirme con Jordana después de la ceremonia, me reuniré con los ministros para tratar nuevamente el tema de las desapariciones en el pueblo ¿Quieres acompañarme?

—Claro. Tengo la breve sospecha, y sé que tu también, de que tu hermano puede estar fuertemente ligado con este temita. Además, intentaré recabar información acerca de ese tal ministro Uzi.

—Ha llegado el momento de poner en cintura a todos aquí, pero por ahora lo mejor es que vayamos a descansar ¿no crees?

—Sí, estoy de acuerdo.

Ambos se pusieron de pie y Belisaria salió del despacho mientras iba seguida por Eric. Tanto los guardias de Eric como los de Belisaria caminaban junto a ellos en ese momento, por lo que la escolta en esta ocasión era más numerosa.

—Por cierto, —Agregó Belisaria mientras caminaban por el pasillo con dirección a la habitación.—nos hice un favor y ahora hay dos camas en la habitación.

—Perfecto, porque no pensaba ni pienso compartir una cama contigo.

—Lo mismo digo.

Esa noche transcurrió con absoluta paz y quietud, además el viento era débil y muy frío. Durante el tiempo de la luna, los guardias permanecieron en sus puestos todo el tiempo. De igual manera el fuego azul de las antorchas permanecía entre la oscuridad y cada uno de los habitantes del reino descansaban después de un agotador día de trabajo. Finalmente las antorchas se iban extinguiendo, los guardias eran relevados por otros y así un día más daba comienzo:

—¡Belisaria!

—¡Aaaaaaaa! —Gritó Belisaria mientras protagonizaba una chistosa caída provocada por el susto que le había dado aquel grito.— ¿Qué? ¿Qué? ¿Qué?

—Disculpe la intromisión, pero es hora de que se prepare para la ceremonia, ¿se encuentra bien?

—¿Ah? Sí, solo me… ¿Y ustedes qué hacen aquí? ¡No pueden entrar así a esta habitación! Creo...

—Mi reina. —Justificó Eric.— Les he dejado pasar porque fui informado que llamaron en repetidas ocasiones a la puerta y no recibieron respuesta, de ahí la preocupación de que le hubiera pasado algo. Yo me levanté muy temprano ya que fui a ver a mis hijos y no quise interrumpir su profundo sueño.

—Ya veo. Bueno, estoy bien. Ahora váyanse.

—Le expreso mis sinceras disculpas, alteza. —Respondió Eric mientras le hacía una mueca disimulada a su amiga y se retiraba de la habitación junto con los guardias.

—Mi señora ¿se encuentra bien? Será mejor que se bañe para ayudarle a vestirse. Ya estamos un poco retrasados. —Añadía Yasira mientras asistía a Belisaria a levantarse del suelo.

—Muy bien. En seguida regreso. Y una cosa más…

—¿Señora?

—Los demás llegan muy temprano, no es que yo me atrase. —Dijo la reina mientras le guiñaba un ojo a la mucama y ésta reía un poco.

Belisaria se retiró a bañarse al mismo tiempo que la mucama buscaba todos los accesorios y la vestimenta apropiada para realizar la ceremonia.

Mientras tanto, en el salón principal del palacio se preparaba todo para la actividad: se colocaban mantas, flores, la mesa principal, la mesa de comida y muchas sillas de madera para invitados especiales y las personas de Lûmen que quisieran asistir. Cada uno de los asistentes había recibido en asombroso tiempo récord la invitación a tan magno evento, lo cual les daba la posibilidad de emprender el viaje a Reino de Luz con algo de tiempo. Aunque en algunos aspectos los servicios que se daban en Reino de Luz no eran los más rápidos de toda Viride su servicio de mensajería sí lo era, ya que se componía por una destacada cantidad de palomas entrenadas para desempeñar su labor de una manera rápida y sin demoras. Las mismas están bajo el cuidado del Departamento de Correspondencias, mismo que está bajo la constante vigilancia directa de Falco.

—¿Más trapos? Se me va hacer imposible mover mis pies cuando esté totalmente vestida.

—Mis disculpas Señora, pero esta vestimenta es parte del protocolo que deben cumplir los reyes en una ceremonia como esta y más si en su honor. Si me permite decirlo, su antecesora también pensaba igual en esto. —Explicaba la Primera mucama mientras ayudaba con la vestimenta a Belisaria.

—Sí. Creo que una de mis primeras labores será entrevistar a los allegados a Su Majestad Regina para enterarme de las cosas que ella quería cambiar. ¿Es todo? —Inquirió mientras se veía en un viejo espejo que había allí.

—Sí, es todo mi Señora.

—Bueno, después de todo sí puedo mover un pie y... — Belisaria intentó dar otro paso, pero su pie se enredó con lo largo de su vestimenta y lo último que vio antes de cerrar los ojos fue el piso de madera de la habitación acercándose a su rostro.

—¡Mi Señora!

Belisaria se puso de pie tan rápido que la primera mucama no pudo asistirla.

—Tal parece que el piso me está amando el día de hoy... Estoy bien, estoy bien. ¿Nos vamos?

—Sí señora, vamos.

Ambas salieron y fueron escoltadas por los guardias que siempre estaban afuera de la habitación custodiando. Eric ya había terminado de ataviarse apropiadamente para la actividad y estaba en camino hacia el salón principal donde tendrían un breve encuentro con los principales mandatarios de las islas y reinos de Viride antes de abrirle puertas a los pueblerinos. Ambos reyes se encontraron en un pasillo poco antes de entrar en el salón donde también se reunieron con todos los ministros del palacio:

—Es un honor verla, Su Majestad. —Saludó Eric.

—Bien, no, esto es mucho. A partir de este momento no quiero que me hagas reverencia Eric. Ministro Uzi quiero que anote esto que acabo de decir. Es válido y efectivo desde este momento ¿de acuerdo? No soporto ese tipo de saludos de parte de Eric.

—Sí, mi Señora. —Respondió Uzi mientras inclinaba su cuerpo hacia la Reina.

—Puertas. —Ordenó Belisaria a los guardias para que las abrieran y pudieran entrar al salón donde ya aguardaban los invitados especiales.

Al entrar, todos los reyes y reinas se pusieron de pie.

Tanto Belisaria como Eric se dispusieron a saludar a los monarcas, entre ellos a la reina Jordana quien dio una amistosa y notable sonrisa a Eric.

—Sean bienvenidos y reciban mi agradecimiento por haber asistido a esta ceremonia. —Decía Eric cuando había saludado a todos los presentes.

—*Considego* que a todos nos *alega teneg* a una nueva *gueina diguijiendu* el *podeg centagl* de *Viguide*. —Respondió Arón Cécéreu, rey de Lézard, correspondiendo a lo que Eric había dicho y con el clásico acento de su tierra y, bueno, acompañado de la dificultad que representaba entenderle en algunos momentos.— Por *oto* lado me *paguese* una *tajedia teguible* lo sucedido con la *gueina Guellina*.

—Muchas gracias a todos. He sentido el abrazo hermano de ustedes por medio de su correspondencia. Les estaré eternamente agradecido por preocuparse por su rey. —Agradeció Eric a todos los monárcas.

Belisaria y Eric sonrieron y se retiraron a la mesa principal mientras los seguían los demás reyes, reinas, ministros y guardias.

—Bueno… Es la primera vez que estoy en una actividad como esta, así que no sé mucho del protocolo y esas cosas.

—Su Majestad, no se preocupe. —Comentó Eric— Esta es solo una reunión informal en la que los principales mandatarios de Viride compartimos un momento para comentar y tratar temas en común.

—Si, además *gueo* que nos *centaguemos* en el hecho de que usted, al igual que su *guespetada antecesoga* es de un *oguigen* muy humilde. Lo que es muy *buenu paga* todos. ¿Le tomó *pog sogpesa* la *pogpuesta* de *Eguic*? —Preguntó el rey Arón, interviniendo nuevamente y recordando a los presentes su peculiar característica: no para de hablar nunca.

—Sí. Debo admitir que bastante, yo... Disculpen. Me retiro por un momento.

Eric extrañado volvió su mirada hacia Belisaria y dijo:

—Claro. —Reaccionó Eric.

—Muy bien. Jordana, ¿haría el favor de seguirme?

Todos extrañados y tal como si fuera un juego de seguir una bolita con la mirada, volvieron su mirada hacia Jordana al escuchar el repentino cambio de tema en la conversación y la pregunta de la reina.

—Sí, su Excelencia.

Se retiraron del salón mientras la escolta de guardias de ambos reinos las seguían. Eric se quedó compartiendo afablemente con los demás en el salón, mientras que en las afueras del palacio una multitud aguardaba a que las puertas se abrieran para poder ser parte de la ceremonia oficial de iniciación de la nueva reina. Fue en ese momento cuando en una de las habitaciones del palacio tuvo lugar la repentina reunión de la cual Jordana no tenía ni un indicio de lo que Belisaria iba a comentarle. En el camino ninguna de las reinas compartió palabra.

—Tal vez esté sorprendida por haberle hecho esta petición y más teniendo en cuenta que no hemos intercambiado ni una sola palabra en nuestras vidas.

—La verdad que sí me toma por sorpresa esta reunión, Su Majestad. Lo que me lleva a preguntarle y perdonando la indiscreción al hacerlo, pero ¿a qué se debe?

—Muy bien. Sé que tienes en tu prisión al que puede ser uno de los sirvientes del cabecilla de todo lo que está ocurriendo ahora. ¿Me equivoco?

—No se equivoca, Alteza.

—Y sé que piensas que quien puede estar detrás de todo esto es el hermano del rey, el tal Lot.

Jordana asintió de inmediato un poco sorprendida al ver que

Belisaria sabía algo que ella aún no había comentado con alguien.

»Imagino que ya estás enterada de lo que el hermano del rey ha hecho y de lo que, posiblemente, se encuentra haciendo, ¿no?

El pulso de Jordana se aceleró cuando el recuerdo del incidente que manchó a su familia retornó a su mente por unos segundos y posteriormente respondió:

—Sí, mi Señora. Pero lamentablemente sé lo mismo que ustedes... Nada con certeza; conjeturas nada más.

—Sí. Por el momento la mente de Lot es impenetrable inclusive para mí que, teóricamente puedo realizar ese tipo de cosas. Y creo saber que la razón principal de esta barrera es que...

—Está fuera de él ¿cierto? —Interrumpió Jordana.

—Correcto. La protección mágica que cubre todos sus pensamientos va más allá del tipo y cantidad de poder que él mismo posee. Es algo distinto. Por desgracia en estos momentos no hay nada que yo pueda hacer para cambiar eso hasta no saber el origen verdadero de ese misterioso poder.

—¿Se lo ha dicho al rey?

—Eric es admirablemente inteligente, no obstante tiene un defecto muy grande: no le guarda muchos secretos a sus familiares. Esto quiere decir, para efectos de lo que acabamos de tratar, que en cualquier momento se le puede escapar algún dato que beneficie al traidor.

—Entiendo. Pero entonces, ¿cuándo lo sabrá? Él es el rey.

—Hay un tiempo para cada cosa Reina Jordana. Ciertamente este no es el momento apropiado para darle esa información a Eric.

—Muy bien.

—Por el momento no hay mucho que hacer, pero debo pedirle un favor.

—Como usted mande mi Señora. ¿En qué le puede ayudar esta humilde servidora?

Jordana escuchó atentamente el mandato de la Reina. Después de analizarlo y discutir varias cosas más, la reina accedió a brindar su apoyo a Belisaria. Ambas majestades salieron de la habitación y los guardias hicieron reverencia ante su presencia para luego escoltarlas de regreso al salón principal de actividades donde aguardaban Eric y los demás reyes de Viride.

—Exacto, es precisamente lo que yo iba a decir. —Vacilaba Eric junto con los demás reyes.— Majestades.

Todos se pusieron de pie al ver a Belisaria entrar con su homóloga por la puerta principal del salón.

—¿Fue amena la conversación, Su Majestad?

—Si, bastante. —Contestó Belisaria.

Ambas se sentaron y las puertas se abrieron para que las demás personas entraran y fueran partícipes de tan importante actividad. Aunque todos los presentes eran importantes de igual manera, había algo que llamaba poderosamente la atención de Belisaria y de Eric: Lot no estaba presente. El programa de actividades de la ceremonia era algo extenso e incluía varios aspectos por tratar. Cada uno de los invitados especiales al igual que el maestro de ceremonias poseían uno: era un pergamino doblado, estaba escrito con tinta negra en donde se detallaba uno a uno los puntos para el adecuado desarrollo de la actividad y de ésta manera hacer de ella una de las más memorables.

Primeramente los asistentes del pueblo pasaron ordenadamente y le ofrecieron a la nueva reina algún regalo que representara lo que esperaban de su mandato y como incentivo para una buena administración. Acto seguido la reina dio un discurso de agradecimiento para los presentes y donde hablaba de quién era ella, cuáles eran sus prioridades y convicciones, pero hizo hincapié en el hecho de que no toleraría ningún acto de rebeldía que pusiera en peligro a todos los habitantes del pueblo y su integridad misma. Posteriormente las mucamas, bajo el mando de Yasira servían la comida a los asistentes. Las actividades culturales no estaban exentas de formar parte de la actividad. Entre bailes, cantos y actuaciones, los invitados gozaron y disfrutaron del acto. Como conclusión, talentosos ilusionistas y magos del pueblo fueron especialmente invitados a palacio para realizar un espectáculo que envolvió luces, criaturas y una infinitiva gama de colores y efectos que hicieron que la culminación fuera perfecta.

Al finalizar, los satisfechos habitantes de Lûmen regresaron a sus casas. Los reyes y reinas del resto de islas y reinos regresaron a su lugar. Eran únicos en el origen y modo de transporte. Para el regreso, mientras unos simplemente desaparecían brindando a los presentes una estela de chispas, otros utilizaban carruajes jalados por pequeños dragones, algunos solamente volaron y no faltó quienes se iban cabalgando en jamelgos halados, pero todos tenían algo en común: cada uno llevaba tras de sí una generosa cantidad de guardias en su custodia.

—Muy bien Eric. —Dijo Jordana dándole la mano a su colega y haciendo una reverencia.— Es hora de partir. La ceremonia ha sido encantadora. Me apena no poder quedarme más tiempo para cumplir con lo que te había dicho y reunirnos, pero hay ciertos asuntos de relativa urgencia que dedo atender. Te mantendré informado de todo lo que pase con mi prisionero, pero puedes estar tranquilo.

En el momento en que Eric dio la mano a su colega, sintió como ésta le estaba entregando, discretamente, un pedazo de papiro. Con gran disimulo, Eric se abstuvo de decir algo al respecto y prosiguió:

—Gracias Jordana. Debo agradecerte por lo que hiciste con mi hermano, la mucama Egna y por mis hijos... De verdad muchas gracias.

—No tienes que agradecer nada.

Jordana hizo una reverencia a Belisaria mientras, sonriendo también dijo adiós.

—¿Te puedo preguntar cuál fue el motivo de la reunión entre ustedes? —Inquirió Eric disimuladamente mientras veía a Jordana subirse al carruaje más grande y ostentoso, jalado por gigantescas águilas y que poco a poco empezaba a elevarse con mucha clase y lentitud.

—Nada. Simplemente quise averiguar un poco más de lo que pasó en Sueños. Será mejor que entremos, hay nubes densas y oscuras en el cielo por lo que es muy probable que llueva.

Eric no quiso preguntar más sobre la reunión pues notó que su amiga dejaba escapar cierta incomodidad al hablar de ese asunto, por lo que nada más asintió sobre el comentario de la lluvia y junto con los demás guardias entró en el palacio siguiendo a Belisaria.

7

Un dios enfurecido

La atmósfera de una de las habitaciones se había puesto turbia. Su iluminación había disminuido en gran cantidad y un frío, de causa desconocida, imperaba en el ambiente de esa habitación. Un hombre de pie mantenía una conversación con una sombra que se encontraba dentro de un espejo. La voz que salía de aquella sombra era intimidante y muy grave.

—Limítate a seguir mis instrucciones Lot.

—No es posible que después de que me consideraran un individuo de estatus reconocido, cuya autoridad se respetaba... ahora tenga que quedarme encerrado en una habitación porque la nueva reina no me tiene confianza y los guardias por eso no me hacen buena cara.

—Pronto serán ellos quienes hagan mala cara a tu hermano. Por ahora debes hacerles creer que lo tienen todo bajo control. De ese modo será más fácil que te tomen confianza... Porque lo harán. —Decía la sombra desde el interior del espejo.

—Si usted lo dice...

—¡Nunca cuestiones lo que yo diga! —El espejo sufrió un pequeño resquebrajo en una de las esquinas.

Lot guardó silencio y la voz grave e intimidante prosiguió:

—¿Fuiste al templo?

—Si señor. Sin embargo no pude tomar lo que usted me ordenó.

—¿Por qué?

—El objeto posee una cerradura que solo puede ser abierta por…

—¡Maldito Narciso!

El silencio se apoderó de la conversación nuevamente.

—Señor…

—Tendrás que encontrar la manera de llevarlo hasta ese lugar, Lot.

—Creo haber encontrado la manera de hacerlo.

—¿Crees o sabes?

—Discúlpeme señor. Sé. He encontrado la forma de llevarlo hasta ahí.

—Muy bien. No te conviene fallar. Esto es importante... para ambos…

Lot en un acto de respeto y entendimiento a lo que la sombra había comentado, se inclinó un poco ante el espejo.

»Ahora quédate en esta habitación. No salgas por ningún motivo y sígueles la corriente.

—Como usted diga.

—Espera órdenes dentro de unos días.

Lot hizo una reverencia y la sombra del espejo se esfumó como si una ráfaga de viento hubiera pasado en su interior. Las antorchas de aquel lugar se encendieron nuevamente, por lo que la habitación recobró su iluminación y la temperatura se estabilizó. Su ocupante se sentó en el borde de la cama y se quedó pensativo, con su mirada fija hacia a la ventana.

Habían pasado solo unas horas desde la ceremonia de iniciación de Belisaria. La lluvia, tal y como lo había predicho la bruja, se empezaba a precipitar desde el ennegrecido cielo de la noche y la reunión de los reyes con los ministros daba comienzo en el despacho de la reina. Eric estaba al lado de Belisaria y los ministros estaban sentados frente a ellos.

—Las desapariciones. Con la toma de poder de su Majestad, la reina Belisaria, ese asunto ha vuelto a formar parte de la agenda que debemos cumplir de inmediato.

—Sí. —Respondieron todos los ministros asintiendo al comentario de Eric.

—Ministro Uzi.

—¿Sí, mi Señora?

—¿Han habido más desapariciones? Deme el informe.

El primer ministro se puso de pie y respetuosamente le entregó el pergamino a la nueva reina.

—Eric mira esto. —Belisaria le entregó el papel a su amigo.

—Mmm… el índice de desapariciones ha disminuido, pero eso no quiere decir que no vayan a haber más. Además, sumando todas las desapariciones hasta el momento, hay veinticuatro personas de cuyo paradero no se sabe nada…

—Ministro ¿con cuánta frecuencia suceden estas desapariciones?

—Mi Señora, ese dato sólo lo saben los guardias encargados de la inspección y no podemos obviar que existe cierto margen de error.

—Si mal no entiendo, es su deber conocer y manejar a la perfección cualquier tipo de estadística para responder adecuadamente cuando se le pregunte por las mismas.

—Le ruego me perdone su Majestad.

—Será mejor que esté más atento, ministro.

—Sí Señora —Reverenció el primer ministro.

Belisaria extendió la mano en dirección a donde estaba Eric y éste le entregó un pergamino enrollado cubierto con un trozo de tela color verde.

—En cuanto al decreto efectuado días atrás por el rey Eric, aquí presente, debo decir que se le hará una reforma.

Todos, pero en especial el ministro Uzi volvieron su mirada con extrañeza hacia la reina.

—El puerto ya no permanecerá cerrado del todo. A partir de hoy queda estipulado que esta parte del reino se utilizará única y exclusivamente para recibir al comercio. Las exportaciones quedan clausuradas hasta nuevo aviso.

Cuando acabó de escribir su nombre con una pluma de águila blanca, Belisaria dejó caer un poco de cera caliente sobre aquel pergamino. La cera siempre estaba lista sobre el escritorio de los reyes para usarse, ya que permanecía en un viejo tazoncito de hierro posicionado sobre brasas que las mucamas se encargaban de mantener calientes en todo momento. Acto seguido, su mucama personal le alcanzó el sello y la nueva reina lo colocó sobre la cera que había puesto en el documento. El sello combinaba la W de la familia Wyght y los elementos propios del sello real en Lûmen: la flor de loto a ambos lados y justo en el centro horizontal, debajo de cada una estilizaciones que recordaban a las dunas del desierto en el sur y en el centro vertical inferior una cruz redonda en su parte superior, símbolo de la vida y la inmortalidad.

—Ministro Uzi, guarde esto en la Sala Ministerial.

—Sí, Señora.

—Y por favor ministro, tome nota de lo siguiente: —Ordenó Belisaria.

El ministro tomó un pequeño papiro que siempre traía en su uniforme y con una pluma amarrada a un pequeño tintero portátil, empezó a anotar lo que la reina tenía que decir:

—Quiero que redacte dos reformas para el Decreto Real.

—La escucho atentamente, mi Señora.

—La primera: se acabarán las formalidades entre reyes de un mismo reino. O sea, nada de usted, su majestad y esas cosas... entre reyes. La segunda, quiero que retiren las vestimentas más largas y pesadas del vestuario de iniciación de reyes.

—Sí Señora. En un momento le traeré las reformas en limpio para que usted coloque su sello. —Concluyó el ministro mientras trataba de disimular su leve asombro ante aquellas peculiares reformas.

—Puede que estas reformas suenen inadecuadas en tiempos como este, pero créanme es bastante incómodo en ambos casos lo que esta humilde servidora debe pasar.

Todos asintieron.

—Muy bien. Retírense ya. Gracias.

Todos los ministros se pusieron de pie y empezaron a desfilar hacia afuera del despacho de Belisaria sin dar la espalda a sus majestades.

—Ministro Uzi…

—¿Sí Alteza?

—Espero que haya entendido que si como Primer ministro no maneja toda la información que debe, lo tendré que destituir.

—Ha sido usted tan clara como el agua de la Fuente de los Duendes. Le ruego perdone mi falta.

—Retírese. —Ordenó Belisaria, concluyendo de manera tajante y haciendo un brusco ademán.

Eric cerró la puerta cuando el ministro se retiró y se volvió hacia su amiga:

—Quién lo iba a decir, tienes carácter.

Belisaria sonrió vagamente.

—Y eso que aún no has visto nada Eric. ¿Qué opinas? ¿Cómo lo hice?

—Perfecto. Todo lo que tú digas es santa palabra y nadie podrá oponerse, pero lo has hecho genial. Debo admitir que para ser uno de tus primeros mandatos oficiales podría decirse que llevas en el poder varias semanas.

—Gracias. Sabes cuál es mi verdadera intención al realizar esa reforma al decreto del puerto ¿cierto?

—Por supuesto. Si todo sale como has planeado, caerá más fácil.

—Lo sé. Además me dará mucho gusto cuando tenga que revelar a ese oportunista, aprovechado y tumba de varios secretos.

—¿Tumba de varios secretos?

—Por algo mostraba tanta simpatía cuando tu hermano casi consigue hacerse con el poder.

—Tienes mucha razón.

—Bueno, discúlpame Eric. Debo salir unos minutos del palacio. En un momento regreso.

—Está bien. Yo iré a mi despacho para esperar los decretos y darles mi aprobación, después te los dejaré aquí en la mesa en caso de que no hayas regresado aún.

—Me parece bien.

Ambos se pusieron de pie y posteriormente salieron de la habitación uno detrás del otro. Luego se separaron y cada uno tomó su camino. Eric regresó a su despacho y tranquilamente volteó su silla hacia la ventana atrás de él y empezó a observar las empinadas montañas con punta blanca que habían detrás. Belisaria salió del palacio con una escolta de guardias y ante la admiración de las personas del pueblo que veían por la ventana de sus casas, pasó en un majestuoso carruaje de madera que iba siendo jalado por cuatro caballos. A pesar de la lluvia las antorchas que iluminaban los caminos del pueblo no se apagaban, pero algo llamó la atención de Belisaria:

—¿Por qué el palacio pareciese como si no tuviera ventanas? Estoy segura de que antes habían muchas. —Preguntó la reina a uno de los guardias que iba dentro del carruaje, mientras otros iban caminando afuera.

—Hay un sector del palacio que está bajo un sello de magia especial que aparte de protegerlo, hace que las ventanas sean reemplazadas por más ladrillos cuando llueve o en caso de algún peligro.

—Entiendo… Pero ¿y adentro?

—Dentro del palacio los espacios que ocupaban las ventanas y ventanales son reemplazados por huecos en donde fuego surge para dar la iluminación natural del ambiente afuera en caso de que sea de día y si es de noche simplemente actúa como el resto de antorchas en Lûmen.

—Y no termino de sorprenderme... —Belisaria fijó su mirada en el guardia unos segundos y luego continuó.— ¿Sabe qué pienso?

—¿Su Majestad?

—Consideraré tomarte en cuenta para un eventual ascenso.

El guardia no supo más que dar una reverencia y agradecer sinceramente:

—Es usted muy amable mi Señora. Sea recompensada por su inmensa gracia.

Belisaria sonrió.

—¿Cuánto tiempo lleva en el palacio? Porque para que sea uno de los que me acompañe adentro del carruaje...

—Sí Señora. Llevo cincuenta y dos años sirviendo a la Familia Real de Reino de Luz. Sé que no me lo pregunta, pero soy el Primer Guardia a cargo de la seguridad del palacio.

—Mmm... ya veo. Bueno —Belisaria se inclinó un poco y colocó su mano en el hombro del guardia.— Reitero lo dicho: serás mi primera opción a tomar en cuenta.

—Su Ma...

—No me agradezcas. Solo sigue desempeñando tu labor tan bien como lo has hecho hasta ahora.

El guardia guardó silencio y con una sonrisa un poco disimulada, reverenció.

—Hemos llegado. ¡Detenga el carruaje!

Se detuvo en frente de aquella vieja choza, la más alejada del pueblo y donde, además de ser el punto de reuniones de Lot, Amaru y los demás seguidores, se especulaba habitaban una serie de fantasmas. Esta choza estaba tan alejada en el pueblo que casi llegaba a estar al otro lado del muro que circunvalaba todo Lûmen. Situada en una colina, desde ahí se podían observar las torres del palacio y la Gran Pirámide Blanca que estaba detrás del mismo.

Belisaria bajó y de un movimiento con su mano todas las antorchas del camino hasta donde ella se encontraba se extinguieron de un súbito soplido.

—Ni una palabra de esto al rey. ¿Entendieron?

Todos los guardias reverenciaron y dieron media vuelta para no ver lo que la reina iba a efectuar.

Belisaria entró en la choza y con facilidad quitó la mesa y varias sillas. Luego retiró la alfombra del suelo. Se dispuso entonces a entrar por una puerta debajo y que conducía a un pasadizo oscuro en el cual solo se podían escuchar leves ruidos parecidos a martillazos que debido al eco resonaban por todo el lugar. La reina entró y tanto la alfombra como la mesa y sillas a su alrededor volvieron a su lugar.

Mientras Belisaria se adentraba en las profundidades de aquel túnel que había surcado Lot días atrás para mantener una conversación con el hechicero Vick, Eric continuaba en su despacho, pero ahora estaba plasmando en un pequeño diario todos los acontecimientos de los últimos días.

—Señor, el primer ministro Uzi está aquí.

Eric cesó de escribir y guardó el diario con tapa de cuero café en la gaveta de su antigua mesa. Posterior a esto dio la orden para que dejaran pasar al ministro.

—Señor aquí le traigo los decretos y reformas para que coloque su sello, tal como usted y Su Majestad la reina lo han ordenado.

Eric en silencio vertió cera caliente y uno por uno fue colocando el sello de su anillo. Cuando hubo terminado únicamente hizo una seña con su mano y el primer ministro se retiró del despacho. Sin disimulo alguno, el ministro dejó ver una expresión de extrañeza en su rostro ante la frialdad de su rey.

—Con permiso. ¡Con permiso! —Decía alguien que venía caminando aceleradamente por el pasillo directamente al despacho del rey.

—Su Majestad, el…

—¡Silencio! Yo me anuncio, yo me anuncio… —De inmediato empujó ambas puertas del despacho. — ¡El Ministro Falco está aquí!

De un brinco Eric se puso de pie para observar al que había llegado de improvisto.

—¡Ministro!

—Necesito hablar con su Majestad, es de carácter urgente.

—Muy bien, por favor siéntese. ¡Guardias!

Falco entró tan rápido como había llegado y tras de sí las puertas fueron cerradas por los custodios.

—¿Por qué llegas así tan de repente? No sabía ni qué decir ante el asombro de los guardias…

—Ya, ya, ya; sólo cierra tu boca y escucha. Belisaria…

—¿Le ha ocurrido algo?

—¡Qué te calles! —Exclamó Falco al mismo tiempo que con su mano hacía aparecer un pergamino enrollado sobre la cabeza de Eric para darle un leve golpe y que de esta manera guardara silencio para escuchar lo que él tenía que decirle. —Ella fue vista mientras entraba en la choza vieja del pueblo...

—¿Qué dices? ¿La choza vieja?

—La última vez que fui a ese lugar mientras seguía a Lot dejé unos cuantos sortilegios en el lugar...

—Explícate.

—Mediante un sencillo acto de animación logré que una de las esculturas que hay en el cementerio cerca de ahí tuviera la capacidad de informarme cuando alguien entra y sale de ese lugar.

—¿Ah sí? ¿Y qué, ahora me vas a decir que la estatuita viene corriendo por medio pueblo a avisarte quien entró al lugar? —Preguntó Eric en un tono burlesco, pero que denotaba su afán por comprobar si de verdad era su amiga la que entró en aquel lugar.

Falco, al ver la actitud de su hermano, tomó un poco de aire y prosiguió:

—Puedo lograr eso, pero no. La estatuita, como la llamas, está fija en el cementerio y cuando alguien se acerca a la casa los ojos de la escultura son los míos, o sea que puedo ver lo que ella.

Eric guardó silencio y se puso de pie para darse media vuelta y ver a través de la ventana, nuevamente:

—La choza vieja.

Los guardias empezaron a caminar detrás de Eric y de Falco con la misma rapidez que lo hacían ellos. Pronto llegaron al establo y Eric ordenó que prepararan un carruaje. Seguidamente le informó al primer ministro que iba a salir un momento y que quedaba a cargo. Falco al igual que muchos otros notó algo diferente en el rostro del primer ministro, quien parecía como si ya no fuera el mismo repugnante y oportunista de siempre.

—Señor, el transporte está listo.

Subieron entonces al carruaje al mismo tiempo que el rey daba la orden de ir al cementerio del pueblo. Se notaba la urgencia por llegar al citado lugar. Por otra parte, los guardias que custodiaban a Belisaria no se habían movido de sus lugares y la joven bruja emprendía su camino de regreso a través del pasillo oscuro puesto que ya había concluido su plática con el hechicero que vivía en aquel lúgubre lugar.

Los caballos que lideraban el carruaje en el que iba Eric parecían comprender el apuro del rey, así que los cascos resonaban por todos los rincones del pueblo con rapidez. Dentro, los ocupantes del carruaje no sentían ningún movimiento ya que dichos vehículos habían sido hechizados para evitar cualquier incomodidad a sus ocupantes, esto a pesar de lo que sucediera en el exterior y aún con sus ruedas teniendo contacto con el imperfecto suelo. Belisaria estaba dando sus últimos pasos fuera del pasadizo debajo de la alfombra y se encontraba colocando los objetos en su lugar. De pronto y muy claro escuchó el ruido de los caballos acercándose y del jinete a cargo ordenando más velocidad a los caballos. Con apuro la joven bruja y ahora reina, salió de la choza y ordenó a los guardias que tomaran su posición defensiva, misma que ella también adoptó. Sin embargo al ver las alas a ambos lados del emblema del reino en el frente del carruaje todos retomaron posiciones normales. El carruaje se detuvo. Eric bajó y mientras los guardias presentes se inclinaban a su paso se dirigió rápidamente a donde estaba Belisaria:

—Y aquí estás...
—Eric.
—¿Qué haces aquí Belisaria?
—Sé que parece como si...
—Espero una buena explicación. Estamos juntos en esto Belisaria, no quiero secretos en algo que puede estar involucrando a mi familia.

Falco se acercó y susurró al oído unas cuantas palabras:

—En todo caso creo conveniente que ambos entren a alguno de los dos carruajes y hablen. Aquí afuera y en frente de los guardias no es apropiado que tengan esta charla.

—Tu hermano tiene razón Eric vamos al carruaje y hablemos con calma ¿sí?

—De acuerdo.

Ambos caminaron unos cuantos pasos y se subieron al carruaje más próximo que en este caso era el de Belisaria. Una vez adentro se sentaron uno en frente del otro y empezaron a charlar con más sociego.

—Muy bien, ¿qué hacías allí?

—Sé que fue tu hermano quien te advirtió sobre mi visita a este lugar. De hecho no planeaba decirte nada, pero cuando estaba a punto de entrar en la casa sentí la presencia mágica que reside en el cementerio y fue cuando caí en cuenta de que lo sabrías de inmediato...

—¿No planeabas decirme nada de qué, Belisaria?

—De mi visita a este lugar y de la charla que mantuve con su residente...

Eric inhaló y exhaló un poco para luego comentar:

—Belisaria... Me extraña que tú... ¿Sabes quién es ese hombre de ahí, verdad?

—Si Eric. Su nombre es Vick y es mi hermano.

—¿Tú... hermano? Pero él es un mago y alquimista oscuro todos lo saben, y quienes no saben su existencia creen que el lugar está embrujado. Es por esto que desde antes de empezar mi mandato he querido derrumbar el lugar para obligarlo a marcharse y que deje de envenenar mis tierras.

—Y así deberán continuar creyéndolo. Eric. —Dijo Belisaria mientras tomaba las manos de su amigo.— Nadie debe enterarse de que Vick en realidad no es ningún mago oscuro y menos de que es mi hermano. De esa manera todos le seguirán temiendo y él podrá continuar con su investigación.

—¿Cuál investigación?

—Es mejor que lo hablemos en el palacio. A pesar de que estamos solos en este carruaje no me fio de todos los guardias.

—Muy bien.

Eric hizo un movimiento para disponerse a salir del carruaje y poco antes de que Belisaria diera la orden para que abrieran las puertas del transporte, un papel calló desde una bolsita de tela que Eric llevaba consigo en el cinturón de su armadura.

—Eric, se cayó eso. —Dijo Belisaria señalando aquel papelillo.

Eric volvió su mirada.

—Mmm… este papel me lo dio Jordana cuando se despidió de mí.

—¿Ya lo leíste?

Eric se dispuso entonces a juntar el pequeño pedazo de pergamino para luego abrirlo:

—¿Qué dice, Eric? —Inquirió Belisaria al ver la expresión de confusión que denotaba el rostro de su amigo.

—Hay discípulos de la muerte en Viride.

—¿Discípulos de… la muerte? No entiendo.

—De Necrópolis, la Ciudad de los Muertos.

—Nuestro lugar de pruebas para ser merecedores de un lugar en el más allá…

—Exacto.

—¿Y por qué habrían discípulos de Necrópolis en Viride?

—Se dice que esto sólo pasa cuando un alma ha escapado…

—¿Es eso posible? Digo, la persona ya murió… ¿Para qué querría regresar a la vida? Y más aún ¿por qué querría escapar de los dominios del poderoso dios exponiéndose a su insaciable furia y falta de compasión?

—Esa es la pregunta mi amiga. Hasta el momento consideraba lo leido un mito y a lo que recuerdo no hay casos registrados en ninguna parte.

—Para mi también era mito entonces ¿podría ser cierto?

—Si Jordana lo ha dicho, le creo. El problema de esta situación es que de no encontrar el alma fugada, alguien más deberá tomar su lugar para que haya un adecuado equilibrio entre los mundos. Es un delicado hilo de vida y muerte que no se puede romper.

—¿Por qué alguien debe pagar los errores de otra persona?

—Para evitar eso es que Jordana me extiende esta propuesta…

—¿Propuesta?

—Sí. Solicita mi colaboración…

—¿Cómo?

—Para buscarla. Según leí las almas fugadas son fáciles de reconocer entre los fantasmas y otros espíritus.

—No sé por qué, pero algo me dice que Lot puede estar implicado en este asunto.

Eric guardó silencio y luego añadió:

—Bueno. Regresemos al palacio, tenemos una charla pendiente.

El rey entonces se dispuso a salir del carruaje.

—¡Puertas! —Ordenó Belisaria.— Eric, confía en mí tal como lo has hecho siempre ¿de acuerdo? Solo espera y ya te enterarás de las verdaderas intenciones de mi hermano ¿sí?

—De acuerdo.

Eric bajó del carruaje y subió al suyo. Ambos vehículos con sus respectivas escoltas y bajo la lluvia nocturna salieron de vuelta hacia el palacio. Falco no pudo ocultar su satisfacción al ver que no se había equivocado con respecto a lo que vio por medio de la estatua del cementerio. Eric, como en muchas otras ocasiones, sólo oía el eco de mil pensamientos que deambulaban desordenadamente por su mente y con más razón ahora que se acababa de enterar de la peligrosa presencia de discípulos de Necrópolis en Viride.

8

Un alma trastornada

Ambos carruajes seguían su camino con tranquilidad mientras la escolta los seguía de cerca. En el palacio la atmósfera de una de las habitaciones por segunda vez en poco tiempo se empezó a enfriar y a oscurecer más de lo normal. Lot, quien se encontraba acostado boca arriba en la cama, se puso de pie e hizo una reverencia cuando nuevamente una sombra oscura surgió en el espejo de la habitación.

—¿Quién es Vick?

—Un chiflado. También un mago y alquimista oscuro del pueblo. Me ayudó hace unos días en la inútil búsqueda de las escorías recién nacidas.

—El viejo habló. Será mejor que te deshagas de él de inmediato.

—Maldito viejo, dijo que no abriría su boca. Pero no se preocupe mi Señor. Es hombre muerto.

—Muy bien. Debes saber que tu hermano es muy astuto y con esa bruja de su lado no creo que pase muchas situaciones por alto, sé precavido.

—Como usted ordene, maestro Idogbe.

La sombra se desapareció tal y como lo había hecho la última vez, no sin antes hacer sonar unas palabras en la mente de Lot:

—Alguien en la habitación de al lado escuchó nuestra conversación de hace rato. Deshazte de esa persona con discreción.

Lot desapareció de la habitación donde se encontraba evadiendo.

En un segundo apareció en la habitación de al lado, donde se encontraba una mucama escuchando atentamente la conversación entre Lot y la sombra del espejo.

—¿Interesante la conversación?

De un brinco la mucama lanzó un grito ahogado y aterrorizada quiso escapar de la habitación, pero Lot se interpuso entre ella y la puerta de salida.

—¿A dónde vas? Es de mala educación no saludar a los invitados. —Intimidaba Lot mientras caminaba y empezaba a acorralar a la mujer.— Lo pongo de esta manera: tengo tres opciones. La primera es dejarte ir confiando en que no dirás algo, pero obviamente queda descartada. Hubiera preferido, de alguna manera, comprar tu silencio, pero eso es imposible. Así que me veré en la dicha de acabar contigo.

Lot levantó su mano y de ella empezó a brotar un oscuro humo negro que se posó entre ambos y daba idea de ser una espada. Súbitamente la mucama aterrorizada por Lot, desapareció de enfrente y de una patada en la espalda anunció que aún se encontraba en el cuarto y dispuesta a luchar. Producto del golpe, Lot colisionó contra una silla y la espada que se empezaba a formar desapareció.

—Me empiezas a irritar más de lo que pensé. —Concluyó, para luego abalanzarse sobre ella. Esta por su parte extendió su mano derecha y de un empujón en el aire lo hizo retroceder varios pasos hasta hacerlo chocar contra la pared.

—¿Quién eres? ¡Quiero ver tu verdadera identidad!

La mucama guardó silencio y corrió para empezar una batalla cuerpo a cuerpo con el hermano del rey.

Entre patadas, puñetazos y simple magia de combate, la habitación se llenó de ruidosos estallidos y ataques cuerpo a cuerpo. Lot se enfurecía cada vez más y por ello la potencia de sus ataques iba en aumento, pero la mucama no se quedaba atrás, puesto que impresionó a su contrincante quien comprendió el poder que emanaba de su interior. Tras un intercambio de golpes y poderes que dejó una mancha oscura en el suelo, ambos se retiraron a los extremos de la desordenada y casi arruinada habitación.

—¿Quién eres?

—Confórmate con saber que llevo esperando mucho tiempo por este combate.

La mucama separó sus pies un poco, extendió sus brazos hacia arriba y haciendo un círculo en el aire juntó sus manos, las bajó y colocó frente de su rostro, palma con palma. Lot nuevamente se abalanzó sobre ella, pero antes de que pudiera siquiera rozar uno de sus cabellos, ésta colocó su mano abierta en el suelo.

—*Retium bland*—Pronunció en voz baja la mucama y al momento pareció como si debajo del piso de madera se hubiera alzado una poderosa ráfaga de viento por unos segundos. La gravedad aumentó de tal manera que hizo caer a Lot súbitamente, donde no pudo realizar ni uno solo movimiento más.

—Solo hay alguien que puede hacer eso... —Exclamó Lot mientras veía a la mucama desde el piso.

La mucama empezó a dar pequeños pasos hacía Lot y su apariencia fue cambiando hasta transformarse en otra persona:

—Jordana...

La reina se inclinó en frente de su contrincante y lo tomó por el cuello.

—Reina Jordana. Antes de morir deberás saber que tu fiel sirviente está aprisionado en mi reino esperando por tu llegada. Se puede decir que el bastardo ese sufre una agonía prolongada ahí.

—¿Lo disfrutas?

—Lo que en verdad ocurre es que al fin cosecho lo que he venido sembrando durante años mi viejo enemigo.

Jordana se puso de pie y de su vestimenta sacó una daga brillante con empuñadura de bronce el cual tenía detallado algunas antiguas leyendas y sortilegios propios de Sueños. Seguidamente, entre una débil pantalla de polvo que había surgido en el lugar por el movimiento de los últimos minutos y en medio de un breve ruido, surgieron de la nada varios guardianes de su reino y se posaron alrededor de Lot. Cada uno portaba su báculo y lo apuntaban al hermano del rey fijamente:

—¿Sabes? Ver esta escena me hace sentir inmensamente satisfecha.

Al fin mi padre podrá descansar en paz viendo desde donde esté que el causante de su muerte recibió lo que merecía.

»El recuerdo de aquel día se borrará de mi mente y mis parientes podrán unirse a la eterna luz del silencio y sabiduría de la otra vida.

—No te creo capaz. Tú no tienes el instinto ni el valor para quitarle la vida a alguien, pero yo sí poseo eso. Yo tengo mucho más que eso, puedo matar cuando se me dé la gana, puedo acabar contigo de la misma manera que acabé con tu sucio… —Jordana en un movimiento muy rápido y casi imperceptible, pasó la afilada daga por el rostro de Lot provocándole una profunda cortada en la mejilla izquierda.— ¡Bruja desgraciada! Acabas de firmar tu sentencia de muerte.

Lot volvió su mirada hacia el mueble más cercano y dirigió de nuevo su vista hacia Jordana: el mueble se movió de un brinco y atravesó todo el aposento como si fuese jalado por algo. Bastó con que Jordana posara su mirada sobre aquel mueble y que éste estuviera a pocos centímetros de ella para que cambiara de dirección y golpeara súbitamente a Lot. El mueble entonces se partió en dos y Lot, sin despegar sus pies del suelo por el encantamiento de la reina, cayó de espalda. Jordana se inclinó al lado de aquel hombre y de inmediato colocó la daga en su cuello:

—Es inútil… —Decía Jordana con voz pasiva, pero intimidante.— Es cierto, tal vez no posea ese desdén por matar a cualquiera cuando se me dé la gana, pero sí puedo hacerlo en casos donde la situación lo amerite. Y este es uno de ellos.

Lot no apartaba su vista de Jordana. El miedo empezaba a corromper sus adentros y su expresión cambiaba poco a poco. En este punto estaba más que claro que Lot ya no era aquel sujeto lleno de orgullo y sin compasión alguna, más bien empezaba a tornarse en alguien totalmente aterrado de pánico, sumiso y sin la más mínima idea de cómo actuar ante aquella situación.

—¡Guardias! ¡Ayuda!

—No te servirá de nada. Puede que no sepa ver el futuro, pero sí tenía la certeza de que esto acabaría así cuando crucé las puertas de esta habitación, por lo que la hechicé y logré que el ruido emitido desde su interior no pudiera llegar hasta el exterior.

El miedo era totalmente perceptible en el rostro de Lot, hecho que sorprendió un poco a Jordana. Sin embargo, la reina estaba lista para dar su golpe de gracia. Los guardias tomaron posición de batalla y de sus báculos salieron lianas brillantes que envolvieron al hermano del rey al mismo tiempo que provocaban cierto grado de estrujamiento sobre el mismo. Aquel cuerpo brillaba a causa de las lianas, la daga de Jordana se contagió de ese mismo brillo y empezó a aumentar de tamaño hasta convertirse en una filosa espada delgada. El mango de aquella espada recordaba las alas de una mariposa, la hoja era perfectamente recta y a lo largo en ambos lados estaban situadas en dorado las leyendas que antes poseía la daga en el mango. La reina colocó la punta de aquella espada sobre un puño de lianas que se encontraban exactamente encima del pecho de Lot.

—Hasta aquí llega tu maldad.
—¡NOOOOO! —Gritó estruendosamente Lot al mismo tiempo que sus ojos se tornaron negros de golpe.

Otro espejo como en el que se había reflejado la sombra anteriormente estaba en una de las paredes de esta habitación, explotó y lanzó trozos filosos por doquier. Esto a su vez provocó que tanto los guardias como Jordana se precipitaran hacia el suelo para poder esquivarlos, causando al mismo tiempo que perdieran su atención de lo que se encontraban haciendo en aquel instante. Las lianas perdieron fuerza y Lot se elevó un poco en el aire como si estuviera siendo jalado únicamente del pecho. De inmediato una de las ventanas de la habitación también explotó y una ráfaga de incontrolable viento entró. Nadie podía explicar el origen ni la razón de aquel fenómeno, ni siquiera Jordana que miraba con dificultad el cuerpo de Lot elevado en el aire. Al instante se pudo apreciar que una masa semitransparente comenzaba a salir de aquel cuerpo.

—El conjuro revitalizante, ¡rápido! —Ordenó Jordana.—*Retium Fidivem* —Dijeron Jordana y los guardias a unísono.

Al mismo tiempo que ella estiraba sus dos manos y hacía emanar de ellas gotas de agua que fueron envolviendo el cuerpo de aquel individuo, los guardias provocaban el mismo fenómeno, pero este en cambio salía del báculo que cada uno poseía.

La extraña masa desapareció y Lot movió su cabeza para mirar a la reina. Los ojos del hermano del rey estaban negros, muy abiertos y señidos en los de Jordana. Sólo maldad podía traducirse de aquello y antes de que ella pudiera hacer algo, aquella mirada se vio libre de la oscuridad y en cambio reveló una vacía y triste, la ráfaga de viento que circulaba sin control se extinguió de golpe. El cuerpo de Lot regresó al suelo, Jordana cayó hincada y las puertas de la habitación se abrieron de golpe para revelar, entre el desorden, las figuras de los reyes del palacio.

—¿Qué pasa aquí? —Preguntó Eric al ver aquel alboroto, y más aún cuando vio a su hermano tendido en el suelo y aún envuelto en algunas lianas.

—No hay tiempo para explicaciones en este momento Eric llamen a las mucamas, médicos y guardias del palacio, tu hermano está muy mal. —Dijo Jordana pasando por alto que tal vez Eric se encontraba muy confundido en aquel instante.

Eric dio de inmediato la orden a los estupefactos guardias, quienes no tenían idea de cómo había ocurrido semejante desastre cerca de las puertas que ellos custodiaban. Eric y Belisaria se acercaron para observar de cerca a Lot y su impresión fue bastante notable. Lot estaba tendido en el suelo temblando levemente, con la mirada fija hacia el techo de la habitación. Su cuerpo estaba mucho más blanco que de costumbre y en él se podían observar varias cicatrices en diferentes partes. Su piel estaba un poco arrugada, lo que lo hacía aparentar más edad de la que verdaderamente tenía. Belisaria se agachó a un lado del cuerpo y tocó el brazo.

—Está muy frío. ¿Dónde están los médicos? —Preguntó con un cierto nivel de elevación en el tono de su voz.

—Discúlpenos majestad. —Dijo uno de ellos al entrar mientras era seguido por varios colegas y unas cuantas mucamas.— Hemos venido lo más rápido que pudimos.

—De prisa, revísenlo.

Eric continuaba de pie frente al frívolo cuerpo de su hermano sin poder mover un músculo. Tal vez nunca hubo una relación estrecha entre aquellos hermanos como Lot decía, pero lo cierto del caso era había un lazo que los unía, un lazo de sangre. Y fue precisamente eso lo que estaba causando el asombro del rey.

—¿Qué le ocurre a mi hermano? —Exclamó Eric.

Belisaria se puso de pie y dio unos cuantos pasos hasta estar frente a su amigo.

—Tu hermano está gravemente herido, Eric. Tanto física como espiritualmente. Su alma está quebrada, su corazón herido y su mente confundida.

Eric guardó silencio hasta que sus ojos enfocaron el rostro de la que hasta hace poco fuera otra mucama del palacio.

—¿Jordana?

—Eric. —Dijo la reina al mismo tiempo que se ponía de pie y saludaba como debía, aún con la espada en su mano.

Justo antes de que Eric dijera algo, Belisaria lo tomó del brazo y éste volvió su mirada. La bruja amiga movió su cabeza levemente indicando un no. Eric asintió y procedió a caminar para estar más cerca de los médicos y preguntarles por el estado de su hermano.

—Siendo franco con usted Majestad, la salud y la vida de su hermano en este instante penden de un hilo. No estamos seguros de la causa, pero al parecer su hermano se está extinguiendo poco a poco. Le aseguro que si nos da unos minutos sabremos la causa y procederemos a tratarla.

Para asombro de todos en la habitación, Eric tomó a Belisaria por el brazo al mismo tiempo que le indicaba a Jordana que lo siguiera. Los tres caminaron muy rápido hasta estar en el pasillo. Ahí, el rey habló:

—No entiendo nada de lo que está pasando. Primero el cementerio, luego el misterio de contarme todo cuando llegáramos al palacio y ahora llego a mi palacio para encontrarme a mi hermano muriendo frente a una de las reinas de Viride, quien además tiene una espada en su mano y yo creía en su respectivo reino. Díganme, ¿de qué me perdí?

—Eric, tienes que calmarte.

—¡No me pidas que me calme Jordana! No… lo hagas. Y mucho menos tú, que hasta el momento eres la única sospechosa directa de lo que le está…

—¡Basta! —Interrumpió Belisaria furor.— Basta ya. Cállate y escucha.

Eric se sentó en una banca del pasillo y escuchó atento:

—Primero, aunque parezca que la culpable del estado de tu hermano es la respetada reina que tienes a tu lado, no es así. Segundo, Jordana está aquí porque yo personalmente le pedí que se quedara para averiguar más sobre los planes de tu hermano y tercero…

—Tu hermano está así porque fue una víctima. —Interrumpió Jordana mientras veía a su colega a los ojos, se agachaba y le tomaba ambas manos.— Tu hermano fue víctima de una posesión que fue consumiendo su alma y su energía poco a poco. De esta manera, llegado el momento, el alma de tu hermano dejaría de existir y el cuerpo estaría en control total del espíritu maligno que habitaba en él. La fase final de este macabro proceso ya había empezado y es por eso que tu hermano se encuentra en ese estado.

—¿Posesión?

—Sí, Eric. Al parecer un espíritu que vagaba en el mundo recobró energía por medio de magia oscura para buscar un cuerpo y alma vulnerables de las cuales aprovecharse y lograr su cometido. Esto por supuesto da respuesta a quién están buscando los discípulos de Necrópolis.

Belisaria dirigió su mirada hacia Jordana unos segundos y luego la apartó para sumirse en sus pensamientos.

—O sea que mi hermano nunca ha sido malo.

Jordana tragó un poco de saliva y respiró profundo. Seguido contestó con un alivio desilusionado:

—Aparentemente, no.

—Pero, ¿cómo se dieron cuenta de todo esto? Digo, has estado aquí muy poco tiempo y ya resolviste un problema de tan amplia magnitud que hasta hace poco tratábamos de resolver Belisaria y yo.

—Así como resolverlo, no.

—Y aquí es donde intervengo yo. —Dijo Belisaria.— Como te lo mencioné antes, Vick se encontraba realizando una investigación. Dicha indagación tenía que ver con el comportamiento irregular e ilógico de tu hermano. Hoy recibí un pergamino enrollado que venía de su parte donde me explicaba que podría tratarse de una posesión y fue por eso que me dirigí a visitarlo para hablar del asunto personalmente. Me explicó muchas cosas y llegamos a la conclusión de que se encontraba luchando contra aquel espíritu y poder expulsarlo.

»De ahí que abandonara el palacio después de haber hecho algo que podía evidenciar su supuesta actitud en tu contra. Yo no creí totalmente la explicación de mi hermano porque después de todo solo se trató de una conjetura, así que tenía planeado hablar con Jordana para averiguar el asunto. Sin embargo, ella lo corroboró por sí misma.

—Actué para salvar el cuerpo con un conjuro que le proporcionara un poco de energía vital para expulsar a aquel espíritu maligno antes de que ocurriera lo contrario y tu hermano desapareciera para siempre.

Entre tanta explicación, Eric se encontraba tratando de asimilar la información y atando cabos para comprenderla mejor. Cuando se disponía a intervenir, unos toquecitos en la pared del pasillo irrumpieron en la habitación:

—Su majestad, el señor Lot ha despertado y desea verle.

Todos caminaron rápidamente y cuando se encontraban a pocos pasos de la nueva habitación donde estaban tratando a Lot, se encontraron con Falco quien parecía estar muy confundido también. Sin embargo, y sin decir una palabra, los siguió hasta el cuarto mientras Belisaria le explicaba brevemente lo que estaba ocurriendo.

Al llegar, Lot se encontraba tendido en una cama y habían varios médicos y mucamas asistentes tratando sus heridas y demás dolencias. Todos se acercaron a la cama y Lot, con una débil mirada les pidió con un ademán que se acercaran un poco más. Así lo hicieron y escucharon atentamente las débiles palabras que salían de aquel moribundo cuerpo:

—I… Idog… Idogbe, Idogbe.
—¿Qué dices, hermano?
—Idogbe… ciudad Caligineus…
—Perdonen mi intromisión sus majestades, pero es mejor que el señor Lot no se esfuerce en estos momentos. Haremos lo posible para mejorar su condición y que pronto pueda comunicarse con ustedes, pero por el momento…

—Descuide doctor, siga con su trabajo. Creo que hemos escuchado lo que quería decirnos —Dijo Eric un poco más calmado, al mismo tiempo que daba media vuelta para salir de la habitación.

—¿Idogbe? Eric, ¿qué tiene que ver nuestro padre en esto? —Preguntó Falco mientras la puerta de la habitación donde se encontraba Lot se cerraba a su paso.

—Está en ruinas.

—¿Jordana?

—La Ciudad Caligineus está en ruinas.

—Pero debemos llegar a ese lugar. Igual y no está muy lejos de aquí. —Insistió Falco.

Todos se habían retirado al despacho de Belisaria con el fin de platicar con más calma profundizando en detalles importantes y tratando de resolver el juego de palabras que Lot acababa de transmitirle a su hermano Eric. Una vez ahí, Belisaria y Eric se sentaron detrás del escritorio principal. Frente a ellos se encontraban Jordana y Falco discutiendo y aportando ideas al tema en cuestión.

—¿Entonces? —Preguntó Belisaria.

—Iremos a ese lugar, no hay duda.

—Pero si no hay nada ahí. Jordana ya lo mencionó antes, el lugar está en ruinas.

—Es por esa misma razón que debemos ir. —Insistió Falco para luego dirigirse a su hermano.— Si Lot lo mencionó, por algo debe ser.

—No obstante, si de verdad el lugar está en ruinas veo innecesaria nuestra presencia allí. Además, aquí podemos ser más útiles.

—Sé lo que dije, pero el lugar no está destruido por completo. Esto me lleva a la siguiente pregunta: ¿cómo haremos para ir a ese lugar dejando el palacio a solas?

—Bueno, Lot ya no es un problema. Pienso que no habría mayor lío si nos ausentamos por unos días.

—Tienes razón Falco, —Asintió Belisaria.— pero no me arriesgaré y ya tengo algo en mente que resuelve eso.

—Por el momento será mejor que nos encarguemos de que la información de lo ocurrido no se divulgue por el pueblo. Un escándalo no le vendría nada bien a la reputación de su majestad, la reina Belisaria.

—Estoy de acuerdo con Jordana. Belisaria, ordena a los ministros que se encarguen del tema lo más rápido posible.

—De acuerdo, Eric.

—Por cierto, —Interrumpió Falco— me he enterado de que todos en el pueblo se han organizado y están colocando carteles por todas partes en Lûmen con dibujos de sus familiares desaparecidos.

—Lo peor es que la explicación acerca de esta situación aún no se da. Sin saber la razón principal de este asunto, no hay mucho que se pueda hacer.

—Creo que sí hay algo que podemos hacer. Mandaremos un destacamento de guardias al pueblo por la mañana para que investiguen el comportamiento de sus familiares desaparecidos, lo que hacían y todo lo referente a ellos. Tal vez si obtenemos esta información, nos sea sencillo encontrar alguna pista.

—Tienes razón—Terminó Eric.

Todos se retiraron del lugar y continuaron sus labores asignadas en el palacio. El ahora joven ministro Falco, regresó nuevamente a sus labores a tratar de terminar asuntos pendientes que por los últimos acontecimientos solo los había estado aplazando. Él, por cierto, era de piel delicada y color blanca. Sus ojos celeste cielo y su cabello estaba algo largo, de un castaño más oscuro y lacio que el acolochado cabello de su hermano Eric.

Jordana por su parte decidió quedarse unos días más para ayudar a Eric en el viaje que emprendería hacia el lugar que Lot había indicado, por lo que la reina de Isla de Sueños retomó su apariencia de mucama y se retiró a laborar como una.

Eric salió del despacho y le pidió a sus guardias protectores que lo escoltaran al templo en construcción, ya que habían pasado varios días sin visitar el lugar y era ahí uno de los pocos lugares que le permitía tener paz, alejado de todo aquello que se gestaba en su familia y en el palacio.

Belisaria se quedó en el despacho y de inmediato mandó a llamar al primer ministro Uzi. Entre otras cosas le pidió que por favor se encargara de aquel pequeño escándalo ocasionado unos pisos más arriba y que pudo haber sido visto desde el pueblo por alguien más. El ministro, extrañamente, obedeció con amabilidad y se retiró del despacho.

9

El libro secreto de las Reinas

Tal y como lo deseaba, Eric se dirigió al templo que se construía en honor al alma de su esposa. Al llegar notó como estructuras de madera esbozaban columnas y torres, principales estruturas de aquel sitio.

Al lado de la estructura inconclusa había un pequeño santuario. Redondo, una pequeña cúpula era sostenida por una determinada cantidad de columnas blancas que se apilaban en círculo siguiendo la curcunferencia de la cúpula. En su centro y debajo del puntiagudo techo descansaba resguardado lo último y único que se había encontrado de la reina fallecida tras el accidente: situados en un pequeño pedestal y acompañado por tres antorchas de fuego azul turquesa que colgaban desde arriba.

Eric notó que habían varios aldeanos en ese lugar haciendo oración y ofreciendo peticiones a la reina fallecida. Conforme él pasaba por donde se encontraban los ciudadanos, éstos hacían una reverencia y esperaban hasta que su rey avanzara unos cuantos pasos más para así continuar con sus oraciones.

El rey se arrodilló frente a aquel altar iluminado y empezó a orar. Conforme lo hacía, los inevitables y dolorosos recuerdos venían a su mente. Estaba claro que no iba a ser fácil poder superar la temprana pérdida de su esposa. Todavía no podía imaginar su respuesta al oír la interrogante de sus pequeños dentro de unos años: "¿Dónde está mamá?" Esa pregunta resonaba en su mente al igual que las voces de dos niños inocentes haciéndola. Esto erizaba el cuerpo del rey.

—Mi señor...

—Estoy bien. Por favor, retírese y espéreme en el carruaje.

—Como usted ordene Majestad. —Respondió el guardia haciendo una reverencia mientras se retiraba.

Los demás guardias, como señal de respeto, le ordenaron a los presentes que por favor se retiraran del sitio para que el rey pudiera tener un momento de intimidad.

Eric ahora se encontraba solo con su llanto que se esparcía por sus mejillas. Momentos después, el rey había retomado la concentración y continuó con su oración en donde pedía, entre muchas cosas, que todo regresara a la normalidad o bien que despertase de aquella horrible pesadilla. Sumido en aquellos pensamientos de oración y petición a los dioses, no se dio cuenta de la presencia de alguien más ahí. Una figura femenina se dibujó en medio de la tenue luz que imperaba en aquel oscuro lugar. Aquella mujer era alta, de cabellos largos y llevaba ropas que en antaño fueron elegantes, pero ahora habían empezado a sufrir los embates del tiempo y de algunas polillas también. Aunque a simple vista parecía como si pudiera llenar el perfil de lo que cualquier hombre buscaba, tenía una peculiaridad: todo su cuerpo, incluyendo su ropa, cabello y, por supuesto, su piel era de color blanco y estaba bañado por un resplandor de la misma tonalidad. El brillo que emanaba fue llenando el lugar hasta que alcanzaron los ojos de Eric quien aún teniéndolos cerrados pudo notar el cambio, por lo que terminó por abrirlos y muy lentamente se fue poniendo de pie. Luego se dio vuelta para quedar frente a ella. Su mirada estaba cansada y en su hermoso rostro empezaban a notarse algunas arrugas.

—¿Quién eres? —Preguntó Eric.

La mujer guardó silencio y volvió su mirada hacia el palacio de Lûmen que se veía a lo lejos.

—¿Quién eres? ¿Qué quieres?

—E… E… —Decía la mujer con su voz peculiar, una notable dificultad y un tono muy bajo.— Estoy…

La mujer perdió un poco de resplandor y empezó a caer lentamente hacía el suelo. Eric, apresurado, tomó a la mujer en sus brazos y tan pronto como pudo sentir lo fría que se encontraba, ésta se desvaneció dejando en su lugar una débil estela blanca y un sonido semejante al de un suspiro. Sin comprender nada de lo que sucedía, Eric se dispuso a caminar de vuelta hacia el carruaje. Habiendo caminado, volvió su mirada hacía el altar y exclamó en voz baja: Regina. Tan pronto como acabó de decir el nombre de su esposa, un aturdidor y fino grito femenino invadió su mente y lo hizo caer al suelo al mismo tiempo que, inconscientemente, se quejaba en voz alta por aquello.

De inmediato se escucharon pasos apresurados acompañados de un eco metálico: los guardias arribaron al lugar con rapidez. Unos ayudaron a Eric a ponerse de pie y otros examinaron rápidamente todo el lugar.

—Su Majestad, ¿qué ha pasado? —El grito en la mente de Eric, llegó a su fin.— ¿Su Majestad?

Eric abrió los ojos y contestó:

—Fue un grito…

—¿Señor? —Preguntó nuevamente el guardia.

—¿No lo escucharon?

—¿Un grito, señor?

—Sí, una mujer estaba gritando. ¿La escucharon?

—Me temo que no, mi señor. El único grito que hemos escuchado ha sido el suyo.

—Vamos al palacio. —Respondió Eric confundido.

Los guardias asintieron y escoltaron a Eric al palacio. Dado que aquella noche era fresca e iluminada, Eric había decidido caminar en su viaje de regreso, después de todo y aunque estuviera un poco lejos del palacio, el nuevo templo aún se encontraba dentro de los muros de Lûmen.

Cuando cruzaron las puertas del palacio, Eric dio la orden de dispersarse y se dirigió a la habitación de Lot para comprobar que todo marchara por buen camino. Al llegar, las mucamas le informaron que Lot había estado reposando y que esto era una buena señal en su recuperación. Posterior a esto, Eric buscó a Egna y le preguntó por el estado de los niños, quienes también se encontraban perfectamente, pero extrañaban a su padre. Por ello dedicó gran parte de la noche para estar con ellos. Dada su corta edad no habían muchas actividades que pudieran entretenerlos por lo que se tuvo que limitar a darles de comer y acariciarles sus frágiles cabecitas hasta que poco a poco fueran consumidos por el fantástico e infinito mundo de los sueños.

—Parecen angelitos. —Comentó Egna quien se encontraba justo detrás de Eric, mientras éste contemplaba a sus hijos.

El rostro de Eric esbozó una sonrisa.

—¿No han sido una carga pesada?

—Para nada, mi señor. Únicamente se nota que necesitan pasar tiempo con usted.

—Sí. Últimamente todos los acontecimientos han sucedido tan rápido e inesperadamente que mi cabeza no da para tanto. Además, —Eric respiró hondo para luego continuar.— todavía no me acostumbro a la idea...

Egna guardó silencio y no apartó la vista de Eric.

»Bueno, cuídalos bien durante la noche, debo hablar con la reina. Buenas noches, Egna.

—Buenas noches, su Majestad. —Se despidió la mucama mientras hacía una reverencia.

Eric atravesó los pasillos del palacio y antes de entrar en el despacho de Belisaria y ser anunciado por los guardias, se detuvo a mirar el débil destello del santuario de Regina a lo lejos, se preguntaba si aquella visita había sido buena idea:

—¡El rey Eric está aquí!

—¡Que pase! —Contestó Belisaria desde el interior del despacho.

Eric entró y las puertas se cerraron tras él.

Belisaria miró atentamente a su amigo. Se puso de pie y luego preguntó con tono de preocupación:

—¿Qué sucede?

—Vengo del santuario... Ya sabrás.

—Eric, —Belisaria caminó hasta quedar frente a su amigo para abrazarlo.— amigo mío. Debes resignarte, si bien Regina murió de una manera injusta, fue alguien que, estoy segura, te quiso desde aquel primer encuentro. Fue alguien que muy a pesar de su rango superior con respecto ti, nunca abusó del poder y siempre puso el amor antes que la diplomacia. Tu esposa era especial en todo sentido, pero siempre recuerda que como ella nadie, absolutamente nadie, te va a amar. ¿Sí?

—No sé qué haría sin ti.

—Eric... —Terminó diciendo mientras le sonreía a su amigo.

—Belisaria…

—¿Sí? —Preguntó mientras ambos tomaban asiento, uno frente al otro.

—Pasó algo extraño cuando me encontraba solo en ese lugar.

—¿Extraño?

—Estaba orando en silencio y me encontraba solo frente al altar y, sin saber su origen ni mucho menos, un resplandor se apareció detrás de mí, me volteé y había una mujer…

—¿Una mujer?

—Sí, una mujer. Bastante extraña si me permites el término. Era totalmente blanca y su voz algo peculiar. Como si hubiesen tres mujeres hablando al mismo tiempo, pero unas más agudas y la otra por el contrario muy grave.

Belisaria guardó silencio.

—¿Sabes de qué se trata?

—¿Qué aspecto tenía? ¿Joven o anciana?

—Mmm, creo que más bien algo madura, pero no lo suficiente para estar anciana ni tampoco tan joven como alguien jovial. ¿Por qué?

Detrás de Belisaria había una pequeña biblioteca que ella misma había trasladado con la ayuda de Yasira. La bruja levantó la mano derecha y un libro salió de aquel lugar para posarse flotando sobre la mano de la joven bruja.

—B, B, B…

—¿Qué buscas?

—Espera. B, B, B… ¡Aquí está! —Belisaria le dio vuelta al libro y lo colocó en frente de su amigo.— Lo que viste no fue una mujer como tal.

—¿Ah sí? Y entonces, ¿qué fue? —Preguntó Eric mientras observaba con atención una ilustración que había en aquel libro.

—Son conocidas como *banshee* o mensajeras del mundo de los muertos que aparecen ante alguien para anunciar la partida de una persona cercana.

—¿Muerte?

—Sí. De hecho, te preguntaba por su aspecto porque también tiene mucho que ver en esto.

—Explícate.

—Dependiendo del aspecto que tenga se puede saber que tan cercana está la persona por morir. O sea, de ser joven su aspecto a alguien cercano a nosotros le queda mucho tiempo de vida y si ya es anciana significa que el momento está muy cerca.

—¿Será que hice algo tan malo alguna vez que los dioses me envían castigo tras castigo?

—Yo creo que los dioses nunca nos envían castigos sino pruebas que de alguna u otra manera debemos superar para nuestro propio bienestar y madurez. Además, graba esto en tu memoria: ellos nunca nos enviarán más carga de la que nuestros cuerpos y nuestras almas puedan soportar. Segundo, sé lo que estás pensando y Lot no es el único allegado a ti. Dada su condición, no quiere decir que sea el único candidato con todos los votos necesarios para pasar a mejor vida. Así que por el momento no hay nada más que hacer que mantener la calma y seguir viviendo.

—¿No hay alguna manera de evitar que alguien muera?

—No. Hacerlo o siquiera intentarlo, es violar una ley natural y esto a su vez es sinónimo de un claro y evidente sacrilegio. Como consecuencia de esto sabes bien que ante nuestros dioses eso significa la desaparición de nuestra alma sin ninguna posibilidad a ser juzgados y mucho menos a reencarnar. Exponiéndonos a toda una eternidad como prisioneros en la Ciudad de los Muertos.

Eric se quedó en silencio, aún sin poder olvidar el grito de aquella mujer.

—Aturde, ¿cierto?

—Bastante… Qué inútil me siento.

—¿Inútil?

—Sí. Un espíritu del otro mundo me avisa que alguien está a punto de morir y no puedo hacer nada para evitarlo. Mi esposa murió y no pude hacer nada para evitarlo. No puedo hacer nada para evitar todo.

—Son acontecimientos de los cuales ni tú ni yo, ni nadie más puede tener control. Tranquilízate. A mí también me perturba increíblemente el hecho de saber que alguien cercano va a morir pronto. Pero dime, ¿qué podemos hacer?

—Nada. —Respondió resignado.— Bueno, iré a descansar. Necesito dormir, tratar de olvidar lo que vi hoy y recuperar fuerzas.

—Estoy de acuerdo. Por cierto, en la madrugada Vick vendrá al palacio y vamos a introducir un espejo.

—¿Un espejo?

—Sí. Ya luego te enterarás de qué hablo. Ve a descansar un poco, que de verdad te hace falta.

Eric asintió y se retiró del despacho sin darle la espalda a su amiga.

Al llegar a la habitación, la mucama le asistió en lo posible para que él pudiera descansar plácidamente. Belisaria se había quedado en su despacho leyendo más acerca de las banshee. Luego abandonó la tarea y regresó el libro a su lugar. Esta vez no utilizó magia, sino que se puso de pie y lo hizo absoluta normalidad.

Justo antes de que pudiera dejar aquel libro en el estante correspondiente, otro libro que había cerca llamó su atención dado que no era parte de los que había traido desde su casa, pero aún así se encontraba ahí. Era más grueso que los demás y su título rezaba: "Decreto Real – Reinas". Aunque Belisaria nunca se había interesado por aprender de los libros únicos e intocables existentes en el palacio, sabía perfectamente que el Decreto Real era un documento sin copias y que no podía estar en el despacho de ninguno de los dos reyes, por el contrario sólo podía estar en la Sala del Trono por lo que leer aquello le causó más interés. Tan pronto hubo devuelto el otro libro en su lugar sacó este, regresó a su silla y procedió a abrirlo.

Las páginas estaban viejas y ligeramente gastadas, expedía el olor de tinta antigua y páginas empolvadas por lo que su nariz empezó a molestarle un poco. Apesar de ese olor, no había ni un solo rastro de escritura, pero en la parte de atrás de la portada había un pequeño espejo incrustado. Belisaria removió un poco de polvo que había en él y, de inmediato, comenzó a brillar levemente. Al mismo tiempo, el anillo que Belisaria lucía en su mano y que estaba adherido a la cadenita de plata que formaba la pulsera, empezó a brillar. Dentro de su lógica, Belisaria decidió acercar su anillo al espejo y una fuerza inexplicable hizo que su mano se moviera de manera que el anillo quedara exactamente sobre el espejo. Ambos dejaron de brillar y Belisaria apartó rapidamente su mano de ahí. Segundos después, pudo divisar que en el interior del espejo se formaba una especie de masa blanca semitransparente que fue tomando forma y poco a poco se fue leyendo la palabra: Reina. Sin dejarse llevar por la impresión, Belisaria no quitó su vista de aquel libro. Las palabras desaparecieron súbitamente y el libro dio brinco y sus páginas empezaron a emitir un débil resplandor. Cientos de letras y símbolos empezaron a salir de distintos puntos del despacho y empezaron a acumularse en el brillante tomo. Las letras y símbolos fueron llenando la mayor parte de las páginas y en la primera de todas ellas se formó la frase: Libro Secreto de las Reinas.

Sorprendida por aquel hallazgo, Belisaria empezó a pasar las páginas para encontrarse con cientos y cientos de relatos que fueron poblando el diario desde que el reino fue fundado. En las primeras páginas sólo se podían divisar símbolos y jeroglíficos propios de la sociedad primitiva de Reino de Luz. Todo con tinta oscura y en páginas no muy claras, conformaban el punto de vista de todas las reinas que habían ejercido en aquel lugar. Sin restarle importancia al resto del libro, Belisaria se apresuró a pasar las páginas para encontrarse con lo que había escrito su antecesora pues era fácil reconocer su casi perfecta caligrafía.

Con mucha paciencia y poniendo toda su atención en ello, Belisaria empezó a leer todo lo que Regina había escrito desde el primer día de su reinado. Desde su asombro por la existencia del libro y la primera ceremonia, hasta el día en que el amor entre ella y Eric se entrelazó para dar paso a uno de los embarazos. Todo estaba muy detallado y bien explicado en aquel documento. Belisaria perdió la noción del tiempo y dejó que su mente hurgara en aquellas páginas para enterarse de quien era la mujer que había detrás del trono en aquellos días.

Por supuesto, la diferencia entre la mujer y la reina no estaba marcada en lo más mínimo. Regina siempre supo hacer las cosas de la mejor manera y era transparente en todo, hecho que le valió para convertirse en la reina más estimada y respetada de todos los tiempos en Reino de Luz. Conforme Belisaria leía se iba convenciendo cada vez más de que ese reino había perdido no solamente a una increíble reina sino a una excepcional e inigualable mujer y ciudadana. A través de la lectura, Belisaria comprobó que todo iba por el camino de ser una linda historia con un final feliz, cosa que no le molestaba en lo más mínimo a pesar de su forma de ser. Sin embargo, el método de escritura cambió de una página a otra y por ende su contenido lo hizo también. Aquello decía así:

"Creo que hoy he cometido una imprudencia. Al parecer mis sospechas acerca del doctor Amaru eran ciertas. Su mirada no es normal, hay algo en él que me inspira temor."

Belisaria estaba consternada al ver que su antecesora sospechaba y, a simple vista, parecía como si hubiese descubierto al farsante detrás del doctor Amaru desde hace mucho tiempo. Sin prestar atención a los golpes que anunciaban la llegada de alguien a la puerta de su despacho, continuó su lectura entre aquellas cofusas y casi ilegibles letras:

"Mañana revelaré la verdad que esconde el doctor del palacio. Es un asunto que no puedo seguir ignorando, ya que es muy evidente su actitud sospechosa. Además, pienso que hay alguien más que trata de ayudarlo en una posible conspiración en contra de la Corona. En estos momentos no logro ver con claridad cuál de los dos puede ser, pero lo que si poseo es un ligero recelo hacia ambos: el Primer ministro Uzi y la…"

A partir de esa última línea, el resto del libro estaba en blanco. No había señal alguna de que se hubiera continuado el relato.

Si la consternación había invadido a Belisaria con el inicio de aquella página, en ese momento se encontraba inmóvil como una estatua del cementerio. Su delicada piel se erizó en varias ocasiones al pensar que todo lo ocurrido en aquella trágica noche en efecto fue una conspiración en contra de la Corona y que hubo más de un involucrado. Lo peor del caso era que el primer ministro Uzi calzaba dentro de la pequeña lista debido a su actitud, pero aún faltaba encontrar a la otra persona y no sería nada sencillo ya que, por lo menos Belisaria, no había sospechado de alguien más. Las puertas del despacho de Belisaria se abrieron abruptamente:

—¿Su Majestad? —Preguntó un agitado guardia.
Belisaria hizo desaparecer aquel libro de inmediato.
—¿Qué pasa?
—Es que llevo varios minutos llamándola, mi Señora…
—Oh sí… discúlpame… estaba algo concentrada leyendo unos asuntos.
—Más bien le imploro me perdone por la imprudencia de entrar así a su despacho. Pero me he preocupado al…
—Tranquilo, tranquilo. Estoy bien. —El guardia asintió.— Cálmate y dime, ¿para qué llamabas a mi puerta?

—Su Majestad, hay alguien que demanda hablar con usted. La está esperando en las afueras del palacio, ¿lo hago pasar?

—No, no. Yo iré y hablaré con él en otro lugar.

Belisaria guardó el libro y se puso de pie. El guardia, sin mirarla directamente como siempre, la escoltó hasta la entrada del palacio y cuando se encontraban ahí, la reina dio la orden que la dejaran sola con el visitante y que volvieran cuando fuesen llamados nuevamente.

10

El secreto del templo

Eric, Jordana, Falco, Belisaria y su hermano se encontraban hablando en las masmorraz del palacio, en una reunión secreta e improvisada. A pesar del lugar que era, el mismo no estaba privado de algunos lujos presentes en el resto del palacio. Las paredes estaban decoradas y construidas con la misma atención: mármol, antorchas de fuego *yla* y otros elementos que daban belleza y sobriedad al lugar. Vick, hermano de Belisaria y quien era conocido en el pueblo por ser un mago y alquimista oscuro, explicaba detalladamente a los presentes lo que debían hacer para salir del palacio y estar al mismo tiempo en él.

—Un espejo. No obstante sus propiedades son muy distintas a las presentes en los espejos comunes que se pueden encontrar en cualquier lugar. Creo que su majestad, la Reina Jordana, puede tener conocimiento de lo que hablo.

Todos volvieron su mirada hacia Jordana.

—De hecho, sí. El hermano de su majestad la Reina Belisaria tiene razón. Este tipo de espejos solo pueden ser construidos con la magia antigua de poderosos seres que residieron alguna vez sobre estas tierras. Este en particular, fue comprado de nuestra galería hace muchísimos años…

—Permíteme preguntar algo. —Interrumpió Eric.— Si es tan importante esta pieza, ¿por qué lo vendieron?

—Fue puesto a la venta porque nuestro reino se encontraba en una precaria situación después de que su… —Jordana calló unos instantes.— después de que su rey fuera brutalmente asesinado. Esto provocó una caída económica en la isla.

—Entiendo. Y, ¿por qué es tan importante?

Vick dio un paso adelante para tomar la palabra.

—Su importancia radica en el hecho de que este espejo fue forjado por los desaparecidos *dilirem*. Llegó a manos de un mortal por primera vez gracias al descuido de uno de ellos. Sin embargo, el ladrón no pudo entregar el espejo a quien verdaderamente lo requería pues fue asesinado en el camino. A partir de ese momento el espejo se perdió y mucho tiempo después fue encontrado en las profundidas de un lago subterráneo.

—Creo que las historias quedan y pueden ser contadas en cualquier momento. Por ahora, debemos ocuparnos de algo más importante.

—Sí. ¿Qué debemos hacer? —Preguntó apresuradamente Eric.

—Muy bien. Dentro de las muchas características de este espejo se encuentra la de hacer una duplicación exacta de algo o alguien con todas sus facultades y limitaciones.

—¿Algo así como un gemelo?

—Sí, señor Falco.

—Que no se diga más, hagamos lo que hay que hacer.

—Estoy de acuerdo. —Correspondió Belisaria al comentario de Eric.

—Muy bien, pero antes deben saber que en el momento que se realice la copia exacta de cada uno de ustedes deben tener en su pensamiento lo que quieren que esa copia haga.

El silencio imperó en aquella parte del palacio.

»Me explico mejor: en el momento que ustedes atraviesen el espejo, porque sí, lo van a atravesar. En ese momento ustedes deben tener en sus mentes lo que quieren que ese gemelo realice mientras ustedes, los auténticos, no están aquí. ¿Comprenden?

—Sí —Respondieron todos en coro.

—Ahora sí pregunto, ¿quiénes irán a las ruinas?

—Los que ves aquí.

—Muy bien. Su Majestad, ¿desea ser el primero?

—Sí —Expresó Eric sin titubear.

Vick le indicó a Eric que se colocara justo en frente del espejo.

Al llegar ahí, Vick, quien se encontraba detrás de Eric se alejó un poco y sugirió a los otros hacer lo mismo. En voz muy baja, el hermano de Belisaria empezó a pronunciar unas palabras en el antiguo dialecto que se habló en los años siguientes a la fundación del Reino: —*Ul ind ik dilirem bingacye ut-fyll*—. El espejo brilló por un instante y toda la superficie reflectora experimentó un cambio: ahora parecía un velo de agua que se movía con pereza asimilando las débiles y casi diminutas olas de un mar sin tempestad.

—Lentamente, introduzca su mano y luego el resto de su cuerpo en el espejo, Su Majestad. Piense muy bien lo que quiere que pase mientras usted no está aquí...

Eric así lo hizo. Cuando uno de sus dedos tocó aquel espejo, observó que en efecto el material ya no era sólido. Era más bien líquido y al entrar en contacto con su dedo formó ondas como si se tratara de agua de verdad. Poco a poco Eric introdujo su mano y el resto del brazo. Luego introdujo todo su cuerpo. Con la misma lentitud, y mientras atravesaba el espejo, Eric fue saliendo por el lado opuesto de aquel objeto. Una vez que la mitad de su cuerpo estaba afuera, en el lado por el cual había entrado salió otra mano brillante y luego el resto de extremidades de otro cuerpo. Al mismo tiempo que su brillo se iba opacando sus ropas iban apareciendo: era alguien exacto a Eric. Ante el asombro de todos, el gemelo abrió sus ojos para encontrarse de frente con Vick.

—Eric. O bueno, otro Eric...
Belisaria se acercó lentamente.
—Hola… Eric.
—Hola, Belisaria. —Respondió mientras parpadeaba un poco.
—¡Vaya! Pero si es exacto a ti Eric.
—Así parece. Vick, ¿cuánto dura esto?
—Esto no tiene fin por sí solo. Solo se acabará cuando esta copia haya sido devuelta al espejo o el espejo mismo sea destruido. Esto me recuerda: mientras ustedes posean esta copia, no tendrán reflejo alguno y si llegasen a morir su copia tomaría el puesto que ustedes ocupan en este mundo, algo altamente peligroso en todo sentido puesto que ellos no tienen sus recuerdos, pensamientos u obligaciones, además no tienen sentimientos ni nada similar. Así que tómenlo en cuenta.

—Así lo haremos.

Todos fueron pasando por el espejo y las copias de cada uno fueron apareciendo. Pasados algunos minutos, aquellos gemelos estaban listos para comenzar sus labores. Por este motivo los verdaderos Eric, Belisaria, Jordana y Falco se quedaron en las masmorraz junto con Vick. El resto se retiró de la habitación y se fueron a ocupar sus lugares dentro del palacio. Muy satisfecho por lo que había hecho por ellos, Eric le dio las gracias a Vick y con un apretón de manos se despidieron. El hermano de Belisaria colocó su mano sobre el espejo, mismo que ya había regresado a su estado de natural solidez y ambos en medio de un resplandor blanco, desaparecieron del lugar sin dejar rastro alguno.

—Está todo listo. ¿Nos vamos?
—Sí. Pero ¿cómo saldremos de aquí sin que nadie nos vea? —Preguntó Falco.
Eric volvió su mirada hacia una puerta que conducía al mismo lugar donde habían llegado Falco y Egna días atrás cuando regresaban de Sueños.
—No se hable más. Es tiempo de partir. —Dijo Jordana.
—Vamos. —Agregó Falco.

Eric empezó a caminar seguido por Belisaria, Jordana y Falco. Al entrar en la habitación observaron el manto que cubría a aquel transporte, lo removieron y con paso apresurado entraron en el por las gradas que habían a un costado. Eric y Jordana se colocaron en asiento frontal del vehículo:

—¿Están listos?
—Sí —Respondieron Belisaria y Falco al mismo tiempo.
—Muy bien, es hora de irnos.
Jordana sonrió.

Igual que la última vez aquel peculiar carruaje se elevó un poco en el aire y volando lentamente se movió hacia delante. De golpe cayó y se ensambló en los canales de metal que habían en el suelo del túnel. La pared al final del túnel, empezó a abrirse moviendo bloques de piedra hacia los lados. Conforme se acercaba al final para entrar en el túnel submarino, lentamente fue tomando velocidad hasta que ésta aumentó estrepitosamente y entraron en el océano. Subidas y bajadas, curvas y líneas rectas componían aquel corto trayecto en el túnel. Nuevamente, unas sogas brotaron de las paredes del interior para asegurar a sus pasajeros. Bruscamente y más adelante, una de las paredes del túnel se empezó a mover para dar paso a un nuevo camino. En medio de una nubecilla de polvo las piedras de esa pared se acumulaban al lado para tapar el camino principal y así dar paso a esta nueva ruta que se abría. Dos antorchas se encendieron y el carruaje viró para entrar en el nuevo trayecto.

Manteniendo una elevada velocidad surcaba en aquella ruta y conforme la cruzaba antorchas de fuego se iban encendiendo adelante para iluminar todo al paso de los visitantes. Aquello parecía como si se tratara de un espectáculo mágico para sorprender y maravillar a los que pasaran por el lugar. Algunos minutos después percibieron cómo el transporte empezaba a elevarse un poco sobre el nivel que llevaba hasta ese momento. Fue ahí cuando entraron en una especie de cámara oscura bastante amplia, de piedra también con varias columnas y con un techo muy alto que se perdía entre la oscuridad. Acto seguido el transporte fue disminuyendo lentamente su velocidad hasta detenerse por completo, las sogas se desvanecieron y la pequeña puerta se abrió. Las antorchas que se venían encendiendo por todo el camino continuaron su comportamiento hasta iluminar un poco aquella cámara y revelar así detalles del lugar imposibles de ver en la oscuridad.

—Hemos llegado. —Dijo Eric.

—¡Qué viaje! ¿No? —Comentó Jordana emocionada.

—Sí. Debo admitir que hacía bastante tiempo que no sentía esta emoción.

—Ni yo tampoco.

—Sí, sí, sí. Ustedes dos podrán decir lo que quieran, pero afortunados que no estaban en nuestros lugares. Esas sogas casi me descuartizan… —Comentó sarcásticamente Belisaria mientras acariciaba su abdomen suavemente.

—Perfecto. Llegamos, ¿y ahora qué? —Preguntó Falco al ver que aquella cámara estaba compuesta por rocas y un inmenso lago espejo que se abría paso a través de la misma y se perdía en el fondo, donde la luz de las antorchas ya no llegaba.

—Cierto. Síganme. Hay que salir de aquí.

Obedientes al mandato, todos siguieron a Eric quien empezó a circular sobre un camino que conducía hacia unas gradas de madera algo escondidas. Aquellas gradas no eran muchas, pero sí estaban compuestas por muchas espirales. Una vez en la cima, Eric empujó una puerta y la luz del exterior invadió el lugar.

Afuera, admiraron la belleza que se presentaba frente a ellos. Era una pradera de un profundo y llamativo verde esmeralda que encerraba algo místico. Algunos espacios lucían densas capas de flores multicolores que adornaban el lugar. Los árboles un poco a lo lejos eran gigantescos e incluso sobrepasaban lo normal tanto en altura como en grosor. Todo estaba constantemente abrazado por la fresca brisa que venía desde el océano, el cual no se encontraba muy lejos de ahí.

—¡Qué hermoso!

—Sí que lo es Belisaria. Lo es... —Dijo Eric quien no salía del asombro al observar la belleza que sus dominios guardaban aún después de tanto tiempo sin visitar aquel lugar.

—¿Hace cuánto no venías a este lugar, Eric? —Preguntó Jordana.

—Hace mucho, de hecho es como si nunca hubiera venido. Mi vida siempre ha girado en torno al palacio y ese tipo de lugares. Nunca me hice mucho a la idea de conocer el lugar en el que habito, igual tampoco me dejaban salir mucho del palacio.

—Bueno —Interrumpió Belisaria.— debemos apresurarnos.

—Sí, vamos.

Nuevamente todos siguieron a Eric a través de aquel místico campo lleno de belleza natural que parecía como si en el viento o incluso en el sonar de los árboles se escondiera y circulara algún tipo de poder. Transcurridos algunos minutos pudieron divisar la puntiaguda forma de dos torres que se alzaban sobre el horizonte. Conforme avanzaban, la figura de lo que parecía ser un templo se fue levantando cada vez más hasta que estuvo completamente a la vista y, aparte de notar esta arruinada pieza arquitectónica, entendieron el por qué aquel lugar se decía estaba en ruinas.

Piedras por doquier, restos de casas y grandes estructuras reducidas a casi polvo conformaban un cementerio de recuerdos de un grupo perdido, uno rebelde ante el mandato de su rey. La mayoría de aquella infinidad de escombros estaban cubiertos por musgo y además estaban parcial o completamente erosionados por el tiempo. Eran muy pocos los edificios que se encontraban en pie y mucho menor la cantidad de los que estaban casi enteros. Aquellos escasos que aún existían estaban destruidos por partes, pero al dejar actuar la imaginación se podía admirar la belleza y elegancia que alguna vez existió en ellos.

Una brisa muy helada envolvía aquel cementerio de recuerdos y, extrañamente, tan pronto Eric y los demás pusieron sus pies sobre aquel campo de rocas, las nubes en lo alto empezaron a movilizarse y tornarse de un color más obscuro. Ajenos a lo que ocurría en su entorno siguieron su camino. El ambiente que evocaba no era nada parecido a lo que habían sentido mientras se encontraban en la pradera mística de hace unos instantes.

—*Eric...*
—¿Qué dijiste? —Preguntó Eric a Falco.
—¿Cómo?
—Me dijiste algo, ¿no?
—Mmm, no... solo pensaba que no me gusta nada la apariencia de este lugar.

Belisaria miró con extrañeza a Eric y a Falco para luego agregar:

—No, ni a mí tampoco Falco. Entiendo que después de la batalla de hace unos años este lugar haya quedado así, pero naturalmente aquí debió haber crecido vegetación nuevamente. Digo, mayor cantidad... —Terminó mientras hacía un ademán.

—Pienso igual que Belisaria. Y más tomando en cuenta la calidad de pradera que hay a su lado.

—¿Qué ocultará este lugar? —Preguntó retóricamente Jordana.

Los pensamientos de Belisaria se revolvieron por unos segundos y se centraron en el libro aquel que había encontrado en su despacho. Luego y como en muchas otras ocasiones, su lengua no pudo contener algunas palabras que sentía la necesidad de expresar, a pesar de no ser el momento ni lugar oportunos para mantener una larga conversación:

—¡Eric! Hay algo de lo que debo hablarte...
Eric se volvió hacia Belisaria.
—¿Qué sucede?

Belisaria volvió su mirada hacia Falco y Jordana.

—Más tarde. Siento que no es el momento adecuado. No me malinterpreten, no es que no confíe en ustedes dos, —Decía mirándolos.— pero siento que un campo abierto donde abundan las rocas, musgo y recuerdos no es el lugar propicio para contar esto.

Los tres asintieron extrañados.

—¿A dónde se supone que tenemos que ir, Eric?

—En medio de todas estas ruinas, no estoy seguro...

—Usando la lógica —Comentó Jordana—, creo que lo más acertado sería buscar en el templo de allá dado que es el único lugar que está casi entero.

—En marcha entonces.

Se pusieron en marcha entre piedras y restos de estatuas. Aquella estructura estaba casi intacta. Sus dos torres puntiagudas a ambos lados de la entrada principal hacían que el lugar se pudiese apreciar desde muy lejos, tal como Eric y los otros lo pudieron comprobar. Las grandes puertas que había en la entrada estaban grabadas con símbolos de un antiguo dialecto ya desaparecido. El cielo continuaba ennegreciéndose poco a poco, al mismo tiempo que ellos se acercaban al sitio. Hasta ese instante y únicamente Belisaria notó como el entorno cambiaba conforme se acercaban al lugar. Una vez frente a la estructura la brisa fría corrió por unos segundos con mayor fuerza y acto seguido empezaron a ascender el escaso número de gradas que había para entrar al templo. Con ayuda de Falco, Eric empujó una de las puertas y el chillido de las viejas bisagras empezó a recibir a aquellas inesperadas visitas. Los murciélagos, mudos habitantes del templo, enloquecieron por un momento al escuchar el ruido de la puerta mientras se abría. Aquel lugar estaba cubierto por una capa de polvo que se podía apreciar gracias a los escasos rayos de luz que entraban por algunas hendiduras de las paredes y el techo. Se encontraba triste y melancólicamente adornado con esculturas, sin ventana alguna a la vista, hecho que provocaba que el lugar fuera interesante, pero lúgubre. Los grabados en bajo relieve era lo que imperaba. Tanto en las paredes como en el piso había cientos de ellos que a su vez representaban escenas poco alentadoras. Belisaria fue la primera en adentrarse en el templo para explorar.

En la parte final del recinto habían unas bancas, restos de candelas y una estatua muy grande acompañada por otras más pequeñas. Eric, Falco y

Jordana empezaron también a caminar por el lugar para ver si había alguna pista de algo que les pudiera decir la razón por la que Lot les había dicho que fueran ahí.

—Es espantoso…

—¿Qué pasa, Belisaria?

—Las leyendas que se encuentran en estos grabados son torturas, posesiones y otros increíbles actos malignos ajenos a nuestra sociedad y a cualquiera que sea normal.

Todos empezaron a poner más cuidado a los grabados del piso para corroborar aquel comentario. Eric, sin embargo, siguió caminando directo a la escultura más grande que había al fondo del templo. Era la de un sujeto con las manos apoyadas sobre una espada que chocaba contra el piso. Su posición era erguida y denotaba orgullo. El hombre de piedra tenía una malla de guerra en su cabeza y vello facial algo largo.

Conforme se fue acercando más y en medio de la escasa luminosidad del lugar Eric pudo notar que los rasgos del rostro no eran completamente visibles.

—Falco…

—¿Sí, Eric?

—Ven a ver.

Falco caminó hasta estar al lado de Eric y volvió su mirada hacia donde señalaba su hermano.

—¿Y esto?

—No sé… callejón sin salida supongo.

—¿Qué sucede? —Preguntó Jordana, quien se unía a la observación.

—El rostro de este sujeto está roto. Irreconocible.

—Miren su mano izquierda. —Dijo una voz masculina desde la entrada del templo.

Todos volvieron su mirada hacía sus espaldas.

—¿Quién está ahí?

Belisaria, quien se encontraba en la parte media del templo, dio un salto y de un movimiento muy rápido se trasladó volando a la puerta de la entrada y en un abrir y cerrar de ojos tomó por el cuello al sujeto que había hablado. Además, las uñas de su otra mano habían crecido hasta convertirse en delgadas y flexibles hojas de cuchillos puntiagudos. Pronto, los demás corrieron hacia donde se encontraba Belisaria.

—Solo se trata de Lot. —Comentó Belisaria regresando al tercer hermano al suelo y moviendo su mano para que las uñas regresaran a la normalidad.

—¡Hermano! —Dijeron Eric y Falco mientras se apresuraban a brindarle un abrazo a su hermano.

—Ya, ya. Aún no estoy completamente recuperado. Es más, en el palacio aún no se han dado cuenta.

—¿Cómo es que sabes...?

—Porque momentos antes de que ustedes empezaran a hablar con el hermano de Belisaria, yo le había enviado un pergamino enrollado explicándole mi situación y lo que necesitaba. Entonces Vick me preparó un brebaje para reponerme a una mayor velocidad y me ayudó a duplicarme tal y como ustedes lo hicieron. Sabía que necesitarían ayuda.

—Ingenioso. —Dijo Belisaria en tono despectivo.— Me tendrás que disculpar Lot, pero dados los últimos acontecimientos debo hacer esto.

Belisaria empezó a mover su mano y justo antes de que tuviera contacto con el brazo de Lot, Jordana la detuvo.

—¿Qué haces?

—Sé lo que vas a hacer, pero confía en mí. No es necesario. Este sí es el hermano del rey.

Belisaria guardó silencio mientras miraba profundamente a Lot, incrédula aún de lo que Jordana había dicho.

—Bien, caminemos hasta allá. —Dijo Lot mientras miraba la escultura grande del fondo del templo.

—Verdaderamente es horrible el ambiente y lo que se siente aquí dentro.

—Sí que lo es, Belisaria.

—Y entonces, ahora que estás aquí ¿puedes explicarnos para qué nos hiciste venir y quién es el de la escultura? —Inquirió Eric.

—Muy bien. Con respecto a lo primero —Lot suspiró brevemente para empezar a relatar.—: el tiempo que estuve bajo la influencia de aquel espíritu fue como estar ausente en mi propio cuerpo. No tenía el poder vital necesario para recuperar mis habilidades mortales ni mucho menos los poderes que poseo, pero mi mente y la del espíritu estuvieron mezcladas, así que recuerdo uno que otro lugar y acontecimiento que nos pueden ser útiles.

—Entiendo. —Interrumpió Eric.

—Ahora bien, no conozco la identidad de este sujeto, pero noten que el anillo que lleva en su mano izquierda es el que poseemos los miembros de la familia real de Reino de Luz.

Todos miraron con apuro hacia la mano de aquella estatua y comprobaron lo que decía Lot.

—¿Y eso significa que…?

—Eso significa que hubo alguien perteneciente a nuestra familia que cometió actos delictivos y que además fue venerado por ello.

—Sí, tiene razón. La estatua, los grabados en el piso, el templo, todo hace alusión a eso mismo. —Comentó Belisaria, aunque en su mente rondaba el pensamiento de que algo no encajaba a la perfección en todo aquello.

—Exacto, Belisaria.

—Muy bien, pero ahora me queda la otra duda que no tiene respuesta: ¿quién era esa persona?

—Bueno, creo que para averiguarlo tendremos que ir al verdadero templo.

—¿Verdadero templo? —Preguntó Belisaria.— ¿A qué te refieres con eso?

—Lo que ustedes ven a su alrededor no es más que una simple distracción o una puerta. Según lo que entiendo y recuerdo el propietario de este templo escondía objetos obscuros por lo que resguardó todo eso en otro templo cuyo acceso es este lugar.

—O sea que estamos ante las puertas del verdadero templo.

—Así es, Falco. Por suerte aún recuerdo el conjuro para poder abrir las puertas.

—Estamos esperando. —Dijo Belisaria.

Al notar lo cortante que había sido su amiga en ese comentario hacia su hermano, Eric volvió su mirada un instante hacia su amiga.

—Háganse a un lado, por favor.

Todos dieron unos pasos hacia atrás, Lot alzó sus dos manos y estando al frente de la estatua empezó a recitar un conjuro en el antiguo dialecto de Viride:

—*Baye ul mistaloye ik ul trakân, ibleye i uln brumdan.*

El eco de sus palabras resonaba por todos los rincones del templo y se asemejaban al sonido del fuego ardiendo entre brazas calientes. Poco a poco sus manos empezaron a resplandecer con luz blanquecina y el templo se empezó a llenar de líneas triviales de la misma tonalidad que iban en todas direcciones y surcaban desde la hendidura más próxima de la fuente del conjuro hasta la última y más pequeña imperfección de la puerta principal. Así, todo el interior del templo fue cubierto y tan rápido como ellos empezaron a admirar aquello, las líneas se extinguieron y regresaron a los pies de Lot donde por medio de un estallido algunas piedras en el suelo se partieron y Lot fue expulsado varios metros hacia atrás.

Mientras lo ayudaban, Belisaria centró su mirada en la estatua la cual se había partido en dos también y desde la base de la misma se empezaban a abrir paso unas gradas de piedra que iban hacia abajo, por entre el suelo del templo y se perdían en medio de la oscuridad del lugar.

—No se preocupen por mí, estoy bien. Era de esperarse que esto fuera a suceder. Por suerte la poción de Vick me ayudó a recuperar energías suficientes para amortiguar golpes como este.

—¿Estás seguro que te encuentras bien? —Preguntaba Jordana preocupada y sorprendida al notar la distancia que había recorrido Lot al ser expulsado por los aires y verlo como si nada hubiese pasado.

—Sí Reina Jordana, me encuentro bien. Después de todo —Decía mientras se ponía de pie con ayuda de Eric y Falco.— el conjuro sí sirvió.

Todos observaron que la mitad inferior de la estatua seguía pegada al suelo y que de su parte inferior salía un poco de humo, resultado del conjuro y la división que había sufrido.

—Supongo que debemos entrar.

—Así es Belisaria. —Dijo Lot.

Todos empezaron a subir las pocas gradas hacia el pedestal donde se encontraba reposando la estatua, brincaron la base y descendieron por el nuevo camino. Rápidamente bajaron un corto trayecto hasta estar bajo el templo y entrar en un inmenso túnel ancho. Al igual que los túneles que surcaba el carruaje de metal, este era completamente de piedra y sus dimensiones bastante grandes.

Transcurridos varios minutos de hablar, comentar y por supuesto caminar, las antorchas empezaron a aparecer y con ellas una escalera que subía hasta finalizar en un espacio angosto que poseía en la parte superior una puerta de madera. Lot fue el primero en subir hasta aquel lugar. La empujó para abrirla y dando un salto alcanzó los bordes del marco para luego con fuerza subir. Una vez ahí ayudó a los otros mientras Belisaria agudizaba su oído para lograr captar con mayor claridad unos ruiditos que provenían del fondo opuesto del túnel, donde habían estado minutos antes.

—Su Majestad, es su turno. —Dijo amablemente Lot.
—Sí. —Respondió Belisaria saliendo de su concentración.

Belisaria le dio su mano y de golpe fue jalada hacia arriba para entrar en el verdadero templo.

11

Las quince páginas prohibidas

Cuando finalmente llegaron al templo que afanosamente habían buscado notaron que era mucho más oscuro y macabro que el anterior. El techo era muy alto, las columnas y el piso eran de piedra oscura, todo había sido invadido en antaño por raíces, por lo que ahora se encontraban secas y tanto el suelo y paredes estaban resquebrajadas. Las ventanas, a pesar de ser grandes e imponentes, no daban mucha luminosidad ya que sus vitrales eran de tonos oscuros y manchados. La puerta por donde había entrado se encontraba en el suelo del templo por lo que ahora era como si todo Reino de Luz se encontrara bajo sus pies.

—¡Qué lugar!

—Opino lo mismo, Falco. Sin embargo, es aquí donde quería traerlos.

—¿Con qué propósito? —Inquirió Belisaria.

—Este es el lugar donde recuerdo la mayoría de las cosas. Claro, todas ellas están bastante confusas para mí, pero sí estoy seguro que se desarrollaron en este entorno. Por ejemplo, —Señaló el vacío fondo del templo donde solo había una puerta al lado izquierdo.— desde esa puerta se accede a una biblioteca donde quizá podamos ayudar a que esos episodios se esclarezcan un poco más.

Se dispusieron a cruzar todo el misterioso templo. En pocos segundos se encontraban ante un centenar de gigantescos estantes donde habían muchos libros. Lot hizo dos grupos de investigación donde el primero estaba conformado por Eric, Belisaria y Jordana, y el segundo por Falco y él.

—Es hora de investigar. Debemos encontrar cualquier libro que nos diga algo útil...

—¿Es seguro estar aquí?

—Sí, Belisaria. Que yo recuerde, sólo yo entraba aquí y tomaba libros para alguien más. El único problema es que no recuerdo razón alguna del por qué y para qué de esas acciones.

—Pero ¿y qué estamos buscando?

—Qué es este lugar, para qué sirve, por qué está aquí, algo sobre el hombre de piedra, algún indicio sobre el responsable de la tragedia que acaba de pasar en nuestra familia. Cualquier cosa que nos ayude a esclarecer esas y más dudas...

Belisaria guardó silencio y empezó a caminar hacia uno de los estantes más próximos.

—Discúlpala, hermano. Belisaria es un poco desconfiada.

—No te preocupes Eric, entiendo. Bueno, en marcha.

Ambos grupos empezaron su búsqueda. La mayoría de libros eran bastante confusos y difíciles de leer por dos razones en particular: o su condición era tan antigua que sus letras se habían borrado o simplemente habían sido escritos con jeroglíficos del antiguo dialecto que se hablaba en Viride.

—Eric, algo no me encaja en esto. Ya tenemos guardias buscando y...

—Creo que deberías dejar a un lado tu desconfianza y abrir los ojos para que veas la realidad, Belisaria. Mi hermano sólo intenta ayudarnos. Cálmate un poco, él es mi hermano, por favor. —Terminó Eric un poco sobresaltado por la monótona actitud de su amiga.

Belisaria guardó silencio unos instantes mientras veía como Eric y Jordana no le quitaban la mirada de encima.

—Está bien, como digas. —Respondió mientras seguía buscando entre todos los libros.

—Todos estos libros son tan extraños, pero por alguna razón me parece haberlos visto antes.

—Es curioso que lo digas, a mí me pasa lo mismo —Añadió Eric en respuesta al comentario de Jordana.

Segundos después, se empezaron a oír unos pasos que se aproximaban con premura hacia Eric y los otros.

—Falco, ¿qué sucede?

—Algo le está pasando a Lot, vengan rápido.

Todos se apresuraron y al llegar observaron a Lot tendido en el suelo mientras daba leves saltos. Sus pupilas estaban dilatas y sus ojos más negros de lo habitual.

—Belisaria, que…

—¡Te dije que algo andaba mal Eric!

—¿Qué le sucede a mí hermano? ¡Debemos ayudarlo, rápido! —Decía Eric mientras se hincaba al lado de su hermano y colocaba una de sus manos sobre su pecho.

Belisaria tomó el brazo de su amigo y lo jaló bruscamente.

—No hay nada que podamos hacer ya. El mismo espíritu está tomando posesión completa del cuerpo de tu hermano. Debemos abandonar este lugar de inmediato. Te lo dije…

—¡Corran!— Ordenó Jordana.

Tan pronto como Jordana articulaba ese último mandato todos huyeron hacia la salida de la biblioteca. Cruzaron todo el templo y bajaron por la entrada del piso hacia el túnel que comunicaba con el templo en las ruinas en Caligineus. Poco antes de encontrarse con las gradas que los conduciría a la base de la estatua y estar de vuelta en Lûmen notaron que ya no había iluminación alguna proveniente de la estatua.

—¿Se selló?

—No solo eso. —Comentaba Belisaria mientras alzaba su mano un poco y sentía una barrera transparente en aquel agujero que los habría de llevar hasta Reino de Luz.— Un conjuro no nos dejará salir de aquí fácilmente.

—¡Eric! —Dijo una voz masculina y profundamente grave desde el fondo opuesto del túnel donde se encontraba la entrada al templo oscuro en el que habían estado minutos atrás.

—Sea quien sea, apuesto a que no es nuestro hermano.

Antes de que alguien más pudiera decir algo, un cuerpo empezó a surgir de entre la oscuridad del túnel:

—Antes que nada, me gustaría decirles lo impresionado que estoy. Casi logran destruirme ¿se imagina? —Comentó el sujeto vacilando sarcásticamente— Sin embargo, es imposible poner a prueba el insignificante poder de esta era con el que manejábamos en el pasado.

—Por los dioses. —Dijo Jordana al verle la mirada al sujeto, quien se suponía era Lot.

—¿Qué pasa Jordana? —Preguntó Falco.

—Nunca antes había presenciado la posesión completa de un cuerpo.

—Inteligente, reina.

—¿Qué has hecho con mi hermano?

—Calma, Eric. Fácil, tu hermano dejó de existir.

La rabia se apoderó de Eric y a pesar de las advertencias de los presentes no pudo detener su impulso y rápidamente empezó a movilizarse hacia el sujeto que ahora era responsable de darle muerte definitiva a su verdadero hermano. Con un movimiento de su brazo derecho, el maligno sujeto hizo retroceder de un salto a Eric hasta hacerlo chocar contra una pared de piedra y luego caer al suelo.

—Por favor... ¿en serio?

En un abrir y cerrar de ojos, el sujeto apareció entre Belisaria y los demás y tomó a Eric por el cuello y lo levantó unos cuantos centímetros del suelo:

—Ahora, vamos al grano, rey. Tú me vas a colaborar y yo no continúo con el plan para asesinar a tus herederos. ¿Qué dices? ¿Te agrada mi oferta, alto y sucio jerarca de la región?

—¿Acaso tengo otra alternativa?

—Me agrada tu manera de pensar. Y por favor —Soltó a Eric y dio media vuelta.—, no intenten nada ya que hasta con un bostezo pueden hacer que los gemelos desaparezcan.

Belisaria y Jordana ayudaron a Eric a levantarse, mientras Falco seguía de cerca al sujeto con su mirada inquisidora.

—Les explico de manera más directa: en el palacio hubo infiltrados, si. Creyeron haberlos expulsado, pero fallaron y quedó uno o más bien una. Su nombre es…

—Egna. —Dijo una voz femenina que apareció entre la oscuridad del túnel.

—¿Qué? —Murmuró Belisaria.

—Les presento a la mucama encargada de cuidar a los bebés.

—Así que eras tú la que faltaba de ser nombrada en el Libro Secreto… —Inquiría Belisaria con rabia.

—Esa tonta de Regina. Tenía el molesto afán de entrometerse en todo y nunca cerrar la boca. Por suerte, —Decía entre burlas la mucama.— el día que estaba por dar a luz olvidó cerrar ese librito y pude enterarme de que estaba a punto de tirar todo abajo. ¿Te imaginas tal cosa? La mucama Egna expulsada del palacio por conspiración y traición en contra de la familia real. Hubiera sido muy mal visto por todos. ¿No piensas lo mismo, querida?

—¡Sucia, traidora!

—Vamos a calmarnos brujas. Después de todo, aquí los que pierden son ustedes porque…

—Porque —Egna chasqueó los dedos e hizo aparecer a los gemelos encerrados en una jaula y sumidos en un profundo sueño.— podemos despertar a los bebés, así que silencio, por favor. —Terminó diciendo mientras le guiñada el ojo a Belisaria y llevaba su dedo índice a sus labios—.

—Cínica…

Egna sonrió orgullosamente al mismo tiempo que chasqueaba los dedos nuevamente y hacía desaparecer a los príncipes.

—¿Qué quieren de mi? —Dijo Eric sin apartar la vista del lugar donde había visto a sus hijos encerrados.

—Sí, claro, tu ayuda. Mira, es terrible y ridículamente sencillo lo que debes hacer Eric. Solo debes darnos un libro, un librito nada más. ¿Es o no sencillo?

—¿Y por qué? ¿Es que no lo puedes alcanzar tú o qué?

El sujeto que se había apoderado del cuerpo de Lot apareció al lado de Eric entre un humo negro mientras su brazo rodeaba el cuello del rey por la parte trasera como si se tratara de un abrazo de buenos amigos. Hasta este momento Eric pudo notar como en todo su cuerpo se resaltaban las venas y hacían ver como si fueran de color negro.

—Lo que pasa, mi querido rey, es que ese libro posee un sello único que solo tú eres capaz de evadir para poder abrirlo.
—¿Dónde está ese libro?
—Aquí.

En un abrir y cerrar de ojos todos se encontraban ante la biblioteca que segundos atrás habían visitado. Los mismos libros, el mismo lugar, pero las intenciones distintas.

—En el fondo de la habitación —Señaló el sujeto.—, hay una puerta, Eric. Ábrela y tráeme el libro de su interior. Tú tranquilo, tus amigos y yo estaremos platicando en este mismo lugar.

Sin decir ni una sola palabra y asimilando la idea de que al que veía hablar no era su hermano sino un espíritu maligno, Eric avanzó hacia la puerta que le había señalado. Cuando se encontraba al frente de la puerta, alzó lentamente su mano y cuando tomó el oxidado y viejo llavín se oyó un chasquido adentro como si la cerradura se hubiera abierto. En instantes, Eric fue adsorbido por la puerta y luego apareció dentro de la habitación y en medio de una débil oscuridad notó que su anillo emitía un brillo dorado en leves parpadeos. La habitación poseía una luz tenue que provenía del fondo. Eric se acercó y observó que ahí, recibiendo un baño de luz, se encontraba un grueso libro sobre un pedestal de mármol. Las paredes eran de piedra, llenas de musgo, algunas gotas caían desde lo alto y se deslizaban por entre las imperfecciones de las piedras y en la pared del fondo, en lo alto se encontraba en piedra el emblema de Lûmen: sus alas a los lados, el círculo y la estrella en el centro. Antes de que pusiera un pie dentro de aquel baño de luz una capa de seda fina apareció y resguardó al libro. Eric alzó su mano izquierda (donde se encontraba su anillo) y la deslizó suavemente sobre aquella protección que brilló un instante y se desvaneció dejando la vía libre. Al estar en frente pudo observar que si bien poseía un título en su portada no era capaz de leerlo, ya que estaba en el dialecto antiguo del reino. No obstante y sin pensarlo, colocó su mano sobre el mismo y pudo sentir como si una pequeña corriente eléctrica atravesara todo su cuerpo. Su anillo brilló aún más y luego se apagó provocando que el cuerpo de Eric se llenara de místicos, triviales y complicados tatuajes dorados que brillaban sin cesar. Una vez más volvió su mirada hacia el libro y esta vez, a pesar de que las letras eran las mismas, sí pudo leer su portada: "Idogbe II".

Eric murmuró aquellas palabras y el libro se elevó mágicamente en el aire para después abrirse exactamente a la mitad. Tal y como había sucedido con el Libro Secreto de las Reinas, millones de letras empezaron a surgir de todas partes de aquel estrecho lugar y comenzaron a llenar todas las páginas del libro. Segundos después, uno de los folios del centro se arrancó y el libro cayó al suelo, mas la hoja no lo hizo. El brillo del libro se extinguió, pero la hoja en el aire continuó emanando aquel extraño resplandor. Eric muy extrañado tomó aquella única página y observó que estaba totalmente vacía y cubierta por una ligera capa de polvo. Con un soplido logró que todo aquel polvo se apartara de la hoja y sin tener control o culpa sobre aquello, llamas turquezas empezaron a quemarla. Impresionado la dejó caer y ésta se posó justamente en el centro del pedestal que sostenía anteriormente aquel libro.

A pesar de que era solo una página, el rey observó que las cenizas se multiplicaron considerablemente hasta que surgió en el centro de las mismas un bulto no muy grande, como si hubieran colocado algo desde adentro del pedestal sobre la superficie del mismo. El rey, aún con los tatuajes triviales dorados y brillando en todo su cuerpo se acercó un poco más para esparcir aquellas cenizas y ver de qué se trataba. Al hacerlo observó que era un libro más pequeño que el anterior, lo abrió y en la primera página rezaba: "Libro Secreto de los Reyes". Aquel lugar hacía crecer la curiosidad de Eric segundo tras segundo.

Transcurridos algunos minutos y en el exterior de la habitación, el sujeto, cuya identificación aún no había declarado, se acercó a la puerta y dio unos golpes.

—Creo que no es muy difícil entrar, tomar un libro y salir con él… además, te recuerdo que si planeas algo en… —El sujeto se detuvo debido a que la puerta se abrió.— ¡Muy bien! ¿Encontraste lo que buscamos?

—Sí, aquí lo tienes. —Dijo Eric mientras le daba el libro grande al sujeto. El cuerpo de Eric había dejado de brillar para ese momento.

—No, no, no es necesario que me lo des. Además yo no puedo abrirlo, solo tú.

—Entonces, ¿para qué diablos lo quieres?

—Esas no son expresiones que usaría un respetado rey, ¿no crees? Sólo sígueme que en el salón principal del templo está la respuesta a esa pregunta. Ustedes también. —Ordenó a Belisaria y los otros, mientras le guiñaba el ojo a Egna quien se encontraba custodiando la entrada de la biblioteca.

Cuando entraron nuevamente al salón principal todo seguía tan macabro y oscuro como antes, pero ahora había una cantidad considerable de personas en varias hileras mirando hacia ellos. Todos vestían túnicas color negras y sus caras estaban totalmente cubiertas. A solo unos metros de donde ellos se encontraban habían dos antorchas flotando y en medio de ambas una caja de madera, adornada también con grabados en bajo relieve. Eric se acercó y observó el interior de la caja:

—¿Para qué deseas el libro realmente?

El sujeto se acercó y observó el interior de la caja al igual que Eric y respondió en voz baja e intimidante:

—Solo tú posees acceso a ese portal de poder.

—¿Portal de poder?

—El libro contiene un hechizo único en su tipo. Uno de... liberación.

—¿De quién o qué se trata lo que hay aquí dentro?—Preguntó Eric al notar que, aunque había un bulto en esa caja, estaba cubierto por una sábana color violeta oscura.

—Este gran hombre era uno de los líderes de la rebelión que tú eliminaste tiempo después de la muerte de tu padre. ¿Recuerdas? La única batalla que has protagonizado y la que aún pesa en tu mente y en tu alma...

—¿Cómo pudo conservarse este cuerpo por tanto tiempo?

El sujeto se alejó del lugar para hacer de la conversación algo que pudieran escuchar los demás.

—¡Ay Eric! ¡Cuántas preguntas! Con magia tontuelo. Además, te dije que uno de los líderes de la revolución era el de la caja que ves ahí, pero el otro era yo y a mí no me mataste por completo. Me las tuve que arreglar. Ya ves, he tenido que vivir en el débil e indefenso cuerpo de tu hermano durante mucho tiempo, pero ¿quién cuenta eso? Afortunadamente él perdió la batalla que había empezado conmigo al tratar de recuperar su cuerpo, así que ahora no existe. ¡JA JA JA JA! ¿Acaso no es divertido lo poderoso que me he vuelto? Tanto como para acabar con un miembro del linaje. Ay vamos, es algo divertido todo esto ¿no lo creen así? —Vacilaba cínicamente— ¿Eric?

—En realidad…

—En realidad pienso que deberías empezar a pronunciar las palabras adecuadas para la ocasión…

Resignado, Eric bajó un poco hasta estar tanto en frente de la caja como del grupo de personas que se encontraban en el lugar. El sujeto avanzó un poco y colocó sobre la caja un pequeño objeto redondo envuelto en una diminuta sábana blanca. Luego se dirigió hacia donde se encontraba Egna cuidando que Belisaria y los demás no hicieran algo indebido.

Frente a Eric empezó a surgir desde el suelo y en medio de una nubecilla de polvo, un pedestal de piedra para sostener el libro. Eric volvió su mirada hacia el sujeto y éste le hizo un ademán para que empezara con la lectura del escrito.

En la esquina donde se encontraban los demás, Belisaria comentaba:

—Es un sacrilegio.— Los demás guardaron silencio— Esto es un sacrilegio. No he visto el interior de aquella caja, pero me puedo imaginar lo que contiene. Por más maligna y oscura que haya sido una persona, su vida sigue siendo sagrada y una vez muerta no se le debe resucitar. Esto atenta contra toda ley natural y es penalizado por los dioses. Además, es seguro que la persona resucitada sufrirá muchas penas peores de las que experimentó en vida, estará maldito y sin perdón alguno.

Detrás de Belisaria apareció el sujeto sin identificación aparente y la tomó por el cabello, la jaló bruscamente e hizo que lo mirara mientras le hablaba:

—Por eso es un ritual de resurrección oscura, porque va en contra de toda ley natural y mágica. Ahora, limítate a poner atención porque puede que hasta el mismo Eric fallezca mientras lo está haciendo. —Terminó entre leves burlas el sujeto para luego desaparecer y volver al lugar donde se encontraba antes.

—¿Morir? —Murmuró Belisaria para sí misma, mientras sus pupilas se contraían por la impresión y su pulso se aceleraba estrepitosamente.

—¿Qué te pasa Belisaria? —Preguntó Jordana quien no se había enterado de lo que acababa de ocurrir.

—Nada. —Dijo mientras aclaraba un poco su garganta— Nada, estoy bien…

—Pero estás temblando, segura que…

—Estoy bien.

Jordana no hizo un comentario más y, al igual que Falco, centró su mirada en Eric quien se encontraba pasando las páginas del libro. Después de haber pasado cientos de páginas y de haber visto muchos títulos extraños, llegó a una página muy manchada cuya parte inferior poseía unas letras que al igual que el resto del libro habían sido escritas a mano, pero estas eran más recientes y juntas señalaban: *Prohibido*.

Apesar de ir en contra de lo que decía ahí, Eric empezó a seguir las instrucciones desde la parte superior, una a una. Después alzó sus dos manos y empezó a decir el largo conjuro que se extendía por toda esa página y en las siguientes catorce. Curiosamente, al igual que había pasado minutos atrás, las letras estaban compuestas en algunas partes por jeroglíficos antiguos, pero sí eran completamente legibles para él. No obstante en esas mismas ocasiones cuando los pronunciaba, los demás en aquel lugar no entendían nada de lo que Eric recitaba.

Después de haber leído la primera página, la llama de las antorchas que habían a ambos lados empezaron a engrandecerse y las palmas de las manos de Eric comenzaron a desprender muy lentamente venas de humo denso y negro que iba siendo absorbidas por la caja. Tal como si fueran cadenas, aquellas mismas venas salieron de la caja y envolvieron al rey hasta la cintura La débil luz que entraba por los sucios vitrales se fue extinguiendo poco a poco, por lo tanto el resplandor proveniente de las antorchas aumentó considerablemente al ser la única fuente de luz presente. El sujeto sin identidad, emocionado por lo que sus ojos captaban, avanzó un poco y en su mano derecha se empezó a formar una bola de fuego que, de un golpe, lanzó hacia arriba provocando que el techo explotara por completo para dejar al descubierto el oscuro cielo que se encontraba albergando a un inmenso sol eclipsado en aquella tierra desconocida. Eric notó que su cuerpo se debilitaba un poco, sin embargo no se detuvo y siguió leyendo en voz alta la página nueve de aquel ritual mientras en su cabeza surcaba la imagen de sus hijos sumidos en un profundo sueño al mismo tiempo que se encontraban cruelmente encarcelados en una jaula como si fueran animales salvajes.

El sujeto, solo daba vueltas y vueltas por todo el templo observando cuidadosamente el ambiente mientras albergaba una locura y felicidad insaciables en su interior al ver que se estaba cumpliendo con su cometido.

La página doce había empezado a ser leída por el rey quien sintió que su cuerpo ya empezaba a denotar claros y fuertes síntomas de agotamiento: sus piernas temblaban al igual que sus brazos. Segundos después y sin pensarlo se inclinó un poco y sus manos cayeron unos centímetros.

—Estoy… agotado… —Pensó Eric.
—Solo hazlo por tus hijos, Eric…—Una voz femenina muy conocida resonó en la mente de Eric: era Belisaria.

Eric levantó un poco su cabeza y miró a Belisaria, quien trató de disimular lo aterrorizada que se encontraba en aquel momento. El rey asintió con la esperanza de que su amiga entendiera que él había escuchado aquellas palabras de aliento. Ella, sorprendida, habló nuevamente:

—¿Acaso me has escuchado, Eric?
Eric asintió nuevamente y a su lado apareció el sujeto:
—Vamos mi queridísimo rey, ya casi terminas… Continúa…

Sin abrir su boca Eric retomó la posición de antes y continuó recitando todo el contenido de la página. Todos empezaron a notar que el pequeño bulto circular que había encima de la caja, aún cubierto por la sábana blanca, empezaba a elevarse unos centímetros en el aire. Transcurridos unos segundos se pudo ver como si algo dentro de aquel bulto blanco hubiese explotado. Bruscamente, la sábana se abrió, esparció cientos de diminutos vidrios por doquier y cayó al suelo. Eric, quien se encontraba en el centro y al frente de aquello, observó lo que contenía aquella sábana: una bola biscosa y con cierto movimiento cuyo centro era de un rojo llamativo y bastante incandescente. Unas palabras diferentes, pero en el mismo dialecto antiguo, hicieron coro junto con las de Eric y resonaron por todo el templo. Poco a poco, y mientras Eric avanzaba con aquel ritual, la concentración de aquello biscoso empezaba a ser absorbido por las pocas hendijas que poseía la caja que estaba debajo.

La cansada vista de Eric captaba las primeras líneas de la página trece, sus brazos temblaban con mayor intensidad, su voz empezaba a ser entrecortada y en su cuerpo empezaban a aparecer algunas heridas, como si fueran raspones. La caja, la cual contenía un cuerpo inerte y cadavérico, blanco y frío como el mármol mismo, empezó a experimentar ciertos resquebrajamientos al mismo tiempo que los metales preciosos que la adornaban se iban quebrando uno a uno y del interior de la caja salió flotando el cuerpo inmóvil que contenía. Flotando en el aire y aún cubierto por la sábana violeta oscuro, se pudo notar como en algunas partes su volumen iba aumentado lentamente. En segundos, el cuerpo tomó posición vertical y acabó por colocarse frente a quienes estaban ahí acomodados en hileras. Justo en ese momento, todas las personas se arrodillaron.

—Bienvenido, Idogbe. —Murmuró el sujeto sin identidad, quien comenzaba a realizar la reverencia también.

Tan pronto como Eric dijo la última palabra de la página quince, las llamas se apagaron, el humo que envolvía al rey desapareció y éste cayó al suelo y mientras todos realizaban la reverencia, Belisaria corrió para ayudar a su amigo a levantarse.

—Tranquilo, Eric. Ya pasó, todo esto ha terminado. Vamos, de pie. Hay que salir de este lugar.
—Eres bueno en lo que haces, Eric... —Dijeron tres voces masculinas al mismo tiempo, cada una con una tonalidad diferente y que provenían de la persona que se encontraba aún cubierta por la sábana morada.
—¿Quién eres? —Preguntó con debilidad el rey dirigiéndose hacia aquel sujeto que se encontraba de pie, dándole la espalda.
—Mi nombre es —Explicaban las tres voces mientras rápidamente se fueron unificando en una sola.— Gershom o, como fui conocido por

mis antepasados e iguales: Idogbe.

Eric muy impresionado al oír aquello, dio un paso atrás y chocó suavemente contra Belisaria.

Las sábanas moradas que cubrían a Gershom se desvanecieron y mostraron por un momento su cuerpo desnudo. No pasaron muchos segundos y uno de los presentes le obsequió una túnica del mismo color púrpura y tonalidad que la anterior. Su rostro hacía juego con el resto del cuerpo, de hecho, las facciones del cráneo podían verse a pocos metros de él, su cabello surgió tan negro como su misma sombra y se extendió hasta poco más allá de sus hombros. Sus cuencas orbitales eran muy notorias, sus ojos como el carbón y su piel tan blanca que parecía resplandecer en la oscuridad. Algunas cicatrices eran visibles, mientras que la mayoría se encontraban cubiertas bajo la nueva túnica.

—Es curioso, pero al igual que yo, existió otro Idogbe.
—Sí, mi padre.
—Tu… sí, correcto. Narciso fue otro Idogbe.
—¿Qué es Idogbe, Eric? —Preguntó sigilosamente Belisaria.
—Al igual que el término "primogénito" es utilizado para llamar al primer hijo, Idogbe es un nombre antiguo que era utilizado para referirse a aquellos miembros de la familia que eran hermanos de gemelos y tanto Gershom como mi padre fueron hermanos de gemelos.

Belisaria, entonces comprendió algo que incrementó su asombro.
—Pero, Eric, entonces este sujeto.
—Si, es mi tío. —Respondió Eric mientras miraba las facciones que se iban formando en el rostro de Gershom.
—Tal parece que estabas muy enterado del asunto, ¿o no Eric?

Eric se apartó de Belisaria y se mantuvo en pie por su cuenta.
—Cumplí con mi parte, cumplan con la suya. Devuélvanme a mis hijos.
—Me impresiona mucho el hecho de que a pesar de la edad que tienes o sea, de que ya no eres ningún chiquillo, no sepas distinguir muchas cosas aún.
—¿Qué…?

Belisaria manifestó un poco de decepción que fue notada por todos los presentes en el lugar.

—Exacto Belisaria. Los bebés eran una ilusión. Hipnósis sencilla: la mente ve lo que quiere ver.

—¿De qué está hablando, Belisaria?

—Los bebés no fueron más que un producto de nuestra mente. —Explicaba Belisaria.— Es un hechizo sencillo que tiene sus bases en las del hipnotismo y permite recrear por medio de un objeto sin forma ni objetivo aparentes, la imagen de lo que alguien desea ver aunque no se encuentre ahí.

—Exacto. Creo que mis dos ayudantes aquí presentes, —Comentaba mientras daba vuelta y miraba a Egna y al otro sujeto que se encontraban a unos cuantos pasos en la profundidad del templo.— no iban a ser tan ingenuos y estúpidos de traer a los verdaderos bebés a este lugar. Exponiéndolos a un ambiente tan… ¿hostil es la palabra?

—¿Dónde están?

—Oh si, sígueme te llevaré donde ellos... ¡Eric! Vamos, sabes que no te voy a responder eso. Sin embargo, debes saber que ambos se encuentran bien, por el momento claro.

—¿Qué más quieres a cambio para que me regreses a mis hijos?

Gershom, como si se desplazara en el aire, se movilizó rápidamente hasta estar a pocos centímetros del rostro de Eric.

—Quiero lo que me fue arrebato injustamente en el pasado. —Respondió Gershom intimidando a Eric con su tono de voz, no muy alto, y tornando la conversación en algo privado.

—¿Qué te fue arrebatado?

—Mi libertad y mi herencia. Las dos únicas cosas no tangibles más importantes de mi vida, Eric…

—¿Quién te arrebató eso?

Gershom guardó silencio por unos segundos y Eric pudo notar como su pupila se contraía en una mirada que solo decía una cosa: odio.

—Quien me lo arrebató tenía tu misma sangre.

—Quieres decir…

—Quiero decir que fue tu sucio e inmundo padre quien se interpuso en el camino de lo que iba a ser un buen rey y lo que pudo haber sido el mejor de los reinados. —Especulaba Gershom mientras se apartaba un poco de Eric, subía su tono de voz y se colocaba al frente.— ¡Ese despreciable hechicero que a pesar de ser mucho menor que yo, fue quien recibió todo!

—Esto si que no me gusta para nada —Comentaba asombrado Falco a Jordana en el rincón del templo, del cual no se habían movido.

Eric empezaba a digerir aquella información que Gershom estaba proporcionando:

—Fue él quien causó que yo me convirtiera en lo que soy ahora. En este monstruo. Lo bueno del caso es que tu padre murió sin finalizar su periodo en el poder. Alguien tuvo la brillante idea de acabar con ese obsoleto idealismo.

—No puede ser… —Dijo Jordana horrorizada y en voz baja.

—Eric, —Dijo Gershom mientras se acercaba lentamente al rey para hablarle de la misma manera sigilosa e intimidante de antes—pero después llegaste tú. Subiste al trono siendo joven aún, al igual que tu padre. Con las mismas ideas tontas, con ese mismo carácter y con el sucio parecido a él. Eric. ¡Terminaste por acabar conmigo! Acabaste con lo que alguna vez fui, fuiste el líder del ejército encargado de cazar a los rebeldes en Caligineus.Tú y tu padre son unas bestias! ¡Sucios! ¡Ustedes son los monstruos! ¡Egoístas!

Como un volcán, la furia fue invadiendo el cuerpo de Eric poco a poco hasta que llegado un momento todo aquello resultó en una erupción que se tradujo en un golpe que fue a dar directo a aquel cadavérico rostro que tenía en frente. La cabeza de Gershom, entonces, fue colocada unos grados fuera de su eje central debido a una ligera dislocación. Entre risas sarcásticas y burlescas, Gershom colocó lentamente su cabeza nuevamente y trasladó su mirada en dirección a Eric de nuevo.

—Eric, Eric… —Dijo Gershom cuando se encontraba mirando unas lágrimas que caían sobre el fino rostro de su sobrino.

—¿Por qué lo hiciste? ¿Por qué tenías que ser el protagonista de tan macabro acto?

—Alguien tenía que ponerle fin a todo eso. Porque tú sabes que Narciso era un ser débil que dejaba las más importantes decisiones en manos de su esposa, tu despreciable madre. El poder era débil Eric, alguien tenía que ponerle fin a todo aquello y qué mejor manera de lograrlo que hacerlo desde adentro. Como dicen los estorbos del pueblo: cortando por la raíz.

—Estás demente.

Gershom retrocedió un poco y alzó su tono de voz:

—Primero me golpeas y ahora me insultas. No es manera de tratar a tu futuro rey Eric.

—No he dicho que colaboraré, Gershom.

—No hará falta.

Gershom alzó su mano derecha e hizo como si estuviera agarrando algún objeto que en esos momentos no se encontraba allí. De su mano empezó a brotar humo que fue adoptando una forma determinada. El tío de Eric hizo un movimiento leve y el humo se disipó dando paso a una espada de larga hoja y bordes afilados de color negro. Aquella hoja era tan brillante y perfecta que reflejaba todo a su alrededor como si se tratara de un espejo. El mango era a dos manos, tenía cuero negro en su base, dos listones rojos que caían por la empuñadura y el resto del mango era de plata. Cerca de la unión entre la hoja y la empuñadura se extendían tres líneas de palabras escritas en el antiguo dialecto de aquellas tierras. Eric de inmediato recordó que era similar a la misma espada que lo había atravesado días atrás en las afueras del palacio en una noche oscura y de la cual trataba de desechar cualquier recuerdo. Gershom bajó la mano y apuntó con la espada a su sobrino. Seguidamente fue avanzando lentamente hasta que la punta de la hoja rozó el cuello de Eric. Momentos antes de que Eric se dispusiera a correr, unas cadenas brotaron desde el suelo y sujetaron fuertemente sus piernas. Belisaria intentó moverse un poco, pero las mismas cadenas salieron del suelo y la sujetaron con fuerza, pero a diferencia de las que sujetaban al rey, estas empezaron a expulsar una especie de baba.

—Y ni se te ocurra usar magia, Belisaria. En caso de que lo hagas, mis cadenas empezarán a absorber tus poderes lentamente hasta que te quedes sin nada. —Gershom posicionó su mirada en la de Eric.— ¿Tus últimas palabras, rey?

—¡Jefe! —Gritó Egna.

Gershom volvió su mirada rápidamente hacia la mucama:

—¡Los otros dos, han desaparecido! —Dijo Egna mientras señala el espacio vacío detrás de ellos.

—¡¿QUÉ?! ¡Inútiles, encuéntrenlos!

La pared del fondo del templo, misma que se encontraba detrás de Gershom y Eric, explotó en miles de pedazos. Piedras de distintos tamaños fueron expulsadas en varias direcciones y una nube de polvo provocó que los presentes cubrieran sus ojos.

—¿Pero qué…? —Preguntó Gershom con su voz grave, pero antes de que pudiera finalizar su cuestionamiento, el rugido ensordecedor de una gigantesca criatura hizo que se truncara su pregunta.

Lentamente y conforme la nube de polvo se iba disipando, todos los presentes fueron descubriendo sus rostros para comprobar que aquello que habían escuchado era un poderoso y gigantesco dragón negro tornasol.

—Jordana. —Comentó Eric en voz baja al observar que en la cabeza de aquella feroz e imponente bestia se encontraba ella.

Antes de que Eric pudiera decir algo, Gershom hizo desaparecer su espada y utilizando sus poderes, empezó a atacar al dragón. Con su magia hacía levitar grandes piezas de escombros y los lanzaba hacia la criatura con una velocidad impresionante. El dragón por su parte abría el hocico y con bolas de fuego hacía desaparecer todo objeto que se le lanzaba antes de que lo tocaran a él o a la mismísima Jordana. Gershom, al darse cuenta que sus ataques resultaban inútiles ante el poder del dragón, dio un brinco para elevarse en el aire y estar frente al mismo.

—Te devolveré al bosque de dónde has salido bestia. —Dijo Gershom al mismo tiempo que alzaba bruscamente sus brazos y provocaba, con sus ojos totalmente ennegrecidos, que el suelo del templo se le abrieran grietas por doquier.

Tanto Eric como Belisaria, Egna y el sujeto cómplice de Gershom, notaron que muy al fondo de las grietas más anchas se apreciaba un débil resplandor de luz rojiza que poco a poco iba aumentando su intensidad. Mientras eso ocurría y debido a que Gershom estaba concentrado en destruir aquella bestia, no se percató que cuando se hizo el agrietamiento en el suelo Belisaria había quedado libre ya que las cadenas se habían desvanecido.

—Eric, es tiempo de irnos. —Dijo Belisaria mientras jalaba el brazo de Eric y ambos empezaban a correr hacia la puerta que se encontraba en el suelo y por donde habían entrado al templo.

—Eso no pasará. —Dijo Egna al mismo tiempo que expulsaba un maleficio de su mano.

Este era de color blanquecino y dejaba una estela de luz a su paso como si se tratara de una bola de fuego. Sin embargo, el ataque se desvaneció antes de tocar un cabello de Belisaria.

—¿Qué? Pero, ¿qué significa esto? —Preguntó retóricamente Egna.

—Significa que soy mucho más astuta que tú, mucama. —Dijo otra Belisaria que apareció detrás de Egna.

Antes de que pudiera reaccionar o que su cómplice lo hiciera, la bruja lanzó a ambos por los aires. Gershom, entonces, se dio cuenta de lo que sucedía debajo de sus pies:

—¡Ahora! —Gritó Jordana.

El dragón abrió el hocico y en el centro del mismo se empezaron a acumular chispitas blancas. Rápidamente se formó una esfera del mismo color y sin que Gershom pudiera hacer algo, el dragón lanzó en su contra aquella bola de fuego blanco. En el impacto Gershom retrocedió unos metros en el aire mientras intentaba detenerla con sus manos. Por un instante pareció como si Gershom tuviera la situación bajo control y estuviera a punto de detenerla para luego devolverla a su lugar de origen e impactar al dragón y con él a Jordana también. No obstante y con ayuda del poder de Jordana, la bola de fuego blanco ganó más fuerza y acabó por consumir a Gershom quien fue expulsado por los aires y luego cayó estrepitosamente al suelo donde quedó inconsciente.

Jordana hizo una señal y el dragón extendió sus gigantescas alas. Las agitó un poco y se elevó en el aire mientras Eric y su amiga se detenían al lado de una columna en medio templo. Eric notó que otra Belisaria idéntica terminaba de desaparecer en la esquina donde se encontraba Egna y el otro sujeto tirados en el suelo.

—¿Belisaria, por qué había otra como tú allá?

—Esa de allá fue una copia que logré hacer de mí misma mientras me encontraba atrapada al suelo por las cadenas de Gershom.

—Pero, ¿y tus poderes?

—Aún los conservo. Al realizar el conjuro, me di cuenta que las cadenas solo absorben los poderes de alguien si este los utiliza para atacar al que generó las ataduras.

—Pero pudiste perderlos, amiga.

—No importa. Fue arriesgado, sí, pero al final nada pasó. Ahora, no te sueltes de mi brazo aún, pues nuestro transporte está por llegar. —Terminó Belisaria mientras observaba a aquel dragón aproximarse hacia ellos.

Belisaria hizo que tanto Eric como ella desaparecieran y reaparecieran en la cabeza del dragón, justo al lado de Jordana. Cuando se encontraban ahí notaron que sus pies, de inmediato, fueron adheridos a la piel del dragón.

—Jugar con la gravedad es mi especialidad. —Dijo Jordana mientras le sonreía a Eric y su amiga.

Poco antes de llegar a la puerta de salida, en el suelo del templo, Jordana hizo una nueva seña y todos se agacharon. El dragón se elevó un poco más y empezó a descender a una velocidad que triplicaba la anterior, siempre conservando la dirección que llevaba. Jordana frotó sus manos un momento y luego las separó para tocar al dragón. Un resplandor envolvió a la bestia, junto con los que iban sobre su cabeza. El cuerpo del dragón y el de los demás resplandecía como si estuviesen hechos de algún metal brillante y se encontrasen recibiendo la luz directa del sol.

—¡Sujétense! —Dijo una voz que resultó poderosamente familiar a los oídos de Eric y Belisaria.

El dragón abrió el hocico y expulsó, una vez más, una bola de fuego blanco. La puerta de salida fue destruida y más que eso, el impacto de aquel fuego causó que el hoyo en el suelo se hiciera mucho más grande. En solo segundos el brillante dragón entró por el agujero y dejó que el templo se llenara nuevamente de la penumbra y oscuridad de la que antes gozaba. En el túnel de regreso a Reino de Luz, Eric y Belisaria estaban sorprendidos al darse cuenta que aunque sus cuerpos fueron golpeados fuertemente por un trozo de piedra cuando atravesaron el hoyo en el suelo, a ellos no les ocurrió nada. Al contrario, la piedra que los rozó se destruyó y fue expulsada por los aires. Una vez más el dragón lanzó su poderosa bola de fuego blanco y abrió una vía desde la parte superior del túnel hasta la base de la estatua por la que habían entrado desde Reino de Luz. La bestia levantó un poco su cabeza para empezar a surcar el nuevo túnel que había hecho. A pocos metros de colisionar contra la base de la estatua que era visible desde ese punto, el dragón empezó a agitar sus alas con rapidez y así tomó mucha más velocidad. Salió expulsado y con impendable rapidez por el agujero que había debajo de la estatua y causó que el mismo se expandiera, que muchos escombros volaran por los aires y que de la estatua solo quedara el recuerdo: estaban de vuelta en Lûmen. La poderosa criatura siguió su curso y atravesó el techo de madera del templo. Si bien era majestuoso observar el poder y la estela blanca que el dragón dejaba a su paso, ahora el templo estaba lleno de escombros y mucho más deteriorado de lo que se encontraba antes.

—¿Te encuentras bien? —Preguntó Jordana en voz alta consecuencia del fuerte viento que había debido a la altura a la cual se encontraban volando.
—Sí, ¿a dónde vamos? —Dijo nuevamente una voz de la cual ni Eric ni Belisaria conocían su origen, pero que les resultaba muy familiar.
Jordana miró a Eric como si buscara una respuesta a esa pregunta:
—Al palacio. —Dijo Eric.
—Ya lo oíste.

El dragón cambió de dirección y empezó a disminuir la altitud, mas la velocidad seguía siendo la misma.

—Eric, mira allá… —Comentó Belisaria, mientras señalaba hacia el templo por el cual habían salido.

Eric observó aquel lugar. Un cilindro negro brotaba lentamente desde donde debía estar la estatua en el templo abriéndose paso hasta el cielo. Segundos después de haberse perdido entre las nubes, pudieron observar que aquel cilindro estaba provocando que una mancha negra se esparciera en todas direcciones en el ancho e inmenso cielo, asemejando aquello a un estanque de agua mientras era contaminado por gotas negras.

—Me preocupa el alcance que esto está teniendo… —Comentó Belisaria mientras observaba que la mancha negra empezaba a llegar hasta el horizonte y oscurecía todo el ambiente.

El dragón agitó varias veces sus alas y la velocidad se incrementó nuevamente. La preocupación era más que notoria en el rostro de todos los que iban en la cabeza de aquella bestia. Y, por primera vez, el recuerdo oscuro de un triste pasado que había deambulado en la mente de Eric por mucho tiempo había sido sustituido por un pensamiento más poderoso y complejo: ¿cómo ponerle fin a aquella situación?

12

El segundo Idogbe

Cuando se encontraban arribando al balcón de la habitación de los reyes, Eric y Belisaria fueron los primeros en bajar de la cabeza del dragón. Acto seguido, ayudaron a Jordana a bajar.

—Muy bien. Hemos llegado. —Dijo Jordana, y de inmediato el dragón empezó a despedir destellos entre las escamas.

Poco a poco la majestuosa criatura se fue cubriendo por completo de aquella luz, y su apariencia experimentó una significativa transformación. Las patas se redujeron de tamaño al igual que los brazos, las alas se desvanecieron y las escamas fueron perdiendo su color, hasta ser de una tonalidad más bien morena. Al igual que las patas y los brazos, el resto de su cuerpo se redujo de igual manera. Finalmente las escamas fueron absorbidas por la piel de aquel humano:

—¿Falco? —Preguntó Eric al notar que de la transformación estaba resultando su hermano.

—Sí, Eric. Es tu hermano. —Dijo Jordana mientras se colocaba detrás de Falco y lo sostenía.

El brillo cesó y Falco abrió sus ojos.

—Creo que esta… debe ser la transformación más exitosa y

agobiante que he realizado.

—Es momento de que descanses, Falco.

Falco asintió.

—Llamaré a unas mucamas para que le asistan. —Dijo Belisaria al mismo tiempo que daba media vuelta para entrar en la habitación.

—Belisaria…

—¿Sí, Eric?

—Gira la orden de aprensión en contra de Egna y Lot.

—Sí, de inmediato.

Belisaria abandonó el balcón y se perdió en medio de la oscuridad que invadía la habitación.

Eric se acercó a la baranda del balcón para observar la silueta de las montañas en el oscuro horizonte. Jordana por su parte no sabía si era el tiempo propicio para hacer un comentario dado la situación por la que se pasaba en aquel momento. Por este motivo optó por moverse para ayudar a Falco a colocarse en una banca de piedra que había cerca de la baranda.

—Me imaginó que no debe ser nada liviano… —Dijo Eric mientras esbozaba una sonrisa poco convincente.

—No lo es... —Respondió Jordana sonriendo.

La puerta de la habitación se abrió detrás de ellos y dejó entrar la luz azul del pasillo a la habitación y al balcón.

—Disculpe, su Majestad. Hemos venido a llevarnos a…

—Sí, pasen. —Dijo Eric mientras se movía un poco y le ayudaba a Falco a posicionarse sobre una camilla de espuma muy suave y cubierta con tela.

Cuando las mucamas se llevaron a su hermano, Eric se acercó nuevamente a la baranda del balcón.

—Hace frío, ¿verdad?

—Si, Jordana. La temperatura está bajando más rápido de lo normal para la época en la que estamos...

—Sí. ¿No deberíamos regresar nuestros clones al espejo del hermano de Belisaria?

—No se preocupen. —Dijo Belisaria quien venía cruzando la habitación.— Mi hermano nos vio llegar así que se encargó de eso hace unos minutos.

—Así es. —Correspondió Vick mientras entraba detrás de Belisaria al balcón.

—Entonces, ¿ya recuperamos nuestro reflejo? —Preguntó Jordana.

—Sí, Reina Jordana.

—No me digas Reina Jordana por favor. Eres el hermano de la reina suprema con que me digas Jordana bastará.

—Discúlpeme. —Dijo mientras hacía una leve reverencia y miraba a los ojos de aquel rostro sonriente.

—Eric... —Intervino Belisaria.— toma esto.

Eric apartó su mirada del oscuro paisaje que observaba y miró lo que su amiga le estaba dando.

—¿Cómo conseguiste esto? —Dijo Eric quien se sorprendió al ver que se trataba del libro que había sostenido en sus manos hacía unos instantes y que rezaba en la cubierta: "Idogbe II".

—Jugadas de una bruja astuta. Ahora la pregunta es: ¿de verdad comprendes lo que dice este libro?

—Sí, Belisaria. Después de lo que pasó en aquella habitación, estas palabras se han vuelto total e incómodamente comprensibles para mí.

—¿Qué tan extraño fue lo que te sucedió en la habitación?

—Mi cuerpo brillaba. Eran unas raras estilizaciones que aún no logro comprender y de hecho todo resplandecía con tal potencia que no podía ver bien lo que estaba sucediendo. Apartir de ese incidente es que puedo entender todas las palabras.

—Aunque no entiendo lo que dice —Decía Belisaria mientras inspeccionaba el libro.— y a juzgar por ciertos dibujos, claramente la gran cantidad de hechizos, conjuros y demás relatos que este libro presuntamente alberga pueden ser únicos en su tipo pues nunca antes los había visto. Ni uno solo.

—En otras palabras —Interrumpió Jordana.—, quizá en tus manos tengas algo tan potente para desaparecernos a todos con un estornudo o algo tan inútil que solo nos sirva para limpiar nuestras narices tras un resfrío.

—Exacto. —Correspondió Belisaria.

Eric no encontró palabra alguna para acotar a estos comentarios y sólo las miraba fijamente, inmovilizado, sin saber qué decir o qué hacer. Era inexplicable para él el propósito que el destino le había marcado al guiarlo hacía aquel libro en aquellas circunstancias.

Mientras se encontraban en el balcón mirándose fijamente, un crujido en las profundidades de la tierra los interrumpió.

—¿Qué fue eso? —Preguntó la Reina Jordana.

Un leve, pero poderoso movimiento sacudió la tierra e hizo que varios objetos dentro de la habitación se cayeran.

—La tierra se estremece… —Comentó Belisaria preocupada.

Un nuevo movimiento telúrico, pero más fuerte e igual momentáneo sucedió.

—Puede que esto sea sinónimo de la furia que el dios está sintiendo en estos momentos. Por el alma fugitiva. —Comentó Jordana.

—¿Alma fugitiva? ¡Cierto! Ya la hemos encontrado…

Eric salió por un momento de sus pensamientos y entró en la conversación:

—Es Gershom.

—Debemos encontrar la manera de comunicarle esto a los discípulos. —Añadió Jordana.

—Nunca han sido vistos por nadie en Viride, no se sabe nada de su apariencia. Son seres solitarios y no toman órdenes de nadie. ¿Cómo se supone vamos a localizarlos? —Inquirió Belisaria.

Todos guardaron silencio por unos instantes.

—¡Los bebés! —Dijo Eric haciendo notar su preocupante expresión en el rostro.

Entraron corriendo en la habitación, la atravesaron y tan rápido como pudieron se dirigieron a la habitación donde se encontraban los niños. Al llegar, los guardias estaban custodiando la entrada:

—¡Puertas! —Ordenó Eric

Los guardias reverenciaron a su rey y llevaron a cabo la orden.

Con gran asombro comprobaron que los bebés aún se encontraban en la habitación, rompiendo así con los comentarios que había hecho Gershom minutos atrás. Eric caminó directo a la cuna y ordenó:

—Jordana, lleva a los niños hasta el muelle, al sur de las Montañas de Hierro. Mis hijos no van a correr más peligros.

—Eric, no es que no quiera llevar a cabo tu orden, pues como Rey Supremo debo acatarla, pero Lot, más bien, el espíritu que habita en él acabó con mi familia. No quiero dejarte solo en este asunto…

Eric se quedó mirándola fijamente unos segundos.

—Yo lo haré… —Dijo Falco, quien venía entrando en ese momento.

—Pero, hermano, tú necesitas recuperarte.

Falco caminó hacia donde estaba Eric y tomó con mucho cuidado a uno de los niños en sus brazos.

—Yo protegeré a mis sobrinos, Eric. —Dijo Falco sin titubeo alguno.

Eric guardó silencio y asintió.

Antes de que uno de los guardias ayudara a Falco a cargar al otro niño, Eric se despidió tiernamente de sus hijos.

—Váyanse, ya. Mucho cuidado, hermano.
—Los protegeré con mi vida.
—Gracias.
Falco y el guardia abandonaron la habitación.

—¿Cómo hacemos para hacerle ver a los discípulos que hemos encontrado su alma fugitiva? —Preguntó Vick.

—Tengo la leve impresión de que en ese libro podríamos encontrar algo que a lo mejor nos sirva de algo.

—Opino lo mismo, Belisaria —Añadió Jordana.

—Sí, aunque no creo que sea el lugar conveniente. Belisaria…
—Sí.

En un abrir y cerrar de ojos Belisaria hizo aparecer entre chispas la misma puerta de mármol que los conduciría hacia el lugar secreto de su familia: aquella infinita biblioteca en donde ni Belisaria misma conocía todo su contenido y que estaba en el fondo del mar Profundo.

—¿Qué este lugar? —Preguntó Jordana al entrar en la habitación.
—Un lugar secreto de mi familia.
—Hora de trabajar —Dijo Eric pasando entre los demás y luego

colocando el libro en el único escritorio que había en la inmensa habitación.

Unas antorchas de fuego rojo se encendieron tras el chasquido de los dedos de Belisaria.

—Si no, no podrás leer.

Eric le sonrío a su amiga.

Eric empezó a leer páginas al azar sin saber a donde quería llegar o lo que deseaba descubrir. Los minutos pasaban y en el gran océano que se vislumbraba por los gigantescos ventanales parecía como si se aumentara la oscuridad que albergaba. Belisaria se encontraba sentada sobre una pila de libros mientras inspeccionaba unos cuantos que acaba de encontrar. Jordana, un poco desconfiada por lo que le transmitía la apariencia del lugar, caminaba de un lado hacia otro viendo los títulos de los libros y Vick se encontraba sentado frente a uno de los ventanales con su larga y encorvada pipa fumando pensativo.

—Esperen un momento… —Dijo Eric mientras buscaba entre sus ropas el otro libro que había aparecido cuando estaba en la habitación al fondo de la biblioteca de aquel templo oscuro.

—¿Dijiste algo Eric?

—Cuando me encontraba en aquella habitación apareció esto.

Belisaria y Jordana se acercaron a Eric.

—Yo también tengo uno. Lo que me recuerda…

Eric volvió su mirada hacía Belisaria.

—¿Belisaria?

—No sé si sea el momento adecuado para decirlo…

—Solo dilo y acaba con la incertidumbre…

—Tu esposa sabía lo de la conspiración en contra de ustedes y pienso que por eso decidieron matarla. Pensando como el enemigo supongo que contigo debió pasar lo mismo, pero afortunadamente estás vivo.

—Pero ¿cómo iba ella a saber eso? Y de ser cierto, ¿por qué nunca me lo comentó?

—Según lo que escribió en el diario, estando a solo dos días de su muerte se enteró de todo. Quizá sí tuvo las intenciones de contarte, pero no encontró el momento apropiado o al final simplemente no tuvo tiempo de hacerlo.

Nuevamente, la decepción y tristeza empezaron a asomarse a los ojos del rey. Belisaria, conmovida, abrazó a su amigo.

—Ya no te culpes ni te martirices más por ese asunto. Si debía pasar, pasó. No hay nada que podamos hacer ahora. Deja ir ese asunto. Sabía que no debía decirte…

—No, sí debías decirme y en realidad agradezco mucho que lo hayas hecho. Sin embargo, y contrariando tu comentario, aún hay algo que podemos hacer, estoy seguro de ello. —Eric se apartó de su amiga y abrió el diario de los reyes que tenía en sus manos.

Belisaria y Jordana, sin saber exactamente lo que Eric buscaba, optaron por empezar a buscar en el libro grande esperando encontrar también algo útil en medio de aquellas gráficas.

La bruja dejó de buscar un momento, irguió su postura y miró fijamente a la pared del fondo de la habitación.

—¿Qué sucede, Belisaria? —Preguntó Jordana.

Eric también paró su búsqueda y volvió su mirada hacia su amiga.

—¿Por qué aquel sujeto y hasta el mismo Gershom no tocaron el libro de conjuros?

Eric empezó a atar cabos sueltos y en medio de un ligero pestañeo, dijo:

—El libro dice Idogbe Segundo.

—Eric, este libro…

—Lo escribió mi padre, sí Belisaria.

—Alguien que se encarga de crear un libro de hechizos y conjuros único e inédito puede poner cuanto sortilegio desee sobre él. —Dijo Vick mientras se ponía de pie y caminaba hacia Eric y los demás con su pipa en la mano derecha.

—¡Claro! Es por ese motivo que ni Gershom ni el otro sujeto podían tocarlo. —Concluyó Belisaria

—Sólo un heredero o alguien "autorizado" puede hacerlo.

—Exacto —Correspondió Belisaria al comentario de su hermano.

—Entonces debe haber alguna conexión entre este diario y ese libro de conjuros. Belisaria, —Dijo Eric mientras extendía su mano y le daba el diario a Belisaria y esta le entregaba el libro de conjuros.— será mejor que sea yo quien busque en el libro de conjuros y ustedes en el diario.

Los tres continuaron la confusa búsqueda que se extendió por varios minutos. Belisaria, como de costumbre, anotaba todo en un pequeño pergamino que siempre andaba consigo. Increíble, pero afortunadamente el pergamino había sido hechizado para tener la cantidad de pliegos que su portador necesitara.

—Belisaria. —Interrumpió Eric.— ¿Tú crees que mis hijos estarán bien? ¿Lo crees, cierto? No podría pasar por una nueva...
—Eric, —Interrumpió la bruja mientras le sonreía y se apartaba de la búsqueda que realizaba.— sí van a estar bien. Falco los cuidará muy bien. Y no te preocupes, él también se sabe cuidar. —Terminó mientras Eric sentía que su angustia y preocupación disminuían un poco tras oír aquellas palabras.
—Encontré algo... —Dijo Jordana.

Belisaria se acercó. Eric se puso de pie y caminó hasta donde se encontraba Jordana leyendo sobre el escritorio y Vick regresó frente al ventanal para meditar en silencio.

—Presten atención: *"... No creo que pronto pueda entender lo que agobia a mi querida Johanna, sin embargo, he de comunicarle la decisión que he tomado. Si bien es cierto durante muchas generaciones la herencia de un rey a su hijo ha sido el reino, en esta ocasión será diferente. No puedo dejar que manos inadecuadas caigan sobre el libro que he mencionado con anterioridad. La mayoría de palabras en él fueron el resultado de muchas investigaciones iniciadas por mi abuelo y que yo finalicé. Lo malo de esto viene desde de mi primera caída. En aquella ocasión, no lo recuerdo muy bien... no obstante, lo que escribí en aquel momento y que recién descubro no puede ser de nadie más que de mis hijos. Ellos, en particular Eric, a quien nunca le han llamado la atención los poderosos, místicos e infinitos caminos de la magia, nunca se verá tentado a utilizar ese material para beneficio propio o para perjudicar alguien. Es por eso que, en secreto, cambiaré mi testamento. Así me aseguraré de que, si es descubierto el lugar donde residirán tanto este diario como mi libro, no sean tomados por manos ajenas..."*

—¿Primera caída? ¿Qué quiere decir eso? —Preguntó Belisaria mirando a Eric.

Eric consternado, respondió:

—Estoy tan abrumado como tú.

—Esperen, aquí hay algo más. Escuchen: *"…mi hijo Eric será el auténtico y único heredero al trono. Es por eso que tendrá todos los derechos políticos y económicos que yo poseo junto con algo más. Lo hago hoy previendo alguna tragedia a la que de seguro estoy expuesto o pueda pasar en el futuro cuando ya no esté presente. Narciso Plinio. Rey Supremo de Reino de Luz."* A partir de aquí el resto de páginas están en blanco. —Terminó diciendo Jordana.

—Debemos conseguir ese testamento.

—De hecho, no hay que buscar mucho.

—¿Por qué lo dices Eric? —Preguntó Belisaria.

—En mi despacho, donde están los libros detrás de mi asiento hay varios de ellos que son de acceso limitado a la familia real. No obstante, para ver el verdadero contenido de esos libros es indispensable que quien lo toque posea algún implemento que lo identifique como miembro de la familia real. En simples palabras, mi anillo y…

—Mi pulsera y anillo. —Agregó Belisaria mientras observaba la pulsera que se encontraba pegada a una cadenita que a su vez estaba unida a un anillo.— Será mejor que sea yo quien vaya a buscarlo. No me tardo.

—Iré contigo, Belisaria.

—No, Jordana. Quédense aquí buscando más pistas o conexiones. Además, es mejor que Eric permanezca oculto por el momento. —Ordenó Belisaria al mismo tiempo que caminaba hacia la barrera brillante de cristal que había en la puerta sellada de la habitación.— Regreso en un momento. —Dijo mientras desaparecía al ser atraída por la barrera de cristal, tal y como había sucedido la primera vez que había llevado a Eric ahí.

Jordana, a pesar de que intentaba concentrarse en buscar más pistas en el libro que sostenía en sus manos, no podía apartar su vista de la expresión que tenía Eric en aquel momento. A estas alturas no era la primera vez que observaba al rey tan perdido en sus pensamientos, sin embargo no dejaba de sorprenderle.

—Todo va a estar bien, sabremos resolver esto.

Al escuchar el comentario, Eric volvió su mirada hacía Jordana y notó que al igual que con Belisaria, la sonrisa que esbozaba aquel delicado rostro lo llenaba de inconfundible paz, algo que hacía un tiempo no sentía.

—Gracias, Jordana.

—Listo. —Dijo Belisaria, mientras aparecía ante ellos.— Este es el testamento de tu padre, Eric. —Expresó, mientras Vick se acercaba a la mesa para escuchar junto con los demás lo que Eric iba a recitar.

Eric, quien dudaba de que aquel pergamino fuera la clave del acertijo que habían encontrado en el diario, lo tomó con mucho cuidado y lo abrió lentamente. Para sorpresa del rey y de los demás, aquel pergamino estaba completamente en blanco. No había siquiera una mancha de tinta en él. Jordana y Belisaria estaban sin habla ante aquella situación.

—¿Qué decía exactamente en el diario, Jordana?

Rápidamente Jordana pasó las páginas y leyó nuevamente:

—"... he pensado mucho en ello y considero que lo que hoy planteará en el testamento será mi última palabra y por lo tanto será de total e inmediato acatamiento."

—Si, pero lo único malo es que este pergamino no contiene ni una sola palabra. —Comentó Eric mientras ponía el rollo sobre el escritorio.— ¿Estás segura de que es este?

—Sí, Eric. —Respondió Belisaria— Tal y como me lo dijiste, revisé en las repisas que me dijiste y el único documento marcado como testamento del rey Narciso es este.

—No entiendo. ¿Qué querría decir mi padre con "su última palabra" si aquí no hay nada?

Tan pronto como Eric acabó su comentario sintió que su anillo aumentaba de temperatura hasta el punto de ponerse de un color rojo incandescente. Rápidamente procedió a quitárselo, pero tan pronto los dedos de la mano opuesta rozaron la caliente superficie del pequeño anillo, éste se enfrió y el pergamino empezó e elevarse en el aire muy lentamente.

Una vez frente a Eric, se abrió completamente y su interior, si bien no poseía aún ni el más mínimo rastro de tinta, se empezó a transformar en una superficie brillante y reflectora. Eric, mirando su reflejo en el pergamino, no se percató de que el ambiente a su alrededor empezó a tornarse un poco más oscuro de lo que ya estaba.

—Eric... —Dijo una voz muy grave y viril que resonó por toda la habitación provocando eco y un leve escalofrío en la piel del rey.

Al escuchar aquello las pupilas de Eric se contrajeron completamente.

—¿... Padre? —Preguntó temeroso Eric, mientras miraba a su alrededor y el pergamino seguía flotando frente a él.

Mientras exploraba a su alrededor, miró a Belisaria y los demás quienes parecían estar congelados pues permanecían inmóviles.

—El tiempo se ha detenido, mi querido heredero. —Dijo lentamente la misma voz, pero en esta ocasión, al ser más larga la frase, Eric pudo notar que se trataba de alguien entrado en años.

—¿Dónde estás?

—Estoy donde tú puedas verme.

Eric empezó a desesperarse un poco al no poder vislumbrar de quién procedía aquella voz y confirmar si efectivamente era la de su padre Narciso. Sin pensarlo centró su mirada en uno de los dos ventanales de la habitación, entonces el rey se levantó cuidadosamente para no mover el pergamino que flotaba frente a él y caminó hacia ese lugar que estaba a pocos pasos del escritorio. Con el inmenso y oscuro océano de fondo, Eric miró en todas direcciones a través del grueso vidrio. Sin pensarlo, se detuvo ante el reflejo de su propia mirada y pudo notar como esta empezaba a cambiar al tiempo que lo hacía el resto de su reflejo.

El cabello largo por encima del hombro se mantuvo en el reflejo, la forma del rostro se tornó un poco más cuadrada, la nariz aumentó ligeramente de tamaño, las cejas se alargaron un poco más y sólo los labios al igual que las orejas se mantuvieron del mismo tamaño. Las ropas fueron lo que quizás experimentaron cambios mayores, aparte de su estatura. En lugar de la armadura y la larga capa que Eric siempre traía puesta, en el reflejo esto cambió por una túnica larga de imponente color púrpura. Al tener el reflejo una estatura mayor, Eric tuvo que levantar su cabeza para mirar al sujeto que ahora se presentaba ante él.

—Padre…

—Eric… —Dijo Narciso, mientras lo observaba desde un nivel más alto.

—Pero ¿cómo?

—Soy la estela de un espectro atrapado entre dos mundos.

—¿Arapado?

—Mi misión en vida fue brutalmente interrumpida y por ese motivo es que aún vago por este mundo. Esperando a que llegara el momento oportuno.

—Entonces, ¿ese momento ha llegado?

—El momento ha llegado. Aunque nunca imaginé que lo hiciera del modo en que lo hizo.

—¿A qué te refieres?

—El templo al cual acudiste hace unos minutos no es el refugio del mal ni algo que se le parezca. El Templo de los Dioses ha existido desde que este reino fue fundado y es la parte más delgada del místico límite que existe entre nuestro mundo y el de los dioses. Es el único lugar en el que te encontrarás más cercano a las deidades.

»Después de fundado el reino y descubierto el templo, se le hicieron varios arreglos a su estructura. Por ejemplo, el templo que viste en la ahora llamada tierra Caligineus, se hizo con el propósito de, no solo servir de puerta de acceso al Templo de los Dioses, sino de darle sepultura a los cuerpos de los reyes y reinas de Reino de Luz. Sin embargo, mi malvado y ambicioso hermano aprovechándose de ciertas condiciones tomó posesión de aquel templo y es por eso que su apariencia no es la adecuada y tampoco la del Templo Sagrado.

—Entonces su apariencia es otra y dependiendo de su uso así esta se verá afectada…

—Sí Eric. Y no solo eso. El interior de ambos templos lo convierten en el lugar más cercano a la paz completa de toda esta tierra.

—¿Cómo descubrieron el Templo de los Dioses?

—Mediante una excavación en busca de minerales encontramos el túnel y antes de que me lo preguntes, el templo está ubicado en un mundo diferente al nuestro. Por eso para entrar debes atravesar el túnel que en realidad es el pasaje de transición y comunicación entre nuestro mundo y ese otro donde está el templo.

—Entiendo… Padre, ¿por qué Gershom acabó con tu vida?

—Sabía que lo preguntarías. La ambición y la codicia, hijo mío, si bien no son hechizos ni conjuros poderosos, sí son parte de los más oscuros sentimientos que pueden llegar a atrapar a las personas y hasta las llevan a cometer actos terribles de los cuales nunca se arrepentirán debido a que siempre creerán que fue lo correcto. Tales sentimientos son tan terribles y macabros que no eligen entre clases, etnias, lenguajes, ni mucho menos.

»Atacan a las personas periódicamente para ver quién o quienes caen ante sus coqueteos. Gershom es el claro ejemplo de eso y es por ese mismo motivo que él, por medio de sus ayudantes, acabó conmigo, con tu madre, con tu esposa y ahora desea acabar contigo y tus hijos también. Sus ansias de poder lo llevaron a dejarse embaucar por los oscuros elogios de la codicia y la ambición y es por eso que ahora está sumido en un oscuro destino del cual no podrá salir jamás.

—Hay algo que sigo sin entender. ¿De dónde nacieron esos sentimientos en él?

—Cuando éramos jóvenes mi padre se dio cuenta de que Gershom no era precisamente la persona más adecuada para sentarse en el trono como su sucesor. Así que a pesar de que yo era más joven que él, estipuló que sería yo el único y legítimo heredero al trono. Caso muy parecido a lo que aconteció con tu hermano, Eric.

—¿Lot?

—Sí. Antes de que él huyera del palacio había recibido muchas influencias de tu tío Gershom. En una de tantas ocasiones los sorprendí hablando en el ala este del palacio y me di cuenta de que Gershom trataba de inculcarle su mismo rencor, ansias de poder y venganza a tu hermano. Hasta ese momento el heredero al trono iba a ser Lot, pero tuve que cambiar de parecer y fue cuando el volcán que había estado en calma en el interior de tu tío terminó por explotar y sucedió lo de aquella noche.

—A partir de ese mismo día, Lot no se volvió a ver por el palacio, jamás.

—Correcto. —Contestó Narciso mientras observaba la expresión de angustia en el rostro de su primogénito— Eric, me temo que debo aclarar esto: es muy probable que Lot sí haya muerto desde el momento en que ese espíritu tomó posesión completa de su cuerpo.

Eric suspiró y con dificultad habló:

—¿Quién es el parásito que se apoderó de su cuerpo?

—Ese sujeto también es tu tío, Eric. Su nombre es Héctor y se unió a Gershom por medio de un engaño.

—¿Engaño?

—Sí. Gershom lo convenció de que si yo llegaba al poder estas tierras iban a experimentar el peor cataclismo de toda la historia y Héctor, al querer proteger a Reino de Luz y toda Viride, accedió en formar una alianza con mi hermano.

—¡Traidor! —Exclamó Eric furioso.

—La ira, Eric, es parte de los oscuros sentimientos que invaden a las personas y uno de los más peligrosos. —Eric comprendió lo que su padre quería decirle y respiró un poco.— Además, no hay que culpar a Héctor del todo por la decisión que tomó en un principio. Al final, si se le mira con frialdad sólo fue un acto desesperado por tratar de salvaguardar lo que ya estaba en buenas manos.

—Pero…

—Si bien es cierto en estos momentos su alma está corrompida y resquebrajada, en un principio podemos catalogar hasta de inocente aquella decisión. ¿Respondo a la pregunta que me ibas a hacer con ese "pero"?

Eric asintió.

—El ser víctima de una posesión puede ser una de las más tristes, desesperantes y oscuras experiencias. Tu hermano Lot quiso escapar de aquel cruel y fatal destino. Dentro de sí sobrellevó una fría y silenciosa lucha que lastimosamente resultó en la pérdida permanente del control sobre su propio cuerpo y ahora ya no es parte de este mundo.

—Entonces, en aquella ocasión cuando regresó al palacio para tomar mi lugar y que después huyó sin decir nada… ¿Aún había posibilidad de expulsar el espíritu maligno de Héctor fuera de su cuerpo?

—No estoy seguro de lo que pasó en ese momento, pero su desaparición de este mundo no fue sino hasta hace muy poco.

Eric recordó lo sucedido en la inmensa biblioteca que se encontraba escondida en el Templo de los Dioses.

—Hace rato, en la biblioteca del templo. Lot se desmayó y…

—Sí, Eric. Fue hace poco que lo sentí.

—¿Sentiste?

—Aún como espectro, mantengo la conexión de sangre con mis hijos y siento cuando alguno de ellos está en peligro. Al igual que tú lo sientes con Cástor y Dámaso, tus hijos, Eric.

En ese momento, Eric comprendió que debía confiar más en su instinto de padre y dejar de preocuparse por los incómodos pensamientos que a veces rodeaban su cabeza haciéndole creer que sus hijos no estaban en buenas condiciones cuando en realidad sí lo estaban.

—Gracias, padre.

Narciso le sonrió.

—Además, es tu hermano Falco quien se está encargando de ambos en este momento. Su astucia y poder van mucho más allá de lo que todos, y hasta él mismo se imagina. Así que no debes preocuparte.

Eric asintió mientras dibujaba una pequeña, pero notable sonrisa de tranquilidad en su rostro.

—Padre, ¿no dijiste que el tiempo se había detenido? —Preguntó Eric extrañado al notar que un pez, al otro lado de la ventana, comenzaba a moverse muy lentamente.

—Alguien está interfiriendo… —Exclamó Narciso al mismo tiempo que empezaba a desvanecerse en el vidrio de la ventana y empezaba a formar parte nuevamente del reflejo de Eric.

—¡Padre! —Gritó Eric mientras colocaba sus manos en el vidrio.

—Deprisa, Eric. Toma mi testamento, colócalo frente a mi reflejo, rápido…

Tan rápido como pudo, Eric corrió hacía el pergamino flotante, lo tomó y manteniéndolo abierto lo colocó frente al reflejo de su padre.

Con dificultad, Narciso empezó a mover una de sus manos en dirección al pergamino. En un proceso lento y fascinante, empezó a escabullirse por entre el vidrio para materializarse en una mano de carne y hueso, haciendo notar como si alguien vivo estuviera atravesando con su mano la ventana desde afuera. Narciso colocó su mano abierta en todo el pergamino y éste empezó a brillar como el oro expuesto al sol. La mano de Narciso se desvaneció lentamente como si fuera humo.

—Eric… Esta es mi verdadera herencia. —Decía Narciso con voz entrecortada cuando ya solo quedaban su cabeza y la mitad de su cuerpo en el reflejo.— Ciertamente, esta no es la forma en la que debía dártela, pero ahora es lo más adecuado. Úsala y experimenta, es única y enteramente tuya. Conduce a Gershom al Templo de los Dioses… Todo se… Aca… ba… rá… Te am… —Terminó diciendo Narciso cuando su reflejo se había convertido nueva y naturalmente en el de Eric.

Eric, mirando fijamente su reflejo y sosteniendo el pergamino que aún brillaba en sus manos, no pudo decir nada al notar que nuevamente era su reflejo el que observaba en el ventanal.

—Padre… —Susurró Eric.— ¡Papá! ¡Papá! —Gritó al mismo tiempo que dejaba caer el pergamino y colocaba sus manos en el vidrio— ¡Papá, papá, papá!
—Eric… —Dijo Belisaria preocupada colocando su mano en el hombro de su amigo.
El rey se volvió asustado.
—Belisaria… Jordana… Vick…
—¿Te encuentras bien, Eric?

El rey asintió y de inmediato miró el pergamino que yacía enrollado en el suelo y al cual se le había extinguido el brillo de hace unos segundos. Nuevamente miró por la ventana y observó que el movimiento en los peces había vuelto a la normalidad. Entonces comprendió que el tiempo ahora seguía nuevamente su curso.

—El testamento… —Dijo Eric.

Confundidas, Belisaria y Jordana junto con Vick sólo observaban al rey. Eric por su parte levantó el pergamino y lo desenrolló rápidamente para descubrir que si bien seguía sin tener algo de tinta, ahora existía la forma de una mano.

—Eric, tu mano está sangrando. —Comentó Jordana al ver que un pequeño chorrito de sangre se deslizaba por la mano del rey.

Eric observó con detenimiento y vio que la fuente de aquella sangre provenía de donde estaba su anillo. Sin pensarlo mucho, se acercó al escritorio y colocó el pergamino abierto sobre él, seguidamente posó su mano sobre éste y dejó caer unas cuantas gotas de su sangre sobre la mano que se encontraba pintada en el testamento.

El anillo, que había aumentado la temperatura repentinamente minutos atrás y que también le había causado la herida, brilló por un instante con increíble intensidad. Empezaron a surgir las mismas formas triviales, brillantes y de color dorado que habían cubierto el cuerpo de Eric anteriormente. Una extraña y repentina ráfaga de viento envolvió a Eric e hizo que sus cabellos largos ondearan con violencia.

Inesperadamente, y para el asombro de las reinas presentes, el libro de conjuros que Eric podía leer se abrió de golpe, se comenzó a desintegrar en pequeñas partículas que recordaban a la arena y empezaron a ser absorbidas por el cuerpo del rey. Una a una y con violenta rapidez los ríos de partículas se fueron incrustando en las estilizaciones doradas que habían llenado el cuerpo de Eric y desaparecían al tocarlas, parecía como si el rey se encontrara absorbiendo toda aquella información; literalmente. Segundos después las partículas terminaron de ser absorbidas para no dejar ni siquiera una pista de la existencia de aquel libro. Todos los presentes, pero en especial Belisaria, prestaban atención a lo que ocurría en aquella habitación.

Fue entonces cuando Eric cayó arrodillado frente al escritorio, las estilizaciones triviales dejaron de brillar y el pergamino empezó a quemarse. Sus cenizas, conforme iban surgiendo, se fueron disipando hasta desaparecer por completo. Lentamente Belisaria se acercó a su amigo, se arrodilló a su lado y lo tomó de la barbilla para quedar frente a frente. En ese momento la reina descubrió que su amigo tenía los ojos cerrados.

—¿Eric? ¿Te encuentras bien?
Eric abrió lentamente los ojos.
—Belisaria…

La bruja se puso de pie y observó que ya no quedaba rastro alguno de la existencia del testamento.

—Eric, el testamento se quemó. ¿Qué fue todo eso? Tu cuerpo brillaba…
—Lo sé. Mi cuerpo brillaba de la misma forma que lo hacía en la biblioteca del templo. Estoy algo confundido, yo… —Se detuvo Eric al oír un profundo retumbo que acaparó la atención de los cuatro presentes.

—¿Y eso? —Preguntó Jordana, quien se encontraba viendo a través de la ventana y su mirada alcanzó una pequeña luz verde que se hacía cada vez más grande, al igual que su resplandor.

En un abrir y cerrar de ojos, Belisaria se aproximó a la ventana para ver lo que su homóloga observaba.

—Eso es magia. —Dijo Belisaria mientras ponía sus manos en el vidrio y empezaba a conjurar un campo de protección.
—¿Cómo nos encontraron? —preguntó Jordana, quien se dirigió rápidamente al centro de la habitación.

Jordana cerró sus ojos y, al igual que lo había hecho en otras ocasiones, murmuró: *Retium bland* para hechizar la gravedad del lugar. Sin embargo, en esta ocasión su efecto fue diferente, puesto que su objetivo fue que en lugar de ganar gravedad, más bien aquel lugar la perdiera. Pronto toda la habitación empezó a ascender hacia la superficie. Belisaria, quien ya había puesto el campo de protección mágico alrededor, notó como la esfera mágica color verde pasó a pocos centímetros por debajo de donde se encontraban.
Aquel lugar, secreto e indetectable hasta hace poco, seguía su curso hasta la superficie del océano.

—No sé cómo nos han encontrado, pero debemos prepararnos para lo que nos espere ahí arriba. —Terminó Eric quien se colocaba al lado de Belisaria, frente a la ventana.

La habitación ascendía hacia la superficie y por ende la oscuridad ya no era tan pronunciada, pero tampoco la claridad se hacía más intensa debido a que el cielo afuera estaba manchado por las sombras que habían salido del templo donde, supuestamente, había quedado inconsciente Gershom junto con sus cómplices.

13

La liberación

—¡ERIC! —Resonó una voz grave cuando la habitación empezó a elevarse unos centímetros sobre la superficie del vasto océano.

Los cuatro que se encontraban dentro de aquel pedazo de tierra flotante y observaron por la ventana de quién se trataba. Gershom se encontraba sobre un fénix negro de ojos rojos. A su lado, flotando en el aire, se encontraban Egna y Héctor; este último en el cuerpo de Lot.

De aquella bestia negra salió una bola de fuego que colisionó contra una pared de la habitación y fue rechazada por la misma. Gershom ordenó a la bestia, por medio de un extraño lenguaje que no era el antiguo dialecto de Viride, que atacase de nuevo aquel fragmento de lo que fue alguna vez una mansión. Como si se tratara de un frágil vidrio, la protección que Belisaria había conjurado se empezó a agrietar y pronto se desprendió por completo dejando a los que se encontraban en su interior con la única protección que la habitación en sí poseía.

Gershom extendió su mano y cerró su puño fuertemente. Al mismo tiempo el techo de la habitación flotante explotó en mil pedazos haciendo que el lugar temblara ante la fuerza y poder de aquel sujeto. Rápidamente los tres atacantes se dirigieron hacia la nube de escombros y descubrieron que en aquella habitación no había nadie.

—¡Maldito! ¡Búsquenlos de inmediato, no deben de estar lejos! ¡Rápido!

Héctor y Egna asintieron y partieron volando del lugar tan rápido como pudieron.

Cerca de ahí, y entre cientos de árboles, se llevaba a cabo una plática entre las cuatro personas que hasta hace pocos segundos se encontraban en aquella habitación.

—No pasará mucho tiempo para que descubra que estamos aquí. —Comentaba Eric.

—Silencio. —Ordenó Belisaria al sentir la presencia de alguien más.

En ese momento tres encapuchados salieron de un arbusto y furtivamente aparecieron rodeando a los presentes. Uno de los sujetos extendió su brazo y tomó por el cuello a Eric.

—¿Dónde está el fugitivo? —Dijo el sujeto con una voz bastante extraña, en el dialecto antiguo de Viride y con un apestoso aliento.

Los demás, al no entender lo que acaba de decir aquel individuo, no dijeron nada y se quedaron inmóviles observando a su amigo mientras eran intimidados por los otros dos tipos.

Era bastante peculiar el aspecto de los tres. Sus cabezas estaban cubiertas por un manto negro, pero su cuerpo estaba parcialmente descubierto. Descalzos, con brazaletes de plata en sus tobillos y brazos. Su torso, esculturalmente bien formado, estaba al descubierto dejando ver un sin número de tatuajes y marcas negras. Y de la cintura para abajo colgaba una falda negra que hacía recordar la parte inferior de una túnica.

—¿Cuál fugitivo?

—Un alma escapó de los dominios del poderoso dios y se encuentra vagando por este mundo. Hemos venido a buscarlo. Tú tienes la sangre. ¿Dónde está?

—No soy a quien buscan. Soy el Rey Supremo de Viride, rey de Lûmen y aunque he de reconocer el infortunio de poseer la misma sangre de ese a quien buscan, no soy yo. —Dijo Eric sin apartar la vista de aquel discípulo de Necrópolis.

El sujeto guardó silencio.

»Si de verdad quieren capturar al fugitivo, deben ser pacientes y esperar en el Templo de los Dioses… yo llevaré al fugitivo hasta ahí.

Los otros dos discípulos se acercaron al que estaba en frente de Eric:

—Deberás tomar su lugar si algo pasa. Que los dioses se apiaden de ti si nos traicionas. —Dijo el único que había intercambiado palabra con Eric.

De inmediato, los tres desaparecieron del lugar envueltos en un pequeño torbellino.

—Así que esos son los famosos discípulos de Necrópolis… —Dijo Vick.

—¡Silencio! —Ordenó Belisaria.

Instantes después vieron pasar sobre ellos a Egna volando sobre las copas de los árboles.

—¡Traidora!

—Eric, pronto te encargarás de ella. Por ahora debemos acabar con este asunto y sobre todo con esta oscuridad que me incomoda tanto.

—Estoy de acuerdo con Belisaria;. —Comentó Vick.— Esto no es normal.

—¿Y entonces? Es la primera vez que me enfrento a algo así, mi tiempo en el trono no es mucho y aunque lo fuera, mis decisiones siempre han sido diplomáticas. La magia nunca fue uno de mis mayores intereses.

—Y ahora te toca lidiar con ella como sea Eric. Escúchame, escúchame con atención. —Ordenó Belisaria mientras tomaba las manos de su amigo.— Sé muy bien que la confusión embarga tu interior en este momento, pero no dejes que eso te ciegue ante la realidad. Todo pasa por un motivo, todo tiene su razón de ser y, tal y como te lo había dicho, las estrellas, los dioses, tu padre mismo, nadie te enviará una carga que no puedas sobrellevar. Si en tu destino está el convertirte en un poderoso hechicero al mismo tiempo que lidias con el reinado, lo serás porque puedes hacerlo y ellos lo saben. ¿De acuerdo, amigo mío? —Terminó diciendo Belisaria mientras le sonreía a Eric.

Eric, tranquilo y correspondiendo a la sonrisa de su amiga, asintió.

—Perfecto. Ahora tomen mis manos, nos transportaremos al templo.

Belisaria cerró sus ojos y en ese momento una fresca y suave brisa los envolvió para hacerlos elevarse en el aire unos centímetros; poco después desaparecieron de golpe y reaparecieron frente al templo en la tierra de los Caligineus y envueltos en ráfagas de viento que iban en todas direcciones.

La atmósfera grisácea y oscura que cubría todo se hacía más notable ya que se encontraban en medio de aquel lugar muerto y lúgubre cuya extensión abarcaba a los alrededores del templo.

—Es impresionante… —Dijo Jordana al observar lo que salía del templo hacia el cielo.

Tanto Belisaria como Eric volvieron su mirada hacia el lugar señalado por Jordana. Un tornado perfecto de viento salía desde el templo y se extendía hacía el cielo, luego se perdía en su profundidad. Aquello estaba compuesto de grandes e infinitas extensiones de humo negro que se alzaban y formaban aquel fenómeno. Su tamaño y densidad eran impresionantes y a pesar que desde lejos se observaba un movimiento lento, las ráfagas de viento que ocasionaba eran muy veloces y poderosas. Tres de los cuatro empezaron a caminar hacia el templo, mientras el viento agitaba sus cabellos, y sus ropas, hasta ellos mismos temían salir volando. Vick decidió quedarse afuera para avisar el momento en que Gershom y los demás llegaran al lugar, además quería proteger la salida en caso de un intento de escape por parte de los criminales. Una vez adentro del templo y en medio de escombros, observaron que el tornado se minimizaba notablemente hacia el interior de la ruta que conducía al Templo de los Dioses. El gran poder y oscuridad que aquel fenómeno dejaba ver desde el exterior se materializaba unos metros más arriba del techo del templo por lo que en su interior lo único que se observaba era un pequeño hilo de humo negro que se estiraba hacia el centro del tornado y, en dirección opuesta, hacia el interior del túnel donde hasta hace poco había una estatua que lo mantenía sellado, misma que se encontraba esparcida por todo el recinto en multitud de piezas.

—¿Cuál creen que sea el origen de esto? —Preguntó Jordana.

—No lo sé, pero nunca antes había visto algo así… —Comentó Belisaria.

Eric fue el primero que empezó a caminar hacia aquel hilo oscuro. Con cuidado de no tocar aquello, empezaron a descender hacia el túnel donde observaron como efectivamente el hilo de humo negro se extendía hasta perderse en la oscuridad. Caminaron a través de todo el pasaje y cuando llegaron a donde se encontraba la entrada hacia el Templo de los Dioses, notaron que, aunque Falco la había destruido cuando su cuerpo escamoso de dragón la atravesó, se encontraba intacta y del mismo tamaño. El hilo de humo se perdía entre las hendijas de la puertita de madera e invadía el interior de aquel templo sagrado.

Cuando ascendieron al templo, observaron que las personas acomodadas en hileras todavía se encontraban allí: de pie y sin movimiento aparente. Además, la fuente de aquel cilindro oscuro era un vitral redondo que se encontraba en la pared del fondo del templo y que hasta ese momento lograron observar. Belisaria se acercó a una de las personas y le apartó el gorro de la capucha de su cara para ver de quién se trataba.

—Eric… —Comentó Belisaria con nerviosismo mientras se movía hacia otra persona y hacía lo mismo.— Estas personas son las que habían desaparecido del pueblo días atrás.

—¿Estás segura?

—Sí. Muy segura. —Decía mientras continuaba descubriendo los pálidos rostros de aquella gente.

—Estas personas están bajo algún tipo de control…

—Exacto. —Añadió Belisaria al comentario de su homóloga.

—¿Cómo lo saben?

—Acércate. —Eric se acercó a Belisaria.— Mira sus ojos. Sus pupilas están contraídas casi en su totalidad y a pesar de no haber luz, sus cuerpos están pálidos y aún así siguen respirando, pero muy lentamente. Eso es consecuencia de alguna hipnosis o tipo de control.

—O sea que son títeres de alguien.

—En simples palabras, sí.

—Han llegado. —Resonó la voz de Vick en la mente de Belisaria y la de Eric.

—Son mis títeres. Y su humor no es el más… ¿cómo decirlo? Apacible de todos. —Dijo una voz desde la parte alta de la entrada del templo.

—Tú —Dijo Eric al ver al sujeto que hasta hace poco creía que era su hermano.

—Eric, hasta ahora no he tenido tiempo de presentarme. Soy Héctor hermano de Gershom y…

—Los dos conspiraron en su contra… ¡Traidores!

Héctor voló hasta Eric con imperceptible velocidad, lo tomó del cuello, lo elevó unos centímetros en el aire e hizo que las dos reinas salieran despedidas hacia los costados del templo.

—¡Más respeto escoria! Hasta ahora he tenido mucha paciencia contigo y estás acabando con ella.

—¿Ah… sí? —Dijo con dificultad Eric mientras era ahorcado por su endemoniado tío.

—¡Déjalo en paz! Acordamos que yo me encargaría de él —Dijo Gershom quien llegaba en ese momento con Egna.

Héctor lo soltó de inmediato y Eric cayó al suelo.

Belisaria, ya de pie en el costado izquierdo del templo, elevó su mano y provocó que un trozo de piedra colisionara contra Egna. Desde el otro costado del templo Jordana hizo lo mismo, pero su ataque fue dirigido hacia Héctor.

—¡Mátenlas! —Ordenó Gershom.

Ambos secuaces se elevaron en el aire y fueron en busca de sus objetivos. Antes de que las reinas pudieran hacer algún movimiento, del suelo surgieron cadenas que acabaron por amarrarlas.

—Tal parece que tus sirvientes ahora están ocupadas.

—No son mis sirvientes, son mis amigas.

—Tan tierno… —Gershom alzó su mano e hizo aparecer la espada que lo caracterizaba.— ¡Prepárate para morir, Eric Plinio!

Al pronunciar aquellas palabras, la cabeza de las personas presentes cambió su ángulo, sus ojos empezaron a brillar de un rojo intenso y emprendieron un lento e intimidante desplazamiento hacia Eric al mismo tiempo que Gershom lo hacía con la punta de su espada en dirección al indefenso rey.

—No tienes escapatoria Eric. Aquí termina tu camino, este es el inminente final de tus días. Por fin podré tomar el lugar que me fue arrebatado y después se lo heredaré a alguien a quien también se lo arrebataron. Libraré a este mundo de la inmundicia que eres y más que eso, libraré a mi mundo de un estorbo causante de tanto dolor y sufrimiento. Recobraré la paz y las bases de un verdadero reinado. Se acabó Eric, tu vida llegó a su fin.

Gershom alzó su brazo, pero antes de que pudiera dar el golpe de gracia para eliminar a su sobrino, un resplandor blanco cubrió todo el templo por unos segundos y luego regresó a la oscuridad de antes.

—¿Quién eres? —Preguntó Gershom mientras observaba a una persona con una máscara que imitaba las facciones del rostro humano.
—Eso no te interesa. —Contestó una confusa voz que hacía imposible saber si quien hablaba era un hombre o una mujer.— Estas personas no son títeres de nadie.

Aquel individuo, mezclado entre los "títeres", chasqueó sus dedos y todas las personas que estaban bajo control mental se desmayaron instantáneamente. Luego alzó su mano y de ella brotó una burbuja muy similar a la que Belisaria había conjurado tiempo atrás y esta, también, cumplió la misma función. Aquella burbuja se extendió y convirtiéndose en un domo de una circunferencia suficientemente grande, cubrió a todas las personas desmayadas.

Aquella persona, junto con todas las demás, se elevaron lentamente en el aire dentro del campo mágico y, por medio de otro fuerte resplandor, desparecieron del lugar. Nuevamente Gershom perdió su concentración ante aquel incidente y las cadenas que aprisionaban a las reinas se desvanecieron: tanto Belisaria como Jordana atacaron a sus contrincantes.

Eric sin perder más tiempo desenvainó su espada y Gershom dio su primer ataque. Con rapidez y casi sin pensarlo, Eric dio un salto y pudo esquivarlo.

—Aunque tengas una espada para defenderte, no podrás escapar de ésta, Eric.

—Eso está por verse.

Gershom atacó por segunda vez y Eric detuvo el ataque con su espada. A partir de ese momento, tío y sobrino empezaron una encarnecida batalla. Mientras daban vueltas, brincos y se atacaban entre sí, Belisaria y Jordana luchaban con sus poderes en contra de Egna y Héctor, respectivamente.

—La traición se paga con sangre. Lo sabes, ¿cierto?— Preguntó Belisaria al mismo tiempo que de un golpe hacía explotar un trozo de piedra gigante que venía hacia ella.

En silencio y con enojo, Egna dio un salto para atacar a Belisaria, pero ella, alzando sus dos brazos y haciendo como si empujara algo en el aire, logró que Egna saliera disparada violentamente en dirección opuesta y chocara contra una de las columnas del templo. Belisaria desapareció y reapareció frente de Egna, quien estaba tendida en el suelo y con heridas notables por el choque y la caída violenta.

—No tienes poder suficiente para enfrentarte a mí, Egna.

—Ya… lo veremos.

Egna hizo un movimiento rápido y una de las columnas del templo se quebró y luego empezó a caer en dirección a Belisaria. La bruja se dio vuelta rápidamente y con una de sus manos extendidas al frente, hizo que la columna se detuviera en el aire.

—Esta columna puede llegar a matarte. ¿Quieres que la suelte? — Preguntó sínicamente Belisaria.

Egna, enojada, desapareció del lugar.

Belisaria se apartó y dejó que la columna siguiera su camino hasta el suelo, donde provocó un ensordecedor ruido partiéndose en varios pedazos. Jordana por su parte se encontraba combatiendo contra Héctor en el costado opuesto del templo.

—Eres un estorbo en este mundo. Al igual que lo fue tu padre.

—¡A él no lo menciones! —Gritó Jordana enfurecida mientras seguía combatiendo.

Tanto Héctor como Jordana lanzaron un rayo de poder que al momento de chocar uno contra el otro, hicieron que ambos retrocedieran. Ahora aquellos rayos estaban unidos en uno solo y aquello se había convertido en una lucha sin cuartel en donde quien aportara la mayor cantidad de poder sería el vencedor.

—¡No me puedes vencer! ¡DESAPARECEEE! —Gritó Héctor intentando utilizar mayores poderes para vencer a la reina.

Jordana sintió sus manos invadidas por un poder contrario. Su cuerpo retrocedió y vio como el piso se partía en pedazos que iban dirigidos hacia ella producto de la dirección de la poderosa magia oscura que estaba haciendo Héctor.

Justo cuando el ayudante de Gershom pensaba que había ganado aquella batalla, Belisaria, en un acto arriesgado, empezó a volar rápidamente hacia él mientras su vestido ondeaba sin control. Cuando se encontraba muy cerca, extendió su brazo y poco después tomó a Héctor por el cuello para llevárselo a la misma velocidad con la que venía. Esto provocó que el poder de ese sujeto se extinguiera y que el de Jordana por el contrario siguiera su curso hasta el fondo de aquel costado del templo, donde chocó contra la pared y produjo un agujero enorme para luego perderse en el exterior.

Mientras tanto, Belisaria se había elevado por los aires llevando a Héctor por el cuello tal y como si fuera un saco de plumas.

—¡Maldita bruja! —Dijo Héctor mientras sus manos ardían y quemaban el brazo de Belisaria.

Como es natural, la bruja soltó de inmediato a Héctor quien empezó a descender. Héctor se convirtió en humo y se dirigió a Jordana que se encontraba en el suelo aún agobiada por el esfuerzo realizado. Rápidamente pasó sobre ella y la golpeó, provocando que Jordana cayera sobre sus espaldas y que Héctor riera con locura. Seguidamente, el cómplice de Gershom se materializó frente la reina de Isla de Sueños.

—Así tuve a tu padre aquella vez cuando vi la luz de sus ojos desaparecer. —Comentó mientras caminaba lentamente hacia la reina.

Al ver esto, Belisaria apareció de nuevo detrás de Héctor. Jordana, al ver esto, se puso de pie de inmediato.

—Y todavía tienes fuerza suficiente para ponerte de pie. Eres fuerte Jordana.

—No tienes idea.

La mano de Jordana empezó a brillar y al instante empezaron a brotar muchas raíces desde el suelo. En un fascinante proceso aquellas raíces formaron un estilizado arco de madera que una vez fomardo por completo, hizo que el brillo de su mano cesara de inmediato. Jordana tomó aquel arco con fuerza, estiró su cuerda y una flecha apareció de inmediato.

—No seas ilusa. No…
—Yo que tú no sería tan negativo, Héctor. —Dijo Belisaria.

Sorprendido, Héctor se volvió hacia Belisaria. Antes de que pudiera hacer algo, Belisaria le dio una cachetada en el rostro y lo hizo tan fuerte que Héctor sintió su rostro quemarse por unos instantes.

—Eso viene de parte de ella.
—¡Malditas brujas!

Del suelo del templo salieron unas cadenas y tomaron las extremidades de Héctor.

—¿Qué crees? Aprendí tu truco. —Belisaria se acercó a él y con mucha fuerza puso su mano en su barbilla— Eres un sucio, inmundo y asqueroso sirviente. Que los dioses no tengan compasión de ti. Y una cosa más mi escurridizo enemigo: ella no es bruja, es una vila. Yo, para tu mala suerte, sí lo soy. —Belisaria se apartó un poco.— ¡Ahora, Jordana!

Jordana soltó la tensa cuerda mientras la mirada de Héctor estaba fija en el curso que seguía aquella flecha que acabó por incrustarse en su pecho y, mediante un grito ahogado, anunció el dolor que empezaba a sentir.

—¿Qué… qué es esto? —Preguntó Héctor mientras caía lentamente al suelo.

Jordana se acercó lentamente y se inclinó frente a él.

—Esta flecha te hará sentir el mismo dolor que sintió mi padre cuando tú acabaste con su vida. —Decía muy seria Jordana.

Efectivamente, Héctor sintió un dolor espantoso y se encontraba atemorizado e intimidado por la mirada llena de rencor y odio de la reina. Jordana, aún arrodillada frente a él y sin saber por qué, empezó a derramar algunas lágrimas. Sin embargo, no eran de tristeza ni dolor, tampoco de alegría, más bien eran producto de un confuso sentimiento que resultaba en una extraña aleación que no podía explicar. A pesar de ello su expresión no cambió, permaneció así mientras observaba que el cuerpo de aquel traidor se ensangrentaba más y más y que sus ojos se fueron cerrando lentamente.

Transcurridos pocos minutos, el cuerpo se encontraba sobre un charco de sangre y el espíritu de Héctor se extinguió por completo. Jordana se puso de pie y con mucha fuerza tiró de la flecha, la sacó del cuerpo inmóvil de Lot y con su vestimenta no muy limpia empezó a secar toda aquella sangre del arma sin apartar la vista de aquel cuerpo inerte.

14

Necrópolis

Mientras Belisaria se acercaba a Jordana para brindarle un abrazo de consuelo, el choque de las espadas entre Eric y Gershom seguía resonando por todo el templo.

—Eres un maestro en el arte de la espada. Te enseñaron bien Eric.

—Es por eso que sí era mi destino ser rey. —Contestaba Eric mientras que su cuerpo ya sentía el cansancio de aquel enfrentamiento.

—¡Yo debía convertirme en rey!

Gershom alzó su brazo y su espada chocó fuertemente contra la de Eric provocando algunas chispas. Ambos, sin lugar a dudas, eran expertos en este asunto. No obstante, la experiencia acumulada por Gershom durante tantos años le valían para canalizar el cansancio en otros golpes y empezar a sobresalir en aquella batalla.

Se dio un segundo golpe con características idénticas, y ambos continuaron moviéndose en distintas direcciones, mientras saltaban y seguían combatiendo. Las espadas, sin que sus poseedores se percataran, empezaban a desprenderse en pedazos, debido al calor y los constantes golpes.

—Sus espadas empiezan a debilitarse, tanto como sus cuerpos. Lo puedo sentir desde aquí.

—Yo también. —Respondió Belisaria.— Sin embargo, no podemos hacer nada. Esto es algo entre ellos dos...

—Sí, pero ¿y los discípulos?

—No lo sé. —Respondió Belisaria con angustia al mismo tiempo que observaba en varias direcciones.

De nuevo se dio un fuerte choque entre las dos espadas provocando chispas aún mayores. Ambos, Eric y Gershom se miraron fijamente mientras las espadas se rozaban una contra la otra.

—¿La batalla entre dos expertos por el resto de nuestros días? —Preguntó Gershom.

—No si antes alguno de los dos le pone fin a esto.

—Seré yo quien lo haga.

—No lo creo.

De un salto, ambos se distanciaron y posteriormente corrieron uno en dirección al otro. A solo unos pasos, ambos alzaron sus espadas y las chocaron. En el impacto provocaron una leve onda expansiva que se abrió camino por todo el templo.

—Sus poderes están entrando en juego. Esto ya no es un combate de espadas. —Comentó Belisaria al sentir la pequeña ráfaga de viento producto del choque de aquellas armas.

Unos cuantos choques más se dieron hasta que de nuevo se distanciaron dando un salto y luego corrieron en dirección uno en contra del otro para chocar sus espadas nuevamente. Esta vez la onda expansiva fue mayor y las hojas de las espadas, aún desprendiendo destellos de luz, se encendieron por un instante en incandescente color rojo. De inmediato, se separaron nuevamente para hacer lo mismo que antes. Hubo un nuevo y último choque de espadas. En este momento, la presión que ejercían tanto Eric como Gershom sobre el arma y la fuerza que hacían con su cuerpo era tan elevada que onda expansiva fue tal que hizo estremecer el suelo y provocó que se quebraran algunos vidrios mientras que otros solamente se agrietaron. En este punto, Belisaria y Jordana se colocaron rápidamente detrás de una columna que sostenía lo que había sido el techo del templo.

Eric y Gershom estaban frente a frente haciendo fuerza con sus espadas y las mismas no cesaban de desprender algunas chispas. De un momento a otro, la hoja de la espada de Gershom empezó desprender pedazos más grandes que los que habían soltado con anterioridad. Gershom, sin percatarse de lo que estaba ocurriendo con su arma y con su mirada llena de odio y rencor fija en la de Eric, continuó realizando la misma maniobra con fuerza y precisión.

De pronto, aquella espada que hubiera herido a Eric en días pasados, se agrietó en el medio y provocó que la hoja terminara explotando. Ambos salieron despedidos por los aires producto de aquel acontecimiento. Segundos después, y una vez que ambos habían recobrado la conciencia, se pusieron de pie.

—No puede ser. —Murmuró Gershom mientras observaba a Eric de pie y con su espada intacta en la mano, la cual parecía tener una estela blanca a su alrededor— ¡NOOO!

Gershom dio salto en el aire. Luego colocó sus dos manos frente a él y de ellas se empezó a concentrar en el centro una bola de humo negro. Además, él también se fue rodeando del mismo humo. Para impresión de los presentes, de aquella esfera salió un rayo dirigido a Eric. Éste sin saber qué hacer solamente lo esquivó. Más rayos empezaron a precipitarse desde ahí, y Eric intentaba esquivarlos tan rápido como podía, pero llegado un momento vio que no podría seguir esquivándolos, por lo que resolvió, sin pensarlo, colocar su espada tal y como si fuera un escudo. Aquella arma comenzó a brillar con destellos del mismo tono y a temblar incontrolablemente. Eric entonces tomó el mango de la espada con sus dos manos para que no saliera de control.

—¡NO PODRÁS DETENERME!

Un segundo rayo salió de aquella esfera y envolviendo al primero siguió su curso hacia Eric. El rey, en medio del viento que aquello provocaba, retrocedió en el momento del segundo impacto. Su espada seguía actuando como un escudo protector y tuvo que colocar mayor fuerza sobre el mango, haciendo un esfuerzo extraordinario para evitar que la espada saliera de sus manos y los rayos acabaran por alcanzarlo a él, mismos que al estar siendo detenidos por aquella arma, se iban disparados en múltiples direcciones. Gershom, sin creer lo que estaba viendo y al mismo tiempo que su rostro se perlaba de sudor, se elevó un poco más en el aire y cerró sus ojos. De todo su cuerpo empezaron a salir hilos negros y viscosos que se fueron acumulando a su lado.

—Pero ¿qué…? —Dijo Belisaria.
—¿Qué pasa, Belisaria? —Preguntó Jordana al ver la expresión de asombro y hasta de horror en el rostro de su homóloga.
—Este sujeto, sus poderes. Eric no podrá con él.

Al lado de Gershom y en medio de aquella viscosa masa negra, surgió una copia idéntica a él que, realizando los mismos movimientos que realizaba el verdadero Gershom, hizo aparecer una nueva esfera entre sus manos. Un tercer rayo salió de esta segunda esfera, pero antes de que pudiera alcanzar a Eric, un impacto contra el cuerpo de Gershom tomó lugar. En consecuencia, la nueva esfera, el tercer rayo y la copia del tío de Eric desaparecieron.

—¿Qué, fue…? —Preguntó retóricamente Gershom mientras miraba en todas direcciones.
En aquel momento, se oyó en la mente de Eric:
—Conozco esta espada. ¡Vírala un poco en dirección a Gershom! —Dijo consternando a Eric, sin embargo obedeció.

Con el objetivo único de acabar con todo aquello, Eric lo hizo sin cuestionarse nada y con dificultad empezó a virar la espada en dirección a Gershom. Para su sorpresa los rayos provenientes de aquella esfera mágica viraron y de inmediato se dirigieron hacia Gershom mismo, la espada ahora actuaba como un poderoso espejo capaz de regresar los ataques que le alcanzaban.
Sin poder actuar ante aquello y sin encontrar explicación alguna, Gershom intentó desaparecer para estar fuera del alcance del impacto, pero era muy tarde: ambos rayos lo impactaron. Debido a la fuerza y potencia que había acumulado mientras se encontraban absortos por la espada de Eric, los rayos en la espada hicieron a Gershom volar por los aires cientos de metros

hasta que colisionó contra una de las columnas del templo y momentos después cayó al suelo provocando que el suelo se agrietara por doquier. La esfera de humo desapareció al instante y Eric cayó de rodillas, rendido por todo el esfuerzo que había hecho en los últimos minutos.

—¿Habrá muerto? —Preguntó Jordana acercándose a Eric acompañada de Belisaria.
—No lo sé, pero… —Comentaba Belisaria hasta detenerse cuando observó que Gershom movía sus brazos e intentaba ponerse de pie.
—Aquí vamos… de nuevo. —Exclamó Eric.

Lentamente, Gershom se puso de pie. Cuando se encontraba tabaleándose a unos pasos de Eric, Belisaria y Jordana, el pariente del rey dejó entrever la gravedad del impacto de aquel mágico poder obscuro. Su ropa estaba quemada casi en su totalidad y parecía como si vistiera verdaderos harapos, además su piel estaba gravemente herida por no decir que se encontraba calcinada casi en su totalidad.

—No… no contento con lo que hiciste antes… Ahora haces esto.
—Fuiste tú mismo quien lo hizo. Fue tu poder. Lo único que hice fue defenderme.

Gershom empezó caminar para luego caer nuevamente al suelo. Eric en un intento de brindar ayuda a su tío, sintió la mano de Belisaria en su brazo izquierdo para que se detuviera.
Muchas sombras surgieron de distintas partes del templo, se escabullían y se arrastraban por las paredes, las columnas, los pisos y el techo. Aquellas oscuras y escalofriantes sombras se acumularon alrededor de Gershom y lentamente empezaron a ascender para transformase en los discípulos de Necrópolis. De los brazaletes de aquellas criaturas empezaron a surgir cadenas que fueron envolviendo a Gershom mientras éste se quejaba al sentir las frías ataduras que hacían contacto con su herido cuerpo.
De pronto, la tierra empezó a moverse con brutalidad y las columnas del templo parecían como si fueran a precipitarse una a una, creando un efecto dominó que acabaría por echar abajo el templo. El vitral, supuesto origen del hilo de humo negro que provocaba el tornado y la oscuridad Lûmen y toda Viride, se quebró y junto con éste la pared que lo sostenía, provocando

que los bloques de piedra se fueran precipitando uno a uno. Del suelo empezó a surgir una enorme y puntiaguda entrada constituida por dos puertas. Aquella nueva estructura llegó para cubrir el agujero que apareció en la pared cuando ésta colapsó. En la punta de esta misteriosa entrada se situaba un cículo, cuyo interior no era claro y era ahí de donde salía el casi imperceptible hilo de humo negro se extendía hasta las afueras del templo en Caligineus.

El marco de aquellas puertas era de un duro metal antiguo, pero que aún hacía notar sus extraños grabados en jeroglíficos del antiguo dialecto de Viride. Enormes bisagras sostenían ambos lados de las puertas. El movimiento telúrico se detuvo y un retumbo se oyó dentro de las puertas. Eric y los demás se alejaron un poco de ahí y se situaron desde donde podían observar la imponencia que irradiaba aquella puerta.

De pronto, las puertas se empezaron a abrir muy lentamente provocando una vibración en todo el lugar. En su interior no se podía observar nada más que una densa y profunda oscuridad. Gershom, envuelto en cadenas y rodeado por aquellas inmóviles criaturas, empezó a ponerse de pie y a levantar la cabeza para observar lo que había en frente.

—¡No accederé a esto! —Dijo Gershom mientras miraba fijamente a Eric y conjuraba un poder.

Un poderoso rugido salió del interior de la puerta y, tanto los discípulos como Gershom mismo, empezaron a desvanecerse como si fueran finas partículas de polvo: sus cuerpos empezaban a transformarse en arena. Una ráfaga de viento proveniente del interior de la gigantesca puerta comenzó a succionar aquella arena. Tan rápido como pudo y haciendo un último esfuerzo, Gershom volvió su mirada hacia los presentes y se detuvo nuevamente en la de Eric. Aquella mirada reflejaba el más profundo de los odios que el joven rey había experimentado hasta la fecha. Segundos después, el cuerpo de Gershom junto con el de los demás discípulos y las cadenas se convirtieron totalmente en arena y fueron completamente succionados por el interior de aquella entrada a lo desconocido.

Las puertas se cerraron de golpe y el hilo oscuro se extinguió. La puerta, muy despacio, empezó a convertirse también en arena, misma que fue cayendo con rapidez para irse esparciendo por todo el templo, acumulándose en las grietas del suelo y provocando que los presentes cubrieran sus ojos.

Segundos después los bloques de piedra volvieron a su lugar en la pared y el suelo empezó a estremecerse para ir recobrando su firmeza y buen aspecto.

—La puerta a Necrópolis.

—La tierra de los muertos. —Agregó Eric.

—Tal parece que efectivamente nuestro pequeño gran problema tenía un conflicto con la poderosa deidad. —Añadió Vick quien apenas entraba al templo.

—Sí, eso parece.

—¿Estás bien, hermano?

—Lo estoy Belisaria. Estaba afuera custodiando, sin embargo Egna se me escapó. Lo siento mucho, reyes.

—No te preocupes, Vick. Ya nos hemos encargado del paquete grande. —Vaciló Eric.

Todos caminaron en dirección a la puerta del suelo, aquella que los llevaría de vuelta a Reino de Luz. Sin embargo, antes avanzar, oyeron cómo algo empezaba a resquebrajarse.

—¿Qué fue eso? —Preguntó Jordana.

Notaron cómo un pedazo de vidrio negro caía desde el techo para chocar contra el suelo y, en lugar de dividirse en cientos de pedazos, se desvaneció como si fuera polvo. En un abrir y cerrar de ojos, empezaron a escuchar el mismo resquebrajamiento de antes, pero esta vez en repetidas ocasiones. De inmediato Belisaria hizo un nuevo domo protector alrededor de todos.

Miles de pedazos de vidrio negro cayeron desde algunas partes del techo que aún prevalecían, las paredes y las columnas. Todos miraron hacia arriba y vieron que, tal y como si fuera una cáscara, los vidrios que caían, dejaban a su paso estructuras color blanco muy opuestas a la oscuridad que tenían. Fue en ese momento cuando empezaron notar que el templo en realidad era de color blanco. Gracias a la barrera que Belisaria había provocado, ninguno de aquellos vidrios impactó contra los presentes. Minutos después había una densa capa de polvo negro que contrastaba con todo lo blanco del templo. Poco a poco el polvo fue absorbido por el suelo y se fue decolorando para dar paso a un resplandor blanco que cubría todo el lugar. Belisaria hizo desaparecer el domo protector y todos empezaron a caminar admirando aquel lugar.

Para sorpresa de todos los escombros, los cuales gozaban del nuevo mismo tono, se elevaron en el aire y poco a poco volvieron a sus lugares reconstruyendo todo tal y como estaba antes de ser abatido por aquellas batallas. Las columnas empezaron a resplandecer y a reflejar todo el templo ya que eran de vidrio, el suelo era cerámico, las paredes de mármol y los vitrales contaban historias enteras de las casi perpetuas batallas que los dioses había protagonizado varias centurias atrás. Esos vitrales eran quizás lo único que no gozaba de un color blanco como el resto del templo.

Justo frente a la pared del fondo surgieron cinco gradas cuyo final estaba constituido por un altar cubierto por una sábana dorada. La pared, entonces, fue cubierta por una cortina de color tinto que caía hasta tocar el suelo. En ese momento Eric notó que el redondo vitral superior de esta pared estaba compuesto por el símbolo de Reino de Luz y que ahora el techo era inexistente, pues había sido reemplazado por aquel resplandor blanco que inundaba todo el lugar.

A partir de ahí, y con el templo totalmente reconstruido, una luz surgió desde el vitral y bañó gran parte del altar.

—Eric… —Dijo una voz grave y llena de paz que venía del fondo del templo.
—Conozco esa voz —Dijo Eric, mientras miraba al fondo del templo.
—Hijo mío, acércate un poco por favor.

Tal y como si fuera un niño emocionado, Eric se acercó al mismo tiempo que invitaba a Belisaria, Jordana y Vick para que conocieran a su padre. En medio del esplendor que provocaba aquella luz desde el vitral, Eric y los demás pudieron notar cómo iba surgiendo el transparente cuerpo del rey Narciso. De inmediato todos, excepto Eric, se arrodillaron por unos instantes.

—Por favor… Yo ya no soy digno de una reverencia.
—Señor Narciso, —Dijo Belisaria.— su reinado fue brutalmente apagado y un rey nunca deja de serlo hasta que olvida sus raíces. Estoy segura que usted, señor, no las ha olvidado y nunca lo hará aún estando en la luz perpetua.

Narciso descendió un poco y se postró frente a todos, pero en especial frente a Belisaria y la reverenció unos segundos.

—Soy yo quien debe arrodillarse ante ti, Belisaria. Hasta ahora has sabido ayudar a mi hijo en todo lo que él ha necesitado. Has sido su apoyo en todo momento sin esperar nada a cambio, eso es digno de reconocer. La amistad, sin lugar a dudas, es algo que te caracteriza y eso me llena de una infinita alegría y gratitud.

—Muchas gracias, su Alteza. —Dijo Belisaria quien reverenció a Narciso una vez más.

—Jordana, tu paz ha llegado. Has librado el cuerpo de mi hijo de aquel maligno espíritu que lo pudrió desde muy adentro. Su tiempo aquí ha terminado, pero te agradezco que hayas librado este mundo de otra presencia del mal —Terminó diciendo Narciso y reverenció a Jordana.

—Agradezco profundamente sus palabras, Majestad. —Respondió Jordana mientras hacía una reverencia al padre de su rey.

—Vick, a pesar de lo que haya pensado de ti cuando me encontraba vivo, he de admitir que tu alma es tan pura y limpia como la de los demás presentes aquí. Tus acciones han calado hondo en mi y te has ganado mi respeto. Sé que también para ti esta experiencia ha resultado impactante, te ha moldeado el carácter y te llevará más lejos de lo que ya has llegado con tus investigaciones. Solamente procura encontrar el momento oportuno para llevar de vuelta lo que debe ser de vuelto en su lugar. —Dijo Narciso mientras lo reverenciaba igual.

—Es un gran honor para mí escuchar sus palabras, su Majestad. Así lo haré. —Concluyó Vick mientras reverencia a Narciso.

Narciso se dirigió hacia donde estaba el cuerpo de Lot tendido en el suelo y cerca de una de las columnas del templo.

—Mi hijo. Libre al fin. —Dijo Narciso mientras colocaba su mano en la frente de su, a quien aún veía como aquel bebé recién nacido que no podía valerse por sí mismo.

Nuevamente el papá de Eric se ubicó frente a los demás y ahora frente a su hijo y heredero único.

—Eric, mi heredero. Como has podido darte cuenta, mi verdadera herencia han sido mis poderes. En estos momentos eres el poseedor de una cantidad considerable de poder que sé usarás para el bien. Fue por el mismo hecho de que nunca te llamó la atención el infinito mundo de la magia, que supe que eras el único indicado para poseer mis poderes una vez que yo falleciera.

—Gracias padre...

—Si he de advertir algo que no hice con anterioridad: aquellos obscuros sentmientos que invaden y corroen el alma de la gente pueden aparecer en cualquier momento. Nunca permitan que alguno de ellos perturbe su paz y los lleve a cometer actos obscuros. —Añadió Narciso mientras los miraba.— Hijo mío, has de vuelto la paz al reino. Las personas, con ayuda de Vick, están sanas y salvas en el palacio. Tú has reclamado tu verdadera herencia y has defendido tu lugar en este mundo. Ahora, he de partir en paz. Has cumplido con todo lo que debía ser cumplido, mi fuerte muchacho.

Eric empezó a llorar sin disimulo alguno al darse cuenta que sería la última vez que vería a su padre y que, aún así y tal como había pasado la vez anterior, no podía darle un abrazo de despedida.

—Sin embargo, no puedo irme sin completar todo lo necesario para poder descansar en paz y dejar de vagar por este mundo.

—¿Y... qué es eso? —Preguntó Eric entre sollozos.

—Nombrarte rey de Lûmen. En tu ascenso al trono no estuve presente.

Narciso sacó una delgada y elegante espada que llevaba entre sus ropas:

—Arrodíllate, Eric.

Eric aceptó y se arrodilló frente a Narciso, quien colocó su espada en el hombro izquierdo de Eric.

—Pongo como testigos a los aquí presentes y a los dioses de la proclamación que dicto ahora: Eric Plinio, hijo de Narciso Plinio y Johana della Vittoria, te nombró rey Reino de Luz. —Estipuló Narciso mientras trasladaba su espada de un hombro a otro.— Asumiendo esta posición, te conviertes en el Rey Supremo de Viride. No abusarás del poder que te ha sido otorgado. Que los dioses te guíen por el bueno camino. Reverencien a su nuevo rey: Eric Plinio. De pie, hijo mío. Hechicero Eric Plinio, el que tiene el favor de los dioses.

Eric se puso de pie y notó que tanto Belisaria como Jordana y Vick se encontraban protagonizando una reverencia hacía él.

—Es un honor para mí ser quien te suceda en el trono.

—Eres tan parecido a mí en muchas cosas, pero tu carácter en gran medida proviene de tu madre. Eres leal y noble. Estoy muy orgulloso de ti.

Eric solo atinó a sonreír ante aquellos elogios.

—Antes de partir… ¿Hay algo más que me quieras preguntar?

—Sí. ¿Qué pasará con Gershom?

—Pasará la eternidad en prisión, pues no es digno de merecer una eternidad de paz en la otra vida. Por eso permanecerá encerrado en Necrópolis.

—Entiendo.

—A pesar de las actitudes que Gershom ha protagonizado, no estás contento con esa idea. Nunca pensé que tu nobleza llegara a tanto, pero me alegro que así sea. —Narciso hizo una pausa— Es hora de partir.

La luz que provenía del vitral redondo al fondo del templo aumentó su intensidad considerablemente y el cuerpo de Narciso se transformó de inmediato: había recobrado las mismas condiciones de cualquier persona viva. Eric, al notar esto y ante la impresión del mismo Narciso corrió a abrazar a su padre. Una vez junto a él lo rodeó con sus brazos y pudo percibir su peculiar olor y sentir como él también le proporcionaba un fuerte abrazo. Eric empezó a llorar silenciosa y descontroladamente.

—Nunca olvides lo mucho que te amo hijo mío.

—Jamás lo olvidaré , jamás.

—Viviré en ti por siempre.

En ese momento el rey hijo sintió el beso que su padre depositaba en su cabeza. Narciso empezó a adoptar la misma condición de antes.

—Viviré por siempre muy dentro de ti.

Eric no apartó su vista de su padre en ningún momento, al tiempo que varias lágrimas descendían por sus mejillas.

Narciso, nuevamente semitransparente, fue absorbido por aquel rayo de luz intensa para luego perder aquel resplandor y adoptar la normalidad.

—Si he de tener el favor de los dioses, tal y como mi padre lo acaba de decir, ellos tienen mi infinita gratitud por haberme dado ese instante para despedirme apropiadamente. —Comentó Eric mientras volvía su mirada hacia Belisaria y Jordana, quienes se veía habían llorado conmovidas por aquella escena.

—Ya lo creo, Eric. —Dijo Belisaria mientras se acercaba a darle un abrazo a su amigo.

—Bueno, es hora de regresar a casa. —Comentó Jordana quien se encontraba al lado de Vick quien a su vez tenía el cuerpo de Lot en sus brazos.

—Creo conveniente darle una apropiada sepultura.

—Tienes mucha razón Vick. —Expresó mientras acariciaba el cabello en el cuerpo de su hermano.— Vamos ya.

Todos empezaron a caminar hacia la puerta de salida la cual se encontraba en el suelo de aquel Templo de los Dioses.

Vick fue el primero en descender y con ayuda de Eric bajó el cuerpo de Lot. Belisaria y Jordana fueron las siguientes en descender hacia el túnel. Eric, siendo el último en salir, se detuvo unos instantes a admirar la belleza que aquel lugar albergaba: "Hasta luego, papá" pensó. Segundos después descendió y cerró la puerta del templo para empezar a surcar junto a las reinas y Vick aquel túnel que le permitiría regresar a Reino de Luz para finalmente tener paz en su vida.

Pasaron algunos días y el templo en construcción había sido terminado con éxito. El día de su inauguración la mayoría de los habitantes del pueblo asistieron a la ceremonia y no pudieron esconder lo maravillados que estaban con aquella edificación. El templo entero había sido construido en piedra blanca, tenía dos torres puntiagudas y majestuosa entrada, todavía se respiraba el olor a nuevo en el lugar. Adentro, habían decenas de bancas de madera en hileras con dirección al fondo del templo, columnas de mármol que se elevaban hasta alcanzar el techo, ventanas grandes y flores por doquier adornando el lugar. Además, habían grandes antorchas situadas en cada columna. En el fondo, esculpida en bronce lucía en todo su esplendor una estatua de la difunta Reina Regina, con toda la belleza y majestuosidad que la distinguieron en vida. Más abajo de la base, habían dos espacios en el suelo, cada uno ya estaba cubierto y tenían una placa de mármol. El primer espacio era de la reina fallecida y el siguiente era el lugar de descanso de Lot Plinio. Tres gradas más abajo, se situaba un altar de mármol rodeado por flores y rosas multicolores. Todo era bañado por una luz que provenía de una ventana redonda ubicada en la pared del fondo, por donde entraba el sol cuando salía por el Este.

Uno a uno los habitantes del pueblo fueron entrando y tomando asiento. Eric entró caminando solo, escoltado por 10 guardias adelante y 10 guardias atrás. Belisaria iba liderando el grupo y luciendo un elegante vestido negro en compañía de su mucama personal: Yasira. Todos hacían la reverencia respectiva conforme el Rey iba pasando por sus asientos y una vez frente al altar, Eric se arrodilló y todos lo siguieron. En aquel instante no habían lágrimas que salieran de aquellos ennegrecidos ojos, pues su alma estaba en paz.

Momentos después se puso de pie y unos obreros procedieron a colocar una placa de plata sobre el altar:

> "Que el espíritu de cada uno de ellos guíe a Reino de Luz por el mejor camino: a sus habitantes hacia una impecable prosperidad, a sus amigos hacia la felicidad eterna y que guíen también a nuestro rey a consolidar la paz y el bien común en las sagradas tierras de Viride."

El templo, tal y como pueden notar, fue construido en honor a Regina principalmente, pero en documento se estipuló que sería el lugar de descanso simbólico de aquellos que habían muerto en batalla. No se puede decir que no hubieron lamentosy lágrimas, porque si los hubo ese día. Y quizá provenía del hecho de que debían darle descanso y santa sepultura a un recuerdo, ya que el cuerpo de Regina no había sido encontrado tras el fatal percance. También hubieron lamentos para Lot y eso, la verdad me soprendió mucho. El templo permaneció lleno el resto del día, a pesar de que un sacerdote lideró la pacífica y hermosa ceremonia que culminó exitosamente transcurridos algunos minutos desde su inicio en la mañana.

Al atardecer todos los habitantes regresaron a sus casas, Eric sin embargo fue el último en salir de ahí. Habían antorchas de fuego azul turqueza, como las del palacio, dentro y fuera del templo dando luminosidad al lugar. De igual manera había una cantidad de guardias en los costados y en las entradas del templo como medida de protección a lo último que había quedado de la respetada reina y del casi olvidado hermano del rey.